Susi

Franz Zeller · Herzlos

Eine alte Frau stirbt in einem Salzburger Spital an einem klinischen Versuch. Aber niemand merkt's – fast niemand. Ein junger Arzt wird im Keller der Herzklinik ermordet. Ein Obdachloser, der immer dort nächtigt, soll's gewesen sein. Und ist selber bald tot. Und dann noch eine Leiche, die alles aufklären soll, der aber das Wichtigste fehlt: das Herz. Chefinspektor Franco Moll hat seines noch, aber es ist liebeswund. Und sein Saufkumpan Weinmeister ist in Herzensdingen sowieso ein Einzeller.
Der urbane Moll und der wuchtig-rustikale Oberhollenzer ermitteln gegen den Willen ihres eitlen Vorgesetzten Gokl und gegen ein unausgesprochenes Gesetz der Stadt, wonach die tonangebende Schicht über jeden Verdacht erhaben ist und in Ruhe gelassen werden soll.

Franz Zeller wurde 1966 geboren. Nach einem Studium in Salzburg begann er 1988 als Literatur- und Wissenschaftsjournalist für den ORF zu arbeiten. 2002 übersiedelte er nach Wien, wo er seit 2004 in der Wissenschaftsredaktion von „Österreich 1" Sendungen gestaltet und leitet. „Herzlos" ist seine erste Buchveröffentlichung. Weitere Infos unter www.franzzeller.at

Franz Zeller

Herzlos

PENDRAGON

Rosa Schwab starb im Halbschlaf. Sie hatte von der Nachtschwester eine Schlaftablette bekommen, weil sie es nicht mehr gewohnt war, nachts mit anderen ein Zimmer zu teilen. Die Zeit wurde träge wie ein erschöpftes Tier. Die Arznei begann zu wirken.

Langsam verband sich währenddessen die andere Droge, die aus einer Infusionsflasche in ihre Venen tropfte, mit ihrem gewohnten Herzmedikament. Ebenso langsam lähmte das neu entstandene Gebräu die Herzmuskelzellen. Rosas Augenlider schlossen sich halb, als wäre ein schwerer Traum dabei, sich anzukündigen. Die Farben des Wüstenbildes an der Wand blichen allmählich aus. Sie hatte keine Kraft mehr, die Hand zur Klingel zu heben. Leichtigkeit und Schwere hielten sich die Waage. Nur ihre Ohren schienen noch immer zu funktionieren.

Die Patientin neben Rosa Schwab lag noch wach. Eines ihrer Herzkranzgefäße war verstopft. Es sollte am nächsten Tag aufgedehnt werden. Sie hörte Rosa leicht und lange ausatmen.

Beide Frauen waren zu einer Routineuntersuchung in die Universitätsklinik gekommen. Rosa hatte nicht ein einziges Mal Besuch bekommen in den letzten Tagen, während um das Bett der zweiten Patientin ständig Kinder und Enkel in allen Altersklassen tanzten, so viele, dass jene am dritten Tag bereits das Ende der Besuchszeit herbeigesehnt hatte. Dennoch war Rosa nicht menschenscheu – sie scherzte mit den Kindern, als sei ihr der Umgang mit den Kleinen ganz selbstverständlich. Irgendwie gab ihr der kindliche Trubel etwas auch eine körperliche Leichtigkeit zurück, die sie seit Jahren nicht mehr gespürt hatte.

Leise gluckerte die Infusionslösung vor sich hin.

Rosa Schwab mochte ihre Umwelt, nicht aber ihr Alter. Sie war 88, und das ungleiche biologische Ablaufdatum alles Lebendigen hatte sie einsam gemacht. Ihr Freundeskreis war in den vergangenen Jahren immer schütterer geworden. Zuletzt gab es Zeiten, in denen man sich öfter bei der Einsegnungshalle am Kommunalfriedhof im Nonntal getroffen hatte als im Kaffeehaus.

Einzig mit einer wesentlich jüngeren Freundin aus früheren Tagen hielt Rosa Schwab brieflich engen Kontakt. Da die Bekannte in Hamburg wohnte, sahen sie sich nur ein bis zweimal pro Jahr. Zwar wäre es beiden aufgrund ihrer guten Verfassung möglich gewesen, öfter in den Zug zu steigen, aber in den letzten Jahren hatte eine zunehmende Ängstlichkeit die Freundinnen vom Reisen abgehalten.

Auf Rosas Nachtkästchen stand das kleine Schwarz-Weiß-Bild eines Mannes in k&k-Uniform. Sie hatte den Soldaten im goldenen Rahmen nie kennen gelernt. Rosas unbekannter Vater fiel in den letzten Oktobertagen 1918 an der Piave. Ein paar Tage später sollte sie geboren werden, unter dem Sternbild der sich auflösenden Donaumonarchie. Und so wie sich schon am Beginn ihres Lebens eine junge Familie aufgelöst hatte und ein altes Reich, so sollte kaum etwas in ihrem Leben Bestand haben. Eine Ausbildung zur Pianistin hatte Rosa nach dem Bürgerkrieg von 1934 abbrechen müssen, weil sie aufgrund ihres ausgesprochenen Gerechtigkeitssinns dem katholischen Ständestaat verdächtig war. Die große Jugendliebe Max überlebte die Schlachtfelder des Zweiten Weltkriegs nicht. Knapp zehn Jahre später verletzte sich Rosa bei einem Sturz auf dem Eis die Hand so schwer, dass sie kaum mehr Klavier spielen konnte und der Deckel ihres Pianinos meist geschlossen blieb.

Eine Schwester betrat das Zimmer. Sie ging zum Fenster, schloss den Lichtspalt im Vorhang und wünschte energisch eine „Gute Nacht“. Die Tür schloss sich dumpf und fest. Rasch entfernten sich ihre Schritte am Gang. Sie klangen wie Würfel, die beim Spielen über einen Holztisch klapperten, bei jedem Aufhüpfen donnerten, sich dann in einem nervösen Vibrato leise und blechern scheppernd einpendelten und schließlich nach einem großen letzten Aufzittern zur Ruhe kamen.

Die Nerven im Ohr gaben ihre Tätigkeit auf, sie kappten das Tau zur Außenwelt. Es wurde still in Rosa. Ihre Welt hörte zu atmen auf.

Rosa Schwabs Tod wurde erst entdeckt, als die Frühschwester das Tablett mit Kaffee, Joghurt und Croissants brachte. Der Dienst habende Arzt datierte den Todeszeitpunkt auf 4 Uhr früh. Todesursache: altersbedingtes Multiorganversagen.

Ein Krankenpfleger schob den Körper der alten Frau in den Bettenaufzug und drückte „K2“, das Synonym für die Unterwelt, eine labyrinthische Anlage von Gängen und Zimmern, die alle Kliniken des Universitätsspitals unsichtbar miteinander verbanden.

Vier Tage später, am 13. März, wurde Rosa Schwab am Kommunalfriedhof beigesetzt. Die Bestattung zahlte ihre Sterbeversicherung. Von ihren Gefährten war niemand mehr da, der um sie trauern hätte können.

„Da fehlt doch was, oder?“, fragte Franco Moll, als er mit seinem achtjährigen Sohn in die Badewanne stieg.

„Was denn?“

Felix sah ihn unschuldig an.

„Der Dritte im Bunde!“

Franco deutete auf die Badeente Hermann. Sie lag zusammen mit einem Plastikdampfer und anderen aquatischen Utensilien in einem Korb.

„Vogelgrippe“, erklärte Felix.

„Wirklich?“ Franco war nun tatsächlich erstaunt. „Hermann ist krank?“

„Nein, nicht Hermann. Es ist nur wegen der Stallpflicht. Hermann bleibt im Korb.“

Felix hatte zuletzt keine Nachrichtensendung ausgelassen. Wenn er auch sonst nichts verstand: die Bilder toter exotischer Entenarten, toter Hühner im Freilandgehege und vergammelter Schwäne, die aus Teichen geborgen wurden, hatten sich eingeprägt.

Chicken Nuggets – eben noch seine Lieblingsspeise – waren für Felix in kürzester Zeit zur diabolischen Diät geworden, auch Geflügelsalat verweigerte er, und seit sich eine Feder mit dem kratzenden Kiel voran durch seinen Kopfpolster gebohrt hatte, schlief er auf einer Schaumstoffunterlage ohne Bezug.

„Wo sollte sich Hermann denn anstecken? Er und seine Kompagnons waren zum letzten Mal vor einem dreiviertel Jahr im Freien, oder?“ Franco verstand die Infektionswege von Badeenten offenbar nicht.

„Na bei dir, Papa!!!“

„Bei mir? Ich füttere keine Tauben, ich streichle keine Schwäne, und überhaupt solltest du nicht soviel fernsehen.“

„Aber du hast doch behauptet, dass du wieder beim eitlen Gockel vorsprechen musstest!"

Felix verschränkte die Arme vor seiner schmalen Brust und begann trotzig zu werden.

„Gut, gewonnen." Franco gab amüsiert nach. Die Vorstellung, sein oberster Vorgesetzter Gokl könne die Vogelgrippe übertragen, schien vielleicht gar nicht so weit hergeholt.

Das Bad war jedes Mal ein Ritual. Anfangs hatten sie zu Dritt gebadet. Als die Mutter von Felix dann ausgezogen war, übernahm Hermann die freie Wasserfläche in der Riesenwanne.

„Wir baden ab jetzt ohne Frau", hatte Felix die neue Zeitrechnung im Hause Moll eingeleitet. Von diesem Tag an ließ er sich auch den Rücken nicht mehr waschen, den ihm zuvor immer seine Mutter abgeschrubbt hatte. Erst als Franco Moll der Badeente diese Aufgabe übertrug, ging es hygienisch wieder aufwärts. Hermann durfte Felix – mit Francos Hilfe – den Rücken einseifen.

Das Bad war eines der Schmuckstücke in der Altbauwohnung im Nonntal unterhalb der Salzburger Festung. Obwohl im Winter sehr schattig, hatte Franco die Wohnung zu einer Wohlfühloase umgebaut.

Jede Lebensphase wollte ein Bett zum Ausruhen. Und das des Liebespaares Moll und Scherzer sollte eine Altbauwohnung mit alten überbreiten Schiffböden sein. Das Bad war durch eine Glaswand von der Wohnküche abgetrennt. Wollte man ungestört sein, zog man eine Jalousie herunter.

Die vielen asiatisch angehauchten Accessoires hatten die Wohnung zusammen mit Frau Scherzer verlassen. Sie machten einer etwas männlicheren Dekoration Platz – etwa einer tischhohen Vase, die aus einer rostigen Eisenplatte geschweißt worden war.

Felix und Franco waren von oben bis unten einshamponiert, als das Telefon läutete.

Der junge Kommissar meldete sich betont brummig auf seinem Mobiltelefon, da er die Nummer der kriminalpolizeilichen Abteilung „Leib und Leben“ am Display erkannt hatte und berufliche Fragen ohne triftigen Grund vermeiden wollte.

Bald wurde sein Ton resignativer.

„Wann?“

„Im Spital in Mülln, okay.“

„Bin fast schon unterwegs.“

Felix reichte ihm die Dusche.

„Ist der Spieleabend abgesagt?“

„Nur vertagt. Das holen wir bald nach.“

Während er sprach, tröpfelte Franco die bittere Mischung aus Shampoo und Wasser in den Mund. Er hustete und spuckte schließlich, als müsste er etwas ganz Ekelhaftes loswerden.

„Ja, ich finde deine Arbeit manchmal auch zum Kotzen“, sagte Felix und stieg aus der Wanne. „Warum kannst du nicht wie andere Väter auch um 9 Uhr ins Büro gehen und um 17 Uhr 30 zurückkommen? Oder ab und zu mal ein graues Sakko anziehen mit einer blauen Krawatte?“

„Weil ich kein Bürozombie bin.“

Franco richtete die Brause jetzt auf Felix. Und legte den Hebel auf KALT um.

Der Kleine schrie und hob abwehrend die Hände.

„Gib auf und komm in die Wanne zurück. Damit

ich dich abwaschen kann." Felix hüpfte augenblicklich ins Bad zurück.

„Aber bitte wärmer drehen! Sofort."

„Subito, Kleiner", antwortete Franco. Ohne Hast wusch er seinem Sohn das Shampoo aus den Haaren.

„Hast du's nicht eilig?" Felix sah seinen Vater ungläubig an, während der ihm ein Badetuch umhängte.

„Doch. Aber der Tote ist eh schon tot, und ich habe auch Kollegen. Es bleibt immer noch alle Zeit der Welt zum Arbeiten."

„Plan U?"

„Ja, Plan U!"

Felix holte seinen Rucksack. Es war sein Reisekoffer für Notfälle, der immer mit einer Garnitur Socken, Unterwäsche, mit einer Hose, einem T-Shirt und dazupassenden Turnschuhen gepackt war. Im Falle, dass er schnell umziehen musste – so wie heute.

„Bringst du mich morgen früh in die Schule?"

„Weiß ich noch nicht. Kommt auf heute Nacht an."

„Ich frag ja nur", sagte Felix. „Weißt du, wenn mich der Tick-Tack-Opa in die Schule bringt, dann weiß ich beim Abschied nie, ob es nicht vielleicht besser wäre, den alten Mann heimzubegleiten."

„Das regeln wir schon. Ihr nehmt einfach ein Taxi, das Viktor wieder zurückbringt."

Felix warf sich den Rucksack über die Schulter und klemmte sich eine riesige Stoffgans unter den Arm.

„Was, Falco darf mit?", wunderte sich Franco. „Trotz Vogelgrippe?"

„Aber Papa, das ist doch nur eine Stoffgans, die kann sich nicht anstecken."

Um 21 Uhr 20 gingen Franco und Felix Moll aus dem Haus. Der kommende Frühlingsanfang, der tagsüber warme Sonnenflecken in die Stadt warf, hatte sich wieder aus der Stadt geschlichen und sie einer dumpfen Kühle überlassen. Es war eine Zwischenzeit, in der sich zwei Jahreszeiten zu streiten schienen. Schon im Februar versuchten die Aperschnalzer mit höllischem Peitschengeknalle den Winter zu vertreiben, aber ihr klimatologischer Einfluss blieb eher gering. Es gehörte zu den Salzburger Bräuchen, jedwede mit dem Wort „Tradition" etikettierte Tätigkeit von allen Sinnüberprüfungen zu befreien. Manchmal erstickte die hochstilisierte Vergangenheit die Gegenwart.

Der Gastgarten unter Franco Molls Wohnung hatte jetzt am Abend wieder zu seiner winterlichen Trostlosigkeit zurückgefunden. Kaum etwas wirkte leerer als ein Biergarten mit eingehüllten Schankarmaturen, gestapelten und mit einer Kette gesicherten Tischen und grauen Lastwagenplanen über undefinierbarem Wirtshausinventar.

Schweigend stiegen Felix und sein Vater ins Auto.

Plan U – das war Molls Großvater, der Urgroßvater von Felix. Da er mit „Ur" nichts anfangen konnte, nannte ihn der Kleine den „Tick-Tack-Opa". Ein 85-jähriger, groß gewachsener und noch immer schlanker Mann, der im Stadtteil Lehen in einer 3-Zimmerwohnung lebte. Franco hatte ihn bereits darauf vorbereitet, dass er seinem Urenkel wieder Unterschlupf geben musste.

In der Lehener Straße schienen sich die Autos stadtauswärts durchzuquälen. Die Straße war über die Jahre zunehmend schäbiger geworden, rechts und links blieben die Rollläden in der ehemaligen Einkaufszeile immer öfter unten.

Franco bog in eine Seitenstraße ab. Die Wohnblöcke hier hatten zwar nur fünf Stockwerke, galten aber nach Salzburger Verhältnissen als Hochhäuser. Der Tick-Tack-Opa wohnte ganz oben, er konnte über die Dächer hinweg den Salzburger Untersberg sehen, aber auch Watzmann und Stauffen hinter der Staatsgrenze in Bayern.

Viktor Moll holte seinen Urenkel von der Aufzugstür ab. Er machte kaum einen Unterschied zwischen Franco und Felix und kniff beide, wann immer er es passend fand, in die Wange oder streichelte ihnen über den Kopf.

Mit einem Gute-Nacht-Kuss für Felix begann für Franco der Dienst.

Ein Mitarbeiter des Universitätsspitals im alten Stadtteil Mülln stieg an der Pforte zu Franco Moll ins Auto. Aus Rücksicht auf die Patienten im Spital hatten alle Einsatzfahrzeuge, die vor Franco angekommen waren, ihr Blaulicht ausgeschaltet. Sein ortskundiger Mitfahrer, der sich mit „Schrenk“ vorstellte, lotste den Kommissar über das weitläufige Spitalsgelände. Die Bettentürme wirkten abends noch unfreundlicher als tagsüber.

Bei einer Aufzugstür am Hintereingang einer Klinik hielten sie an. „Hier holen die Bestatter normalerweise die Patienten ab, die es nicht geschafft haben“, erklärte Molls Begleiter und drückte einen Knopf am Aufzug. „Bei uns Installateuren heißt der Fleck da die „Leichenrutschn". Vor zwei Jahren sind ein paar Bestatter auf dem Glatteis ausgerutscht. Sie kennen ja den Salzburger Regen. Und wenn der gefriert ... Auf jeden Fall ist der Inhalt ihres Blechsargs fünfundzwanzig Meter weit gerutscht auf dem Eis und dann weiter da über die Böschung bis zur Eisenbahn hinunter. Es hätte ja keiner was davon erfahren, wenn nicht ein Güterzug dem Toten auch noch die linke Hand abgetrennt hätte."

Die Ankunft des Aufzugs bewahrte Moll vor weiteren Schauergeschichten aus dem Spitalalltag. „K2" leuchtete in einem aggressiven Rot am Display des Liftes auf.

„Bitte sehr, unser Hades." Schrenk ging voran. Die Gänge waren schlecht beleuchtet, in einem Grünton, der Franco Moll an Brechreiz erinnerte. „Energiesparlampen", sagte Schrenk nur, als er den Blick des Kommissars bemerkte.

Ab und zu überholte sie jemand auf einem Minifahrrad oder rollte mit einem Elektrofahrzeug an ihnen vorbei.

„Hier sind Heizung, Notstromaggregat, die Klimaanlagen für die Gebäude und so weiter untergebracht. Und natürlich die Prosektur, wo wir die Leichen einkühlen. Ganz hinten ist die Pathologie."

Schrenk bog vor der Pathologie in einen schlecht beleuchteten Nebengang ab, der bald taghell wurde. Die Spurensicherung leuchtete den Tatort mit starken Scheinwerfern aus. Kollegen hatten den Fundort der Leiche abgesperrt.

Am Boden lag ein gut aussehender blonder Mann im

weißen Arztkittel. Er wirkte entspannt wie die meisten Leichen und war Moll selbst im Tod unsympathisch. Seine Gesichtszüge verrieten eine umfassende Unzufriedenheit mit dem Leben, ein Ungenügen, das sich bei jungen Leuten wie dem Toten selten dermaßen intensiv in ein Gesicht eingrub. Neben dem Leichnam war kaum Blut zu sehen.

Molls Kollege Oberhollenzer roch nach Bier, seine Pinzgauer Trachtenjoppe samt lederner Hose nach einem längeren Schrankaufenthalt.

„Den haben sie perforiert. Schätzungsweise 15 Stiche, davon mindestens sieben tödlich. Der Rest war offenbar Fleißaufgabe. Ein Doktor in Ausbildung zum Facharzt. Er hat hier in der II. Medizin gearbeitet. Es war angeblich sein letzter Monat auf der Station."

„Das war es sicher", murmelte Moll. „Was ist da hinten?"

„Naja, diese Unterwelt ist auch als Gratispension sehr beliebt."

„Sandler?"

„So ist es, Schlaumeier, aber ‚schön' sprechen, bitte sehr. ‚Obdachlose' heißen sie neuerdings. Es wird zwar einmal am Abend kontrolliert, aber irgendwie schafft es der eine oder andere doch herein. Es ist trocken, nicht all zu kalt. ‚Cardboard-City' unter der Uni-Klinik", spottete Oberhollenzer, während er sich an den Trägern seiner Lederhose festhielt.

Franco deutete mit dem Kopf auf Oberhollenzers Tracht und schmunzelte.

„Nette Verkleidung."

„Einer muss ja wissen, was sich gehört", antwortete Oberhollenzer.

An der Wand lehnte ein hohler Karton, der einst einen Kühlschrank beschützt hatte. ‚Schmuddelig' war stark untertrieben, um die gesteppte Decke im Inneren des Kartonhauses zu beschreiben. Ihr bakteriologischer Besatz musste jeden Mikrobiologen zu Entzückensschreien hinreißen. Sie schien ungehobene biologische Schätze und noch nicht klassifiziertes Leben zu bergen.

Neben der Behausung fanden die Kriminalisten Zeitungspapier, eine Kerze und ein billiges Kassettengerät nebst anderem Krimskrams wie einer löchrigen Schihaube.

Leute von der Spurensicherung waren bereits dabei, die recyclebare Ein-Mann-Pension aufzuarbeiten.

„Und?", fragte Moll.

„Es wäre die einfachste Lösung. Der junge Arzt – er heißt Benno Waldegg – überrascht den Einlieger. Der sticht in Panik zu. Und aus."

„Waffe haben wir keine, oder?"

Oberhollenzer schüttelte den Kopf.

„Wenn die Medizin die biologischen Spuren ausgewertet hat, wissen wir mehr. Vielleicht sogar den Namen des Schlafgehers."

Oberhollenzer und Moll zuckten zusammen. Schrill spielte das kleine Kassettenradio ein Stück von Mozarts „Requiem".

„T'schuldigung", murmelte ein Spurensicherer kleinlaut und drückte die Stopptaste am Gerät, an dem er eben herum hantiert hatte.

Im Gegenlicht der Tatortscheinwerfer näherte sich eine groß gewachsene Gestalt den beiden Polizisten. Josef Kuczinsky war, wie ein gesticktes Namensschild auf seiner Brusttasche verriet, der Vorstand der Herzklinik und der – ehemalige – Chef von Benno Waldegg.

„22.45 Uhr und der Primar noch im Haus?“, begrüßte ihn Oberhollenzer salopp.

„In einer Klinik gibt es viel zu administrieren. Manchmal hat man deshalb kaum noch Zeit für die Patienten.“

Primar Kuczinsky erschien Franco Moll wie das Gegenstück zum Toten – freundlich, sympathisch, mit sehr positiven warmen Zügen. Das Gesicht war fast ein bisschen zu jung für den Hals und die graumelierten Haare. Angeblich stieg die Bereitwilligkeit zu ästhetischen Korrekturen mit der Ranghöhe in der medizinischen Hierarchie.

Moll hatte das Gesicht des Primars länger als üblich betrachtet. Verlegen holte er ein Notizbuch aus der Sakkotasche. Sein Kugelschreiber versagte. Primar Kuczinsky griff sofort nach seiner Brusttasche und drückte ihm einen flauschigen Kugelschreiber mit blauem Frotteeüberzug und der Aufschrift „Gut für's Herz“ samt Logo einer Pharmafirma in die Hand.

„Verzeihen Sie die respektlose Frage, Dr. Kuczinsky, war Waldegg tatsächlich so unsympathisch, wie er wirkt?“

„Ein bisschen überheblich vielleicht. Aber er konnte sehr charmant sein.“

„Ein guter Arzt?“

„Ich hätte ihn eher in der Forschung gesehen. Er war ein blendender Rechner und Analytiker. Aber eine Injektion verabreichen oder einen Zugang zur Vene legen: das war nicht seine Stärke. Was glauben Sie, wie viele blaue Arme ich gesehen habe, die auf sein Konto gehen.“

„Konsequenzen?"

„Wo denken Sie hin. Wir liefern ja keine Kollegen aus. Das ist Ihnen ja sicher auch aus ihrem Metier bekannt."

Kuczinsky konnte sich ein Schmunzeln jetzt nicht verkneifen.

„Gefahr für die Patienten ist er jetzt zumindest keine mehr", setzte Oberhollenzer gedankenverloren hinzu. „Was passiert denn, wenn Sie hier Fremde entdecken?"

„Im Regelfall werden Sie vom Sicherheitspersonal hinausbegleitet. Anzeigen macht keinen Sinn. Das Dutzend Besucher, das wir haben, kennen wir ohnehin mehr oder weniger. Sie sind wie Bumerangs und kehren bald zurück. Oft finden sie irgendeine offene Tür. Manchmal kommen Sie auch als Patienten in eine Notfallaufnahme und gehen dann einfach in den Keller. Das ist fast nicht zu kontrollieren."

Kurz nach 23 Uhr verließen Oberhollenzer und Moll das Spitalsgelände. Der Primar hatte sie noch gebeten, ihn auf dem Laufenden zu halten und den Kommissaren den Verwaltungsdirektor der Herzklinik, Alfons Wallner, vorgestellt. Alarmiert von einer Nachtschwester war der kleine rundliche Mann kurz zuvor in die Klinik zurückgekommen. Er hatte die Tatortarbeiten argwöhnisch beobachtet, nicht ohne ein paarmal mürrisch den Unglücksfall zu kommentieren und die Polizisten um dezente Arbeit zu bitten.

Das Augustinerbräu in Mülln, schräg gegenüber der Klinik, hätte sich für eine kurze Rast angeboten, aber die Bierhallen waren bereits finster. Der Parkplatz vor dem Kloster, das an der Felsmauer des Mönchsbergs zu lehnen schien, stand leer.

„Wirklich eine unangenehme Eigenart der Mönche, dass sie so früh zusperren", beklagte sich Oberhollenzer. „Wenn du dir überlegst, wie schlecht die Pfaffen ihre Immobilie nutzen. Da gehört die ganze Nacht durchgefeiert."

„Ich hab das Bräu im Sommer lieber, wenn man im Garten unter den Kastanienbäumen sitzen kann", sinnierte Moll. „Wo wohnt die Familie von Waldegg eigentlich?"

„Hinterm Neutor."

Nach dem Müllner Hügel tauchte links das nachts in vielen Farben glänzende Band der Salzach auf. Schweigend passierten die Polizisten das schmale Klausentor. Die Oberleitungsbusse wagten nur mit Schrittgeschwindigkeit durch zu fahren, weil links und rechts gerade ein paar Zentimeter Platz blieben. Der steil aufragende Kalkstein des Mönchsbergs reflektierte schwach das Licht der Straßenlampen. Die Ampel hinter der Pferdeschwemme, in der die Fürsten einst ihre Rösser standesgemäß badeten, war bereits außer Betrieb. Oberhollenzer und Moll bogen rechts in das Neutor ein und hielten kurz hinter dem Tunnel vor einer Villa. „Dr. Benno und Dr. Alexandra Waldegg" war auf einer Messingtafel in großen Lettern zu lesen.

„Wer ist jetzt unser Bösewicht?", fragte Moll.

„Tun wir einfach mal so, als wär's der unbekannte Obdachlose aus dem Klinikkeller."

Der fürstliche Ton der Hausglocke war bis vor den Eingang zu hören. Eine junge Frau öffnete den beiden.

Sie trug ein plärrendes Kleinkind am Arm und war sichtlich verweint.

Oberhollenzer kondolierte ihr. Sie hatte vom Tod ihres Mannes bereits telefonisch erfahren.

Frau Waldegg führte die Polizisten in einen Salon, in dem sie mit dem Kind fast etwas verloren wirkte – Leben inmitten einer scheintoten Umgebung in matten Dunkelblau-und Brauntönen.

„Verzeihen Sie, ich bin nervlich momentan nicht ganz auf der Höhe. Ich war schon in Trennung von meinem Mann. Und der Kleine hier weint den halben Tag, und ich weiß nicht warum."

„Geben Sie mal her", sagte Moll.

Er legte sich das schreiende Kind bäuchlings auf den Unterarm und ließ den kleinen Kopf in seine Armbeuge sinken. Nach ein paar Schritten verstummte das Baby, was seine Mutter zu einem ungläubigen Blick veranlasste.

„Fliegergriff", sagte Moll fast entschuldigend. Er mochte die Frau mit ihren aufgesteckten brünetten Haaren auf Anhieb.

„Was heißt, Sie waren in Trennung?", setzte Oberhollenzer nach.

„Das ist ja jetzt eigentlich egal, oder? Ich brauche halt einen verlässlichen Mann, einen, den ich nicht dauernd teilen muss."

„Teilen mit wem?"

Alexandra Waldegg sah aus dem hohen Fenster, in dem sich die Dreiergruppe mit Baby spiegelte.

„Sie wissen ja: eine Ärztekrankheit. Die werden ständig von irgendwem angehimmelt. Ich war ihm offenbar nicht genug als Anbeterin."

„Anbeterin, das passt ja gar nicht zu Ihnen“, schaltete sich Moll in das Gespräch ein.

„Ach ja, bevor ich's vergesse: mein Babysitter hier ist eigentlich Polizist“, ätzte Oberhollenzer.

„Gut zu wissen, dass die Behörde Multitalente hat.“ Alexandra Waldegg lächelte. Hinreißend, wie Moll dachte.

„Nein, ich bin kein Anbeter-Typ“, griff Waldegg den Faden auf. „Ich stehe auf eigenen Beinen, ich habe eine psychologische Praxis u.a. für Gesprächstherapie. Das ist anstrengend, aber mittlerweile kann ich sehr gut davon leben.“

„Das Haus gehört Ihnen?“

„Nein, meinem Mann.“

„Und jetzt, nach seinem Tod?“

„Ich nehme an, dass es der Kleine hier erben wird“. Alexandra Waldegg deutete auf das Baby, das mittlerweile auf Molls Arm eingeschlafen war.

Gegen Mitternacht stiegen die beiden Kommissare wieder in ihr Auto. Sie wussten jetzt den Namen der letzten Affäre des Toten. Moll machte sich ein paar Notizen. Der Frotteekugelschreiber in seiner Hand fühlte sich fremd an. Er hatte vergessen, Primar Kuczinsky den flauschigen Stift zurückzugeben.

Vor weiteren Recherchen wollten Moll und Oberhollenzer das Ergebnis der gerichtsmedizinischen Untersuchung abwarten. Es sollte im Lauf des späten Vormittags eintreffen.

Wieder einmal war dieses feinmaschige Netz gerissen, das sich glatt über all die Kanten und Ecken der

Stadt breitete. So wie das Netz auch im eigenen Leben immer wieder einmal riss und man ein Stück weit durchfiel, hart abbremste und beim Inventarisieren der Blessuren entdeckte, dass man wie in den Videospielen ein neues Level in der Netzakrobatik erreicht hatte.

Irgendwann würde auch er selbst wieder durch einen Riss im Lebensgewebe ein Stück weit stürzen. Und irgendwann wieder aufwärts klettern. So war das mit dem Pendeln zwischen Hoch und Tief.

Jetzt, da er sich besser fühlte, musste Franco über seine improvisierte Philosophie schmunzeln. Tatsächlich lebte es sich derzeit ganz gut. Aber die große Zufriedenheit, in die er sich zurücklehnen hätte können wie in eine perfekte Liebschaft, die hatte sich nicht mehr eingestellt. Wahrscheinlich war sie nur eine kosmische Ausnahmesituation, für einen Tag, eine Nacht oder, wenn es hoch herging, für ein paar Monate.

Moll brachte Oberhollenzer zu seiner Wohnung im Stadtteil Parsch und kehrte ins Nonntal zurück. Die spärlichen Parkplätze waren wegen der späten Stunde bereits vergeben. Moll musste ein paarmal um die alten Gebäude kreisen, bis er das Auto abstellen konnte.

Am nächsten Tag ging alles sehr schnell.

Die Gerichtsmedizinerin Sandra Szifkovits begann schon um sechs Uhr mit der Autopsie. Noch in der Nacht hatte sie aus der Körpertemperatur des Toten und der Umgebungstemperatur den Todeszeitpunkt errechnet. Waldegg musste am 20. März gegen halb acht Uhr abends gestorben sein.

Eine Mitarbeiterin der Gerichtsmedizin wertete die zahlreichen biologischen Spuren aus, die man am Opfer entdeckt hatte, eine Materialspezialistin beschäftigte sich mit fremden Fasern am Arztkittel des Toten.

Gegen elf rief eine der Assistentinnen der Gerichtsmedizin bei Moll im Büro an. Die an der Schulter von Waldegg gefundenen Fasern waren identisch mit jenen der nicht mehr ganz taufrischen Decke aus der Kartonbehausung in der Nähe des Fundortes.

Moll tippte den Bericht über die Geschehnisse des Vorabends fertig und fuhr mit dem Lift in die Tiefgarage der Polizeidirektion.

Das riesige Bürogebäude im Süden der Stadt wurde zur Hälfte von der Alpenstraße beschallt. Wer so wie Franco Moll Glück hatte, blickte über die Hellbrunner Allee Richtung Untersberg ins Grüne und bekam vom täglichen Verkehrswahnsinn auf einer der wichtigsten Straßen Salzburgs nichts mit.

Während der Fahrt durch die Stadt wurde Moll wieder bewusst, dass Menschen im Automobil zu archaischen Verhaltensweisen neigten. Sie fuhren ohne Rücksicht auf Verluste, blockierten Kreuzungen, sodass auch der Querverkehr keine Chance mehr hatte, die Ampel zu passieren, und agierten insgesamt so, als wäre mit der Drehung des Zündschlüssels nunmehr auch jede Barriere zu den asozialen Relikten aus der Entwicklungsgeschichte des Homo Sapiens entriegelt worden. Auf der Straße tendierten Menschen wie frühsteinzeitliche Hominiden zu reagieren. Moll kochte innerhalb kürzester Zeit vor Wut. Offenbar gab es so oder so kein Entkommen vor den grobschlächtigen Impulsen des Steinzeitmenschen, der noch immer im modernen Menschen hauste.

Vielleicht trug auch nur der Freitag und damit all

das, was sich während einer Woche Arbeitsleben ansammelte, zur explosiven Stimmung bei.

Um den planmäßigen Stau auf der Staatsbrücke zu vermeiden, nahm Franco Moll den Weg vorbei am „Henkerhäuschen“ hinter der Festung. Einsam stand das alte Haus, geschützt von ein paar Büschen, mitten in der ein paar Hektar großen Wiese. Angeblich, weil sich einst niemand in der Nähe des Scharfrichters ansiedeln wollte.

Tatsächlich diente das Haus früher viel friedlicheren Zwecken. Eingeweihte kannten es als „Krautwächterhaus“ – von hier aus hatte man in der Vergangenheit die Ernte am umgebenden „Krauthügel“ vor Dieben geschützt. Wie so vieles in Salzburg gehörte auch dieses Areal samt Haus dem Stift St. Peter in der Innenstadt. Seine wirtschaftliche Macht war in Vergangenheit und Gegenwart mindestens ebenso groß wie seine metaphyische Wirkung.

Fast immer, wenn Moll zwischen Krauthügel und Donnenbergpark durch fuhr, versuchte er sich vorzustellen, wie die Wiese voller Krautköpfe ausgesehen haben mochte. Jetzt, gegen Ende des Winters, war diese Vorstellung noch schwieriger. Auf dem bleichgelben Untergrund wollten selbst in der Phantasie keine Krautköpfe wachsen.

Mit der Gerichtsmedizin verband Franco vor allem eines: einen stechenden ekelerregenden Geruch, der aus Formalin und unzähligen Desinfektionsmitteln zusammengemischt zu sein schien. Wenn Nasen Todesangst gekannt hätten: hier hätten sie geschlottert.

Obwohl man schon jahrelang einen Neubau oder eine Umsiedelung diskutierte, war das Institut noch immer im Souterrain eines Spitalbaus auf dem Gelände der Landesnervenklinik untergebracht.

Sandra Szifkovits, eine sehr couragierte Mittfünfzigerin, die weder Tod noch Vorgesetzte zu fürchten schien, hatte sich sowohl fachlich als auch im Umgang mit ihren Mitarbeitern profiliert.

„Schon der erste Stich war tödlich", sagte Szifkovits trocken. „Herztamponade."

Moll runzelte die Stirn.

„In Herzensdingen bin ich erwiesenermaßen nicht sehr bewandert …"

Die Medizinerin lachte.

„Ein Großteil der Stiche ging durch Brust und Herzbeutel ins Herz. Der Herzbeutel schließt sich wieder, wenn man die Klinge herauszieht. Das Herz ist aber undicht und pumpt Blut in den umgebenden Herzbeutel, bis es an diesem Blut quasi erstickt und der Muskel nicht mehr kontrahieren kann."

Szifkovits betrachtete die Tatortfotos. „Deswegen haben sie im Übrigen auch kaum Blut neben der Leiche gefunden. Die Tatwaffe dürfte eher schmal sein, mit keiner besonders langen und breiten Klinge. Kein Dolch, weil das Messer nur auf einer Seite geschärft war. Der Tote hat auch Verletzungen im Kehlkopfbereich. Der Mörder muss ihn von hinten mit ziemlicher Kraft gehalten haben, während er zustach."

Die Gerichtsmedizinerin drehte sich um und ging zu einer Wandfront aus Edelstahl. Sie öffnete eine der kleinen quadratischen Türen und zog einen chromglänzenden Schlitten heraus. Mit ihm kam ein Schwall kalter Luft in den Raum und dann ein Paar nackte Fußsohlen.

„Schauen Sie mal …"

Szifkovits winkte Moll näher.

„Die Abschürfungen an den Fersen deuten darauf hin, dass der Corpus zumindest ein kleines Stück weit gezogen worden ist."

Die Medizinerin deutete auf ein Reagenzröhrchen, das auf einer Art Standküchenmixer kreiste.

„Wir schauen uns gerade die Haare an, die wir auf der Decke gefunden haben. Da dürften noch brauchbare biologische Spuren drauf sein. Vielleicht bekommen wir eine schöne Gensequenz. Aber wenn da Ärzte drin verwickelt sein sollten: dann wünsch ich euch viel Glück. Das sind Meister im Vertuschen. Mir können Sie das glauben."

Szifkovits grinste wieder.

Franco sah sich fragend um.

„Wie lange wird's denn dauern, bis wir mehr wissen?"

So trostlos dieser Ort hier auch roch: Irgendwie regte das Labor den kindlichen Spieltrieb an. Und hätten Moll nicht ein paar Stunden Schlaf gefehlt, wären seine Augen wahrscheinlich größer geworden.

„Ich denke in zwei, drei Stunden können wir mehr sagen. Wir müssen die Spuren, wenn sie gereinigt sind, durch den PCR schicken. Das ist so eine Art Kopiergerät für Erbgutreste."

Szifkovits hob den Kopf und rief in einen anderen Raum hinüber. „Hast du noch was gefunden, Principessa, andere Fasern?" In der Tür erschien ein Mädchen, das furchterregend schlank war.

„Nahe am Verschwinden", dachte Franco.

An den Händen trug das Mädchen halbtransparente

Laborhandschuhe. Beim Reden schien nur eine Notfallration Stimmbänder mitzuschwingen.

„Nein, nichts mehr. Aber ich habe gerade einmal die ersten vier Quadratzentimeter untersucht und taste mich den ganzen Arztkittel abwärts."

Sie verschwand wieder. Der Türrahmen erschien jetzt kaum leerer als zuvor.

„Ihnen kann man auch beim Denken zusehen", meinte Szifkovits und grinste wieder von einem Ohr zum anderen. „Unsere kleine Prinzessin ist zwar körperlich kaum existent, aber das bisschen Hirn, das irgendwo in ihr versteckt sein muss, hat es in sich."

„Wenn sie Kellnerin wäre, würde ich aus Rücksichtnahme höchstens ein kleines Bier bei ihr bestellen. Und bei den Hauptspeisen immer nur eine kleine Portion", sinnierte Franco.

„Unterschätzen Sie sie nicht. Wenn Sie öfter mit ihr zu tun haben, werden Sie sie noch lieben."

Auf einem Regal entdeckte Franco Hirnteile, die in einem großen Glaszylinder schwammen, daneben Teile von Leber, Niere und Herz. Organfragmente wurden nach Obduktionen routinemäßig aufbewahrt. Dennoch war es immer wieder unangenehm, Leichenteile in Formalin treiben zu sehen, auch wenn sie kaum mehr etwas mit einem ehemals Lebenden zu tun zu haben schienen.

„Seltsam." Szifkovits war wieder ernst geworden. „Dass wir nur Faserspuren von der Schulter haben, meine ich."

„Hätte auch geglaubt, dass wir sie überall am Körper entdecken müssen, wenn unser Unbekannter den Toten ein Stück geschleppt hat."

„Möglicherweise hat er ihn auf einem Rollwagen transportiert; die stehen im Keller in rauen Mengen herum."

Eine Dreiviertelstunde später war Franco Moll zurück in der Polizeidirektion. Oberhollenzer deutete wortlos mit dem Kopf nach oben und rollte die Augen. Antritt bei Brigadier Gokl.

Neben dem Schreibtisch des vorgesetzten Mittvierzigers lehnte eine schicke Tennistasche mit drei Rackets.

„Wir können es ruhig kurz machen, wenn Sie unter Termindruck stehen", sagte Moll und verabsäumte nicht, dabei einen Blick auf die Tennistasche zu werfen.

„Ich hab ja bei diesen Ermittlungen im Fall Waldegg noch nichts Schlechtes über Sie gehört, meine Herren. Und ich möchte, dass es auch so bleibt. Ärzte tragen Handschuhe auch deshalb, weil sie so sensibel sind, wenn Sie wissen, was ich meine."

Moll ging zwei Schritte auf Gokl zu.

„Es gibt auch das Sprichwort: Wenn Sie gesund bleiben wollen, geben Sie Ihrem Arzt nicht die Hand."

Angewidert hielt er seine rechte Hand von sich.

„Wissen Sie warum, Herr Brigadier? Weil sich mehr als die Hälfte aller Ärzte die Hände nach einer Patientenuntersuchung oder einem WC-Besuch nicht wäscht. Der Schluss daraus: Ärzte haben oft Dreck an den Händen, auch wenn man das nicht sofort sieht."

„Dann werde ich lieber deutlicher, Herr Moll. Sie" – Gokl spreizte nun manieriert zwei Finger, um damit auf die beiden Kommissare zu zeigen – „Sie streifen auf jeden Fall Handschuhe über, wenn Sie mit Ärzten aus dem Uniklinikum oder jenen nahe stehenden Personen zu tun haben."

Er lächelte.

„Und bitte halten Sie mich auf dem Laufenden. Wie es aussieht, haben wir gute Spuren, und der Mann aus dem Karton wird doch zu finden sein, oder?"

„Da haben Sie schon Recht", schaltete sich Oberhollenzer ein, „aber ob er unser Mann ist, das wissen wir noch nicht."

Brigadier Gokl bückte sich nach der Tennistasche. Ein unmissverständliches Zeichen, dass die Benimmstunde beendet war.

„Je öfter ich ihn sehe, umso mehr mag ich ihn", meinte Oberhollenzer, als sie die finstere Treppe ins Büro zurückgingen.

Moll verschluckte sich vor Erstaunen und hustete laut. „Er lässt sich so viel gefallen, nur damit er pünktlich am Platz ist."

„Untypisch für politische Günstlinge. Die schlagen normalerweise gleich zu, wenn man sie schief anredet."

Vor dem Büro blieben beide stehen.

„Was hältst du vom LAGE?"

Oberhollenzer deutete mit dem Kopf in Richtung Eingang der Polizeidirektion.

„Masochist", sagte Franco, „aber ja: ich verdaue mich eh schon selber. Essen wir was."

Nach einer kurzen Diskussion, ob sie Treppe oder Aufzug ins Erdgeschoß nehmen sollten, gingen sie zu Fuß aus der Polizeidirektion. Rechts war ein schmales verrauchtes Lokal namens „LAGE“ angebaut – den Namen trug es seit der Auflösung des „Landesgendarmeriekommandos“ und der Fusionierung des Wachkörpers mit der Polizei.

„Zweimal ‚Kiwara‘“, orderte Oberhollenzer, „für mich rabiat, bitte“. Bruno, der Beislwirt, warf zwei scharfe Würste auf die Grillplatte und begann das kulinarische Umfeld des „Kiwara“ vorzubereiten.

Seine Speisekarte war ein dichterisches Meisterwerk. Wer „Gepresste und getrocknete Nusstorte“ bestellte, bekam Mannerschnitten. Hinter „Zerteilter Schweinsbraten auf gerösteten Erdäpfelscheiben nebst Zwiebelstreifen und Gruß des Huhnes“ verbarg sich ein Grenadiermarsch mit Spiegelei. Der „Kiwara“ war die Krönung – ein Akronym aus Kren, Ingwer, warmer Wurst, Avocado und Rahm samt ein paar Gewürzen verpackt in einem Weizen-Roggen-Weckerl, dem man jede natürliche Herkunft oder chemische Anleihen in der Natur absprechen musste. In der Rabiatversion ersetzte Bruno das K von Kren durch Knoblauch.

Bruno servierte seine Küchenkreationen schweigend. Sein Blick war eine Salzburger Variation von „Die Hard“.

Oberhollenzer biss herzhaft zu. „Das ist etwas ganz Ehrliches. Da weiß man, was man isst.“

„Fasten ist etwas für Weicheier“, stammelte Franco mit vollem Mund.

Bruno, der Wirt, war ehemaliger Gendarm, hatte allerdings so wie viele im Wachdienst vor seiner Zeit bei der Behörde eine Lehre absolviert und Koch und Kellner gelernt. Nach der Fusionierung von Polizei und Gendarmerie quittierte er den Dienst und pachtete das Lokal – und benannte es sofort um. Manchmal hatte Franco den Eindruck, er wolle sich mit seiner Küche an der Polizei rächen. Brunos Küche schrammte haarscharf an vorsätzlicher Körperverletzung entlang.

Gegen halb vier kam erneut ein Anruf von der Gerichtsmedizin. „Szifkovits hier. Wir haben die Sequenz der DNA-Probe nach Wien geschickt. Die gleichen das jetzt mit der österreichweiten Datenbank ab. Wenn sie was finden, melden sie sich bei euch. Wir gehen auf jeden Fall ins Wochenende. Haltet mir die Straßen sauber, und schaut's, dass nichts passiert. Ich will meine Ruh haben am Wochenende. Servus."

Franco Moll hatte den Sermon ohne Widerrede entgegengenommen und mit einem Seufzer aufgelegt.

„Willst du darüber reden?", fragte Oberhollenzer.

„Ich dich auch", grinste Moll und lehnte sich zurück.

Kurze Zeit später meldete sich Felix.

„Alles okay, Kapitän."

„Wer passt jetzt auf wen auf? Du auf Opa oder er auf dich?", fragte Franco.

„Wir spielen Memory!"

„Und?"

„Jetzt weint Opa auf dem Klo."

„Was?"

„Nein, ist eh nur Spaß. Aber er hätte allen Grund dazu … Es ist was anderes: Deine Frau hat angerufen."

„Will sie dich sehen?"

„Ja, morgen", sagte Felix.

„Außerdem, Felix: Sie ist meine Exfrau, aber deine Noch-Immer-Mutter."

„Ich habe sie aber aus dem Container hinaus gewählt."

„Nein, sie hat SICH aus dem Container hinaus gewählt."

Franco atmete tief durch. Er konnte Felix buchstäblich durch das Telefon schmollen sehen.

„Und? Was soll ich machen?", fragte der Junge trotzig.

„Jedes Mal, wenn sie anruft, das gleiche Drama, Felix. Wir machen es wie immer. Verbring den Nachmittag mit deiner Mutter. Sie freut sich, dich zu sehen, und du hast am Vormittag noch für was Anderes Zeit."

Felix begann auf die Tränendrüse zu drücken.

„Hast du morgen auch wieder mal ein paar Stunden für mich übrig?"

„Derzeit sieht es gut aus. Möglicherweise hole ich dich schon heute Abend ab."

Aber daraus sollte nichts werden.

Kurz nach fünf begann das Faxgerät zu knattern. Die DNA-Probe, die Gerichtsmediziner von den Haaren auf der Schmuddeldecke extrahiert hatten, gehörte zu Karl Unterberger. Er war erkennungsdienstlich immer wieder erfasst worden wegen Diebstählen, einmal wegen eines Handtaschenraubes. Dabei hatte er auch seine DNA durch einen Mundhöhlenabstrich preisgeben müssen.

Unterberger war in der Szene als „Haubenkarli" bekannt, weil er im Sommer wie im Winter eine jener russischen Fellhauben trug, deren Seitenteile man entweder über die Ohren ziehen und unter dem Kinn zusammenbinden konnte oder über dem Kopf wie eine Fellkrone schloss.

„Fahndung?“, fragte Oberhollenzer.

„Vergiss es. Den holen wir uns ohne großes Aufsehen“, meinte Franco.

Moll war überzeugt, dass sie sich in den nächsten Stunden bis zum „Haubenkarli“ durchfragen konnten. Er wollte die Fragetour am Salzachufer nahe beim Hanuschplatz beginnen.

Wenn es wieder wärmer wurde, sammelten sich dort abends all jene, die kein Heim hatten, keines mehr haben wollten oder das Gefühl hatten, nie heimzukommen, selbst wenn sie nach Hause gingen.

Die Würstlkönigin hatte ihre fahrbare Nachtrestauration bereits in Betrieb genommen.

„Legen wir noch eine nach?“, schlug Oberhollenzer vor.

Moll hatte seinen Wurstbedarf bereits gedeckt und lehnte ab.

Während er Oberhollenzer dabei zusah, wie er eine Käsekrainer mit Pfefferoni verdrückte, hatte er Zeit, die Wurstfrau auszufragen, eine korpulente Dame mit rosigem Gesicht. Es war Moll nicht ganz klar, ob der Teint von der Anstrengung des Atmens kam oder vom Dunst des Wurstwassers.

Franco erfuhr die aktuellsten kulinarischen Details über den Haubenkarli, etwa, dass er vor zwei Tagen um drei Uhr früh, kurz bevor der Würstlstand dicht machte, aufgetaucht war. Die Wurstfrau hatte ihm daraufhin zwei Debreziner, die sich schon die halbe Nacht im Wasser gelangweilt hatten, samt Pfefferoni geschenkt. Der Haubenkarli galt als sehr höflich, ohne unterwürfig zu sein. Deshalb waren seine Bittgänge häufig erfolgreich. Ja, und eine Dose Bier hatte sie ihm dann auch noch geschenkt, aber das dürfe der Chef nicht erfahren. Sei aber egal, meinte die Wurstfrau. Nachdem sie immer wieder ein paar „Blech“ am offiziellen Kontingent vorbei verkaufe, sei ‚dem Haubenkarli sein Bier‘ eh von ihrem eigenen Bestand gekommen, mit dem sie sich bei einem Billigdiskonter eindecke.

Die Wurstfrau lächelte Moll entschuldigend an, als habe sie sich eben selber bei einer Sünde ertappt.

Franco wunderte sich wieder einmal, warum er Leute zu Beichten anregte. Anderen warfen sich Frauen an den Hals, ihm mehr an die Ohren, die sie dann voll laberten.

Auf den ersten Blick verkörperte er den stillen Frauenhelden. Auch hier beim Würstelstand blieb seine Anwesenheit nicht unbemerkt. Er trug eine schmal geschnittene italienische Lederjacke und ein dunkelgrünes Langarm-T-Shirt, dazu klassische, gerade geschnittene schwarze Jeans. Seine Augen lenkten vom ersten Gesamteindruck allerdings ab. Es schien etwas Aufgebrachtes in ihnen zu hausen, etwas, das sich zur Ruhe legen wollte, aber noch keinen Schlaf fand, wie ein vom Tagewerk überdrehtes Kind. Nur manchmal, wenn ihn die Gelassenheit überwältigte, war Franco von Kopf bis Fuß aus einem unerschütterlichen Guss.

„Gut gemacht, Italiener“, sagte Oberhollenzer, „jetzt wissen wir zwar nicht viel, aber mehr.“

„Könnt ihr Pinzgauer auch etwas Anderes als essen?“, hakte Moll nach.

„Ja, die ganze Welt duzen und Rinder züchten.“

„Warum bist du denn nicht bei dem geblieben, was du kannst?“

„Ich bin als Botschafter des Pinzgaus hier ‚aussergebirg‘ geschickt worden. Gewissermaßen ein Grenzgänger.“

„Um das Durchschnittsgewicht der Salzburger zu heben.“ Moll lachte.

Oberhollenzer klopfte sich auf seinen Bauch. Das Zeichen zum Aufbruch.

„Zu Fuß oder mit dem Auto?“

„Mit dem Auto“, schlug Oberhollenzer vor. „Aber zuerst fragen wir die paar Gestalten hinter dem Fischgeschäft.“

In der Gruppe, die sich mit Rotwein aus dem Tetrapack für die Nacht rüstete, war kein einziger dabei, der den Haubenkarli jüngst gesehen hatte. Einer meinte, der Karli sei schon vor einiger Zeit ein Stück salzachabwärts gezogen und residiere jetzt irgendwo in der Müllner Gegend.

Noch immer lag der Geruch aus der Belüftungsanlage des Fischgeschäftes in der Luft. Er war das Markenzeichen der Bushaltestelle am Hanuschplatz. Wie zum Hohn leuchtete von der anderen Seite der Salzach die gelbe Fassade des Österreichischen Hofes herüber, einer der ersten Adressen Salzburgs. Dort war der Geruch frittierter Fische bestimmt kein Thema. Selbst die kleine Trafik neben dem Fischgeschäft roch nach Meeresgetier.

Oberhollenzer und Franco Moll stiegen ins Auto. Sie fuhren mit dem Zivilfahrzeug hinter dem Würstlstand vorbei auf den Salzachradweg und zwischen manchmal in ihrem Gleichgewicht schon etwas beeinträchtigten Radlern langsam den Fluss hinunter. Trotz der spätwinterlichen Temperaturen saßen Jugendliche bereits auf Bänken herum und ließen die Woche mit Wodka- oder Weinflaschen ausklingen.

Am Spielplatz unterhalb des Klausentores sprang Oberhollenzer aus dem Auto, weil er jemanden entdeckt hatte. Der bullige Polizist packte die Bekanntschaft, die über ihren Bekanntheitsgrad gar nicht erfreut war, heftig am Kragen. Während der Motor des Autos bei offener Fahrertür lief, sah Moll den Angesprochenen ungelenk gestikulieren.

Der Mann konnte seine Bewegungen nicht mehr ganz kontrollieren. Oberhollenzer schüttelte ihn kurz wild. Man sah dem bärtigen Hobo an, dass er zu flehen begann. Ohne weitere Grobheit ließ Oberhollenzer von ihm ab und setzte sich wieder hinters Steuer.

„Der weiß auch nix. Aber er meint, dass der Haubenkarli mit dem Schuhputzer gut ist."

„Der ist ja auch nicht ganz bei Sinnen, oder?"

„Jetzt nicht mehr. Hat sich weich gesoffen."

„Den finden wir am besten morgen, oder? Wenn er mit seinem Wagen wieder durch die Stadt gondelt."

„Gut, machen wir Schluss."

In Mülln verließ Oberhollenzer den Radweg wieder.

Franco rief vom Mobiltelefon aus seinen Großvater an.

Der meldete sich mit unterdrückter Stimme.

„Er schläft schon."

„Felix?“

„Ja, wir waren heute an der Salzach spazieren. Da habe ich dann gewonnen.“

Viktor Moll lachte verhalten.

„Weiß du, man braucht auch mit 85 noch seine Triumpfe.“

Franco versprach, bei seinem Großvater zu frühstücken und Felix abzuholen.

„Laura kommt auch. Dann machen wir einen Branch.“

„Einen Brunch“, korrigierte Moll und ärgerte sich gleichzeitig, dass er es sich nicht verkneifen hatte können, den Besserwisser zu spielen.

„Egal, frühstücken wir halt einfach ausgiebig.“

Viktor Moll amüsierte sich über seinen Vorschlag und bat seinen Enkel, Gebäck mitzubringen, vor allem drei frische Salzstangerl. Dafür schien es in der Familie Moll eine genetische Dispositon zu geben: diese Vorliebe für Salziges. Auch Franco griff regelmäßig zu salzigem Gebäck in allen möglichen Formen.

Vor dem Landesgericht am Rudolfsplatz stieg Moll aus. Er wollte die paarhundert Meter zur Wohnung im alten Nonntal zu Fuß gehen. Die beiden Kommissare vereinbarten, sich am nächsten Tag gegen eins im Zentrum vor dem Café Glockenspiel zu treffen.

Franco passierte die Zufahrt zur Schanzlgasse – sie führte an der Rückseite des Landesgerichts vorbei und war bei den Salzburgern Synonym für einen Gefängnisaufenthalt. Wer in der Schanzlgasse 1 landete, dessen Leben machte hinter einem großen Blechtor

Zwischenstation in der Justizvollzugsanstalt. Sie war bereits seit Jahren um etwa ein Drittel überbelegt. Immer wieder kam es zu Gewaltausbrüchen in den engen Zellen, die sich vier bis acht Menschen teilten.

Kurz danach zweigte die alte und enge Nonntaler Hauptstraße rechts ab. Die neue Straße lief in einem S um den alten Stadtteil herum, um zumindest einen Teil des Verkehrs von den schmalen historischen Gassen fernzuhalten.

Das Stift Nonnberg schien sich jetzt rechts oben in eine Nische des Mönchsbergs zu schmiegen. Seine sparsame Beleuchtung ließ es im Abenddunst unwirklich weit entfernt erscheinen, fast ein wenig spukhaft. In zehn Minuten Gehzeit hätte Franco die Abtei der Benediktinerinnen erreichen können. Er begnügte sich damit, ab und zu am klösterlichen Erentrudishof einzukaufen, den die Nonnen biologisch bewirtschafteten und nach ihrer ersten Äbtissin benannt hatten.

Das war nun der zweite Abend ohne Felix. Sein Kind fehlte ihm. Auch wenn er sich diese Sentimentalität nicht eingestehen wollte: Er genoss es, wenn der Kleine ihn anlächelte, und selbst beim Streiten war da dieses Band des Miteinander-Lachens. Es brachte seine Füße auf den Erdboden zurück, wenn er in Gefahr war, aus Einsamkeit oder Überarbeitung abzuheben oder den Halt zu verlieren. Und es war eine Verpflichtung, die er ohne Wenn und Aber wahrzunehmen hatte.

Weiter vorne, vor der Erhardkirche im Zentrum des Nonntals, züngelten ein paar blaue Flammen aus einem Papiercontainer. Sie warfen kurze groteske Schatten auf das Portal der Kirche, als zwei Männer mit

Feuerlöschern herbei gerannt kamen. Innerhalb kürzester Zeit hatten sie den Brand gelöscht – und damit auch den Feuertanz auf der Front der Erhardkirche. Der Polizist blickte den beiden Männern zufrieden nach, als sie in einen Altbau zurückgingen. So viel Zivilcourage war selten geworden in den letzten Jahren, in der Stadt genauso wie auf dem Land.

Die dunklen Fenster von Francos Wohnung wirkten abweisend. Natürlich. Felix war ja bei Viktor. Moll griff zum Mobiltelefon und verabredete sich mit Heinrich Weinmeister im nahen Stammlokal. Der findige Unternehmer studierte im Büro noch Unterlagen, nahm den Anruf aber als willkommenen Fingerzeig, seinen Schwerpunkt zu verlagern.

Heinrich Weinmeister war für Franco einer jener in völliger Legalität operierenden Halbkriminellen, die einer Gesellschaft einzureden verstanden, dass sie zu deren Wohle agierten. Die beiden hatten miteinander Politikwissenschaften studiert, zumindest so lange Moll dabei geblieben war, bis ins sechste Semester. Während sich Franco für die Ideen interessierte, neigte Heinrich mehr Zahlen und Statistiken zu.

Weinmeister hatte es geschafft, aus seinem Talent eine Goldgrube zu machen. Er erfand Krankheiten. Er analysierte medizinische Studien, wie sie täglich in zig Journalen weltweit erschienen, und wenn es das Zahlenmaterial erlaubte, definierte er neue Verkaufsmöglichkeiten für die Produkte von Pharmafirmen. Aus dem altersbedingten Absinken bestimmter Hormonspiegel beim Mann hatte er die „Wechseljahre des Mannes“ kreiert. Sofort war eine Firma mit entsprechenden Gegenpräparaten auf den Markt gegangen.

Für einen großen Weinproduzenten hatte er die gefäßschützende Wirkung von Inhaltsstoffen des Rotweins nachgewiesen. Häufig benutzte Heinrich für seine Rechnereien Studien, die ganz andere Ziele im Auge gehabt hatten, und grub in ihnen nach versteckten Datenschätzen so wie Bergleute nach Erz. Heinrich mit seinem mathematischen Talent sah Statistiken buchstäblich als unerschöpfliche Krankheitslieferanten.

Seit zwei Jahren arbeitete er exklusiv für eine große amerikanische Pharmafirma. Sie hatte ihn für ein exorbitantes Salär eingekauft, damit er seine pathologischen Inventionen nicht mehr an andere weitergeben konnte. Zuletzt war er bemüht gewesen, die Richtwerte für das LDL-Cholesterin mit statistischen Argumenten weiter zu drücken, um damit noch mehr Menschen als Zielgruppe für Blutfettsenker zu gewinnen und in Patienten und vor allem Arzneikonsumenten zu verwandeln.

Selbst verstand sich Heinrich als mathematischer Poet. „Zahlen sind nur eine Erfindung. Es ist unsere Wahl, ob wir sie ernst nehmen, und vor allem, wann wir sie ernst nehmen."

Francos Kopf war wieder einigermaßen frei, als er vor seinem Stammlokal stand. Während im Obergeschoß des „Lethe" auf Straßenniveau gesittet gespeist wurde, hatte sich der Lokalteil im Keller vorgenommen, zusammen mit seinem Personal, den Gästen und einer ohnehin schon antiquierten Belüftungsanlage zu altern.

Franco ging über die Außentreppe in das Kellergeschoß hinunter. Die Stufen waren ein Relikt aus

Zeiten, als das Lokal nur aus dem unterirdischen Teil bestanden hatte. Um die Jahrtausendwende mietete seine Besitzergemeinschaft dann auch den oberen Teil dazu und versuchte sich etwas schicker und dem offiziellen Salzburg konformer zu verkaufen – mit Erfolg.

Beim Öffnen der Tür wurde man unwillkürlich von einer Schwade Rauch umarmt. Franco positionierte sich rechts am Tresen, so wie immer. Die wechselnden Bilder waren ausgesucht hässlich, auch das hatte sich über die Jahre nicht verändert. Offenbar besaßen die Besitzer des „Lethe" eine besondere soziale Ader, immer den verzweifeltsten Gestalten der jungen Künstlerszene ein Forum zu bieten.

Seiner griechischen Bezeichung blieb das „Lethe" in Sachen Küche nicht ganz treu. Es setzte auf ein kosmopolitisches Mischmasch, vorzugsweise schnelles italienisches Slowfood, von Pizza bis Pasta, ergänzt durch wechselnde Angebote aus der thailändischen oder vietnamesischen Küche.

Lewis, ein ehemaliger Sportstudent und passionierter Marathonläufer, der sommers wie winters im schulterfreien T-Shirt seine trainierten Oberarme hinter der Bar zur Schau stellte, brachte ein großes Bier. An den Zähnen erkannte Franco, dass es Lewis in letzter Zeit mit Koks übertrieben hatte. Dafür war der Kellner bestens gelaunt und überagil, gewöhnlich bis in den frühen Morgen hinein.

„Wenn ich's mir recht überlege, weiß ich eigentlich nicht genau, warum ich einen Menschen wie dich so mag", begrüßte der Kommissar außer Dienst Heinrich Weinmeister.

Der Zahlenkünstler schlug ihm auf die Schulter.

„Weil ich der einzige bin, der immer ehrlich zu dir ist, du alter Melancholiker. Und weil Polizisten traditionell eine Nähe zum Kriminellen haben."

Trotz seines Namens neigte Weinmeister fast ausschließlich zu Bier.

„Und? Wie viele Menschen hast du heute wieder zu Patienten gestempelt, die derzeit noch fröhlich, ohne Beschwerden und gesund durch's Leben gehen?"

„Momentan haben wir ein ganz anderes Projekt. Eine klinische Studie, die nicht ganz so läuft, wie sich die Auftraggeber das vorstellen. Jetzt müssen wir unsere Zielgruppe etwas umdefinieren und schauen, dass sich das Präparat Vergleichsprodukten gegenüber als überlegen erweist."

„Du gehörst eigentlich hinter Gitter", schmunzelte Franco.

„Ach weißt du: Menschen wie ich genießen weitaus höheres Ansehen als solche, die sich im Staatsdienst angeblich um Recht und Ordnung kümmern."

„Ja, leider. Sollen wir so unsere Wochenenddepression beginnen?"

Franco lehnte trotz allem sehr entspannt an der Bar.

„Mich kränkt die Dummheit der Welt auch manchmal", lachte Weinmeister und trank ohne Absetzen sein Glas Bier zu zwei Dritteln leer.

„Siehst du, das ist Benehmen." Heinrich deutete auf sein Bier. „Ich lasse etwas übrig, obwohl ich genauso gut zwei dieser Nanoportionen auf einen Schlag austrinken könnte. Nur damit ich mich nicht der Maßlosigkeit hingebe."

„Das ist Feigheit", entgegnete Franco.

„Oder noch schlimmer: Berechnung."

Weinmeister lachte jetzt aus ganzem Herzen.

„Mit den Zahlen geht es mir genauso. Alles nur Spiel."

Damit war der berufliche Teil des Abends beendet.

Francos Freund sah sich im Raum um, neugierig und mit unverkennbarer Sehnsucht. Tatsächlich war er, ganz im Gegensatz zu seinem sonst so sonnigen Naturell, unglücklich liiert, ohne eine andere als „seine Linda" haben zu wollen. Zuletzt hatte sich die Beziehungsschaukel deutlich auf seine Seite geneigt: Er legte offenbar weitaus mehr Gewicht in das Zusammenleben als Linda.

„Sie braucht mehr Freiraum, sagt sie", beichtete Heinrich.

„Und da läuten bei dir nicht die Alarmglocken?"

Franco wickelte mittlerweile an schwarzer Pasta mit gebratenem Tintenfisch.

„Ich übersetz dir das einmal, okay? – ‚Ich brauche mehr Freiraum' heißt: ‚Du, da gibt es jemand anderen, der mich sehr interessiert, von dem ich aber noch nicht weiß, ob es funktionieren kann, und deshalb lass mich jetzt mal machen, ohne mich zu stören oder mich durch diese bürgerlichen Sexual- und Moralvorstellungen davon abbringen zu wollen, dass ich jetzt einfach tue was ich will, und mit wem ich es will.'"

Heinrich schwieg kurz. Dann sprach er monoton, ohne sein Gesicht zu verziehen. „Sei so anständig und leg deine Pistole entsichert auf den Tisch, damit ich dich ohne Umstände erschießen kann."

Franco zeigt sich überrascht.

„Warum mich? – Nimm Linda, wenn du schon auf deine nächsten zehn Jahre keinen Wert legst."

Als Franco sein zweites Bier bestellte, ging Heinrich eben Nummer vier an, beim dritten Bier des Kommissars vollendete der unglücklich Verliebte das halbe Dutzend. Es war knapp vor Mitternacht.

„Stopp!", sagte Franco, der zwar von der Alkoholfestigkeit seines Freundes wusste, dem mittlerweile aber die schiere Flüssigkeitsmenge Angst einjagte.

„Ich ertränke mich heute Nacht!", drohte Heinrich. „In Bier. Dem Bier in mir."

Von da an artete sein Gerede in einen langen Monolog über das Unglück der Liebe aus, schließlich phantasierte das Zahlengenie nur mehr über Todesarten. Einen Sprung vom Mönchsberg herunter schied Heinrich aus, weil er zu faul war, heute noch bergauf zu gehen und weil er sich vor nächtlichen Spaziergängen in ländlicher Umgebung fürchtete. Dafür fand er jede Menge Möglichkeiten, sich in der Ebene das Leben zu nehmen.

Franco kam aus dem Staunen nicht mehr heraus. Als er während des verbalen Totentanzes seines Freundes vom Barhocker herunterstieg, merkte er, dass die Schwerkraft im Lauf der letzten Biere deutlich zugenommen hatte und auch zu horizontalen Verwerfungen führte.

Heinrich sprach mittlerweile mit sich selbst und malte sich seinen Abgang wie ein kleiner Bub in den grellsten Farben aus. Er verlangte einen Bierblock samt Kugelschreiber von Lewis und diktierte Franco eine Liste der Trauergäste, denen sein Freund eine Parte schicken sollte.

Plötzlich begann Weinmeister auf einem Bieruntersetzer zu rechnen, wie schnell sein Blut bei einem zwei

Zentimeter breiten Stich in die Bauchvene ausfließen würde.

Franco Moll zahlte und griff unsicher nach den Handschellen hinten an seinem Gürtel. Er ließ das eine Ende bei einem fast zu einem Halbkreis gebogenen Kleiderhaken unterhalb der Bar einrasten, die andere um das Handgelenk von Heinrich. Sollten ihn die Kellner, wenn er nüchtern war, doch samt dem Haken vom Tresen schrauben und heimschicken.

Franco ging – gegen die Anfechtungen der Schwerkraft kämpfend – aus dem „Lethe". Durch das Stimmengewirr im Lokal hörte er beim Gang zur Tür noch das fast unverständliche, gestammelte Schimpfen Heinrichs. Zehn Minuten später war Franco, wieder etwas klarer im Kopf, daheim.

Zum Frühstück bei Viktor kam Franco pünktlich um halb neun, mit einem großen Papiersack Gebäck. Felix begrüßte ihn wie einen verlorenen Bruder.

„Rettest du mich von der Opainsel?"

„Heute ja! Versprochen."

Felix drückte die Augen ganz fest zu und ballte die Fäuste.

„Ich wünsche mir, dass heute alle am Leben bleiben!"

Franco musste schmunzeln. Vielleicht mordete man in dieser kleinen Stadt ja tatsächlich nur an Werktagen.

Seine Schwester Laura sah sehr müde aus. Sie hatte während der Woche für das Lokalradio von einem Lawinenabgang mit drei Opfern berichtet. Laura war nur eineinhalb Jahre jünger als Franco. Wenn sie viel arbeitete, wirkte sie wie eine Mittdreißigerin. Konnte sie sich wieder einmal ausgiebig erholen, verschwand ein halbes Dutzend Jahre quasi im Schlaf.

Franco nahm sie beiseite.

„Tagesmüde oder generalmüde?“

„Beides“, sagte Laura und strich ihr dichtes schwarzes Haar aus dem Genick, wie um erfrischende Luft an ihren Nacken zu lassen.

„Ich bin jetzt wieder so erschöpft, dass ich einerseits kaum aufhören kann zu arbeiten und gleichzeitig nichts mehr von meinem Job wissen möchte. Wenn man sich in die aktuelle Arbeit reinziehen lässt: das ist wie ein ständiger Trip. Nur dass man nichts einwerfen muss, sondern die körpereigenen Drogen nutzt. Da wuselt das Adrenalin, man kann kaum mehr stillsitzen und wird vor Euphorie fast wahnsinnig. Und wenn man wieder runterkommen will, beginnt man mit den Ohren zu schlackern und zu zittern.“

„Pass auf dich auf, Kleine. Du bist über 30. Da ist man schon sterblich.“

„Eben, das auch noch. Über 30. Und nichts …“ Laura schüttelte den Kopf und wollte schon tief in ihre Lebensdefizite eintauchen. Franco ließ ihr keine Chance dazu. „Hörst du das auch?“ Franco legte seinen Kopf schief.

„Was?“ Laura hielt den Atem an.

„Das Ticken.“

Beide lauschten.

„Da“, sagte Franco und neigte seinen Kopf zu Lauras Schultern. „Es kommt aus dir. Da wird wohl eine kleine Uhr jetzt ganz ungeduldig und ungebührlich laut.“

Laura schlug ihrem Bruder scherzhaft verärgert auf den Kopf.

„Ja, natürlich, die biologische Uhr. Eine alte Männereinbildung. Mein letzter Kandidat war auch ein Reinfall sondergleichen."

„Ich mochte ihn."

Franco bedauerte ehrlich, dass Laura von ihrem letzten Freund sitzen gelassen worden war.

„So unrecht hat er ja nicht gehabt, dass du mit deiner Arbeit verheiratet bist."

„Männer sind das auch."

„Das macht das Ganze nicht gescheiter."

Es hatte keinen Sinn, das Thema weiter zu diskutieren. Die Zeit würde eine Lösung finden. Und solange Laura nicht noch unzufriedener wurde, würde sie auch nichts ändern. Die Krise kam immer nur, wenn die Belastung plötzlich abfiel und die hübsche junge Frau allein ins normale Leben zurücktorkelte, in ein Leben ohne den unbarmherzigen Druck der Studiouhr, die zigmal am Tag mit Nachrichten, Nachrichten, Nachrichten besänftigt werden wollte. Es war ein ewiges Jo-Jo-Spiel zwischen Hochstimmung, in der jede Sekunde zählte ... und dem tiefen Durchatmen vor neuen zeitkritischen Aufgaben.

Franco Moll hob seine Schwester auf und trug sie wie eine Braut zum Tisch.

Felix nahm sofort Lauras Hand und ließ sie nicht mehr los, was das ausgedehnte Frühstück nicht unbedingt beschleunigte, da Laura sich nicht einmal ein Brot streichen konnte. Franco, Felix und Viktor fütterten sie abwechselnd.

Viktor Moll hatte Schwierigkeiten, die Orangenmarmelade zu finden, die er am Vortag eingekauft hatte. Er behauptete fest, Felix hätte sie versteckt, obwohl der jede Verantwortung heftig ablehnte.

So verging der Vormittag in einem Stimmengewirr, in dem jeder von seiner Woche erzählen wollte und jeder Satz gegen einen anderen um Aufmerksamkeit kämpfte.

Gegen zwölf fiel Franco ein, dass er Heinrich von seinen Handschellen befreien musste.

Felix nahm seinem Vater das Versprechen ab, um acht daheim zu sein.

Die Obus-Linie 7 brachte Franco von Lehen weg in einer Viertelstunde in den Stadtteil Aigen. Er stieg bei der Haltestelle Finanzamt aus. Heinrich wohnte in einer großzügigen Dachgeschoßwohnung mit Terrasse und Blick über die Salzach.

Franco musste dreimal läuten, bis ihm sein Trinkkollege des vorigen Tages öffnete.

„Wenn man Freunde wie dich hat, braucht man keine Feinde mehr", sagte Heinrich und streckte ihm beide Hände entgegen. An einer baumelte die Handschelle samt Haken aus dem Lokal.

„Unter anderen Umständen hätte dieses Ding da mein Sexualleben bereichern können. Aber so … "

Heinrich sprach mit belegter Stimme und so langsam, als zirkulierten verstreut noch Restmoleküle von Alkohol in seiner Blutbahn.

„Gestern", sagte Franco, während er die Handschellen löste, „hätten dir diesbezüglich auch Handschellen nicht mehr helfen können."

„Die haben im ‚Lethe' nicht einmal einen Schraubenzieher. Das war vielleicht peinlich. Bis Lewis einen aus seinem Wagen geholt hatte, musste ich noch drei Gläser Bier als Überbrückungshilfe trinken. Und dabei habe ich viele anteilnehmende Menschen kennengelernt."

„Insofern war's ein doppelter Gewinn für dich", lachte Franco und steckte die Achter zurück in den Gürtel.

„Aber heute kann ich mich an keine meiner neuen Bekanntschaften mehr erinnern", klagte Heinrich und schloss die Tür vor Francos Nase.

Oberhollenzer stand ratlos vor dem Café Glockenspiel in der Sonne. Es war seit mehr als einem Jahr geschlossen.

„Ich habe gedacht, das haben sie im Herbst wiedereröffnet", sagte Francos Kollege, ohne zu grüßen.

„Ein italienischer Platz mit italienischen Verhältnissen". Francos Blick schweifte lange über den Kapitelplatz. „Da wär's doch fast ein Wunder, wenn sie in der prognostizierten Zeit fertig geworden wären."

„Hat nicht die k&k-Hofbäckerei das Café übernommen?"

„Sei froh, dass geschlossen ist. Ich habe Menschen kennen gelernt, die nach einer Melange im Glockenspiel ihr Auto verpfänden mussten, um ihre Zeche zahlen zu können."

Franco erinnerte sich vor allem an seinen eigenen, ersten und einzigen Besuch im Glockenspiel. Die Kellner damals schienen verpuppte Wegelagerer zu sein.

Sie schlugen für den Ausblick auf das Mozartdenkmal je nach Laune eine Art private Bediensteuer auf den Kaffeepreis auf und herrschten nach Vorbild der ehemaligen Salzburger Fürsterzbischöfe unumschränkt über ihre Untertanen, die Kaffeehausbesucher. Das servile Hinunterbücken zum Ohr des Gastes balancierten sie mit einer schamlosen Verachtung für ihre Kunden aus. Jetzt stand die Goldgrube, die Journalisten schon als das „Land Neppistan" bezeichnet hatten, wegen Renovierung still. Und das war angenehm, wie Franco meinte.

„Was ist mit dem Schuhputzer?"

„Das kann dauern", meinte Oberhollenzer. „Meist kommt er am frühen Nachmittag hier vorbei, woher auch immer."

Gegenüber, vor dem neuen Residenzgebäude, lieh sich ein junges japanisches Paar Fahrräder aus. Das war erst die Vorhut. Ostern würde der touristische Ansturm auf die kleine Altstadt beginnen. Und dann war es mit gemütlichen Stadtspaziergängen vorbei. Jetzt schienen die Flaneure in der Altstadt noch irgendwie vergessen und unberührt von anderen Stadtbesuchern durch Salzburg zu wandeln. Ballten sich mehrere zehntausend Menschen erst auf dem halben Quadratkilometer des historischen Kerns zusammen, war es weder mit dem Rad noch zu Fuß möglich, das Zentrum um den Dom in angemessener Zeit zu durchqueren.

In wenigen Wochen würde sich die Innenstadt wieder in ein Open-Air-Museum verwandeln, mit vielen dunklen Fenstern abends und kaum ständigen Bewohnern, nur eine Hülle für die internationalen Textil- und Restaurantketten, die seit Anfang der 1980er

Jahre hier eingezogen waren und Bäcker oder Fleischer vertrieben hatten – manche auch nur durch einen einfachen Wink mit der Brieftasche: Die Konzernableger zahlten Mieten, die die Nahversorger durch Arbeit nicht mehr erwirtschaften konnten.

„Was philosophierst du denn wieder mit dir selber?“, fragte Oberhollenzer, als er Franco verloren in die Ferne blicken sah.

Franco hatte seinen Kollegen völlig vergessen.

„Ich hab mich gerade gefragt, warum du keinen Vornamen hast.“

Oberhollenzer schmunzelte.

„Ich hatte nur die Wahl zwischen einem italienischen Vornamen oder gar keinem. Da habe ich mich entschieden, lieber namenlos aufzuwachsen.“

Franco war amüsiert. Aus Rache erzählte er Oberhollenzer nicht, wie er selber zu seinem Vornamen gekommen war.

„Ich hab heute früh übrigens eine Fahndung nach dem Haubenkarli rausgegeben. Sein Bild hängt jetzt in jeder Wachstube. Wär aber nicht nötig gewesen, weil ihn eh jeder in der Stadt kennt.“

Vom Salzachradweg bog eine Gruppe Radfahrer auf den Mozartplatz ein, alle auf hochmodernen Geräten und trotz noch nicht all zu kräftiger Sonne bewehrt mit Brillen, die in vielerlei Farben schillerten – wie die Flügel einer Fleischfliege, dachte Moll.

Unter die Radwanderer hatte sich ein Fremdkörper gemischt. Ein zerzauster Mann auf einem Waffenrad, dessen Gepäckstråger mit einer großen Holzkiste beladen war. Statt einer warmen Jacke trug der Radfahrer nur ein langärmeliges schmutziges Leibchen, das die

Erinnerung an seine Ursprungsfarbe über die Jahre verloren hatte.

Die Gruppe blieb vor dem Mozartdenkmal stehen, so auch das Waffenrad.

„Wenn man bedenkt, dass dieses Ding kaum eine Ähnlichkeit hat mit Mozart“, sinnierte Oberhollenzer plötzlich.

„Das ist egal“, meinte Franco, „es geht mehr um religiöse Verehrung. Bei der Hl. Barbara fragt ja auch keiner, ob sie ihren Abbildungen ähnlich schaut.“

„Hast du gewusst, dass der Schuhputzer ein Mozart-Bewunderer ist?“, fragte Oberhollenzer belustigt, während sie auf die Gruppe zugingen. Der Schuhputzer in deren Mitte hatte nach einem kurzen Blick auf die funktionelle Beschuhung der Radfahrer eingesehen, dass ihm dafür die putztechnische Expertise fehlte. Er machte sich daran, wieder auf sein altes Rad zu steigen.

Nach zwei schnellen Schritten hielt Oberhollenzer die Lenkstange fest.

„Einmal Schuhputzen mit Unterhaltung bitte.“

Der Schuhputzer war keinen Augenblick verlegen.

„Oba meine Herren Inspektoren. Können Sie sich das leisten? Eine Dienstleistung mit Samstags-, Überstunden- und Behördenzuschlag?“

Franco nickte nur.

„Das kostet Sie ein Kilo mindestens“.

„Wir haben seit ein paar Jahren den Euro – aus ist es mit dem guten alten Schilling-Hunderter. Aber wenn du was erzählen kannst und richtig umrechnest, dann lassen wir uns vielleicht erweichen“, sagte Franco.

„Das sind glatte zehn Euro.“

„Was?“

Oberhollenzer war über die Frechheit etwas erstaunt. Seine Linke holte bereits aus. Franco hielt sie schnell fest. Der Schuhputzer hatte vorbeugend den Kopf eingezogen.

„Meine geschätzten Inspektoren. Bei allem Respekt. Ein Schnitzel hat früher hundert Schilling gekostet. Jetzt kostet es zehn Euro. Was werfen Sie mir eine falsche Kalkulation vor?“

Der gastronomische Umrechnungsfaktor klang auch für Oberhollenzers Ohren überzeugend – nicht zuletzt deshalb, weil die Radlergruppe, die eben dabei war, wieder in die Sättel zu steigen, Beifall klatschte.

„Geiz ist nicht geil“, legte der Schuhputzer nach. „Geiz ist schäbig, Herr Inspektor.“

Der ungestümere der beiden Kommissare deutete dem Schuhputzer, sein Zeug auszupacken.

Der lehrte den Inhalt seines Holzcontainers vor das Mozartdenkmal, drehte die Kiste um und forderte Franco mit einer Handbewegung auf, darauf Platz zu nehmen.

Während er sich auf einen Schemel setzte und zwei Bürsten samt Schuhcreme vor sich auslegte, stellte er den Fuß des Polizisten auf einen kleinen Blumenständer aus Draht.

„Wir hätten gern ein Rendezvous mit dem Haubenkarli.“

Als hätte er die Frage nicht gehört, blickte der Schuhputzer mit theatralisch rollenden Augen auf Oberhollenzers Turnschuhe.

„Solche wie Sie bringen den ehrenwerten Stand der Schuhputzer um.“

„Wenn du lang blöd redest, könntest du Recht haben. Dann hat dein ehrenwerter Stand bald einen Vertreter weniger."

Franco wiederholte seine Frage.

„Wo ist er, dein Freund, der Haubenkarli?"

„Keine Ahnung."

„Wann hast du ihn denn das letzte Mal gesehen?"

„Könnten Sie vielleicht mein Honorar zur Ansicht hierher legen; das hilft meinem geschundenen Gedächtnis sicherlich etwas auf die Sprünge."

Beide Polizisten zogen fünf Euro aus ihren Geldtaschen. Der Schuhputzer bürstete währenddessen den Schmutz von Francos rechtem Schuh.

Die beiden Banknoten wirkten in ihrem Graublau etwas verloren am Asphalt.

„Heute früh."

„Wo?"

„Beim Heizkraftwerk-Mitte. Aber nur von Weitem. Ich hab ihm nachgerufen. Er hat sich nicht einmal umgedreht, obwohl er mich sicher gehört hat."

„Warum bist du dir so sicher, dass er es war?"

„Es gibt nur einen, der so eine Haube auf hat."

„Hat er einen fixen Platz?"

„Weiß nicht. Ich glaube, dass er irgendwo im Spital genächtigt hat."

„Und gesprochen habt ihr in letzter Zeit nicht miteinander?"

„Hin und wieder. Das letzte Mal vor etwa einer Woche."

„Und?"

„Nichts Außergewöhnliches."

Der Schuhputzer begann jetzt Creme aufzutragen.

„Was heißt ‚nichts Außergewöhnliches‘?“

„Der Karli philosophiert gern, zum Beispiel über die Atompolitik des Iran und so.“

„So gut informiert ist der?“

„Der Karli ist ein Professor, gewissermaßen.“

„Wo isst er denn immer?“

„Manchmal bei den Barmherzigen Schwestern unten in Mülln, aber meistens im Saftladen, jetzt wo er wieder aufgesperrt hat.“

„Nobel“, bemerkte Oberhollenzer, „dort zahlt man doch zwei Euro, oder?“

„Sie wissen ja: der Karli ist keiner, der lange wo eine Sitzung macht. Der Karli hat an Schmäh. Er ist gewissermaßen ein blendender Rhetoriker.“

„Und das bringt so viel Geld ein?“

„Schaun's doch unsere Politiker an.“

Auf eine Politikerschelte wollte sich Franco nicht einlassen.

„Wie finden wir ihn denn am schnellsten? Oder ist er … verreist?“

Der Schuhputzer blickte erstaunt auf, während er den Schuh des Kommissars weiter polierte und das Synonym für „untergetaucht“, wenn man etwas ausgefressen hatte, in ihm nachhallte.

„Der Karli verreist nicht. Der ist Salzburger Urgestein. Ich weiß wirklich nicht, wo er steckt.“

Franco bedankte sich und stand auf, Oberhollenzer tappte dem Schuhputzer beim Gehen noch verhalten auf den Hinterkopf.

„Aber!“, rief ihnen der Schuhputzer nach. „Halbitalienischer Kommissar. Der zweite Schuh ist noch nicht poliert.“

„Macht nix", gab Franco zurück, „den soll der Haubenkarli fertig machen."

Der Schuhputzer faltete gedankenverloren die beiden Geldscheine zusammen und begann, seine Kiste wieder einzuräumen.

„Und jetzt?", fragte Oberhollenzer, während sie vom Waagplatz in die dunkle Judengasse einbogen.

„Warten. Den finden wir sicher. Bevor sich der von seiner Haube trennt, geht er lieber ins Häfn."

Die Haube war ein Relikt aus Kindheitstagen. Ihr Träger hatte nie die ganze Geschichte erzählt, aber eines der Profilfotos in seiner Akte zeigte ihn ohne linkes Ohr. Er hatte es angeblich bei einer Bergtour verloren, bei der sein Vater umgekommen war und die Karli neben dem Ohr noch drei Zehen gekostet hatte. Ein Schlechtwettereinbruch im heißesten Sommer. Irgendwann später, als er aus den Kommissaren unbekannten Gründen seltsame Wesenszüge annahm, wurde die Haube zu Karlis ständigem Begleiter.

Franco Moll und Oberhollenzer erreichten den Alten Markt, ein kleiner feiner Platz, der sich am Übergang von Judengasse und Getreidegasse zur Alten Residenz hin öffnete.

„Kaffee?", schlug Oberhollenzer vor.

„Tomaselli?" Franco deutete auf das Wiener Kaffeehaus am oberen Ende des Alten Marktes. Dort saßen unter dem Balkon des Lokals bereits Leute im Freien.

Als sie zu einem freien Tisch gingen, grüßte sie ein Lokaljournalist. Er war allseits nur als „Körndl" bekannt, weil in seinen Berichten immer nur ein Körnchen Wahrheit steckte. Franco kannte ihn durch seine Schwester Laura.

Körndl war ein psychisch instabiler Mensch, der nun, nachdem er nicht Chefredakteur geworden war, seine Felle davonschwimmen sah und deshalb im Kollegenkreis häufig sein unleidliches Mütchen kühlte.

„Habt Ihr den Karli schon?“, fragte Körndl.

Oberhollenzer reagierte gereizt.

„Wenn wir wüssten, dass er's war, hätten wir ihn schon.“

Franco war über die Frage des Journalisten nicht wirklich überrascht, fragte aber doch nach.

„Woher ausnahmsweise so gut informiert?“

„Sie wissen ja: Informanten verrät man nicht. Aber selbstverständlich erfährt man beim Tennisspiel einiges.“

Körndl grinste amüsiert, während er sich über seinen kleinen Oberlippenbart strich.

„Manchmal mag ich die Menschen nicht“, sagte Oberhollenzer laut und beugte sich zu Franco, um leise hinzuzufügen: „Vor allem die Bluthunde nicht.“

„Wissen Sie, Inspektor Oberhollenzer“, schaltete sich Körndl zwei Tische weiter wieder in das Gespräch ein, „ein guter Chronikjournalist muss auch aus einem Toten noch einen Furz herausbekommen. Das prägt natürlich. Wir sind ein verkommenes zynisches Pack, überheblich und mit einem großen Talent: maßlose Selbstüberschätzung.“

Körndl lachte schallend.

Der Chronikreporter erinnerte Franco an Weinmeister, den er erst vor zwei Stunden von den Handschellen befreit hatte. Der Lokaljournalist war die unsympathische Ausgabe Heinrichs.

Der Kaffee schmeckte, wie immer, sehr durchschnittlich. Deswegen besuchte auch niemand dieses Café. Im Tomaselli konsumierte man die Stadt von ihrer parfümierten Seite. Oder die internationalen Zeitungen. Oder man beobachtete selbstvergessen die Passanten, die Sonne tankten, während sie über den Alten Markt spazierten. Oder die Selbstdarsteller, die sich erst durch ihren Auftritt vor und im Kaffeehaus selbst erschufen.

Gegen halb vier läutete Molls Mobiltelefon. Jemand von der Zentrale meldete sich. Der Haubenkarli hatte in einer Parfümerie ein paar Flakons mitgehen und sich dabei – offenbar nicht ganz nüchtern – erwischen lassen. In der Panik hatte er eine Verkäuferin samt einem Verkaufsständer mit Sonnenbrillen umgeworfen und war geflüchtet. Eine andere Verkäuferin hatte ihn eine Weile verfolgt, danach zwei Beamte aus dem Wachzimmer Rathaus.

Jetzt hatte sich der tollpatschige Kleinkriminelle in einer Wohnung in der Linzergasse verschanzt.

„Auf geht's", sagte Oberhollenzer und legte acht Euro für seine zwei Tassen Melange auf den Tisch. „Bin schon gespannt, was er uns erzählen wird."

Zügig gingen Franco und sein Kollege vorbei am Rathaus und über die Staatsbrücke auf die andere Salzachseite. Auch hier, am Fuße des Kapuzinerberges, und vielfach in dessen Schatten gelegen, ging man noch durch das historische Salzburg. Aber es war nicht das gutbürgerliche Salzburg, sondern das der alten Handwerker. Gassen und Häuser wirkten kleiner und enger, von ein paar Ausnahmen abgesehen. Nach dem ersten Drittel der Linzergasse blockierten Einsatzautos die Straße. Auf einer Länge von hundert Metern hatten Polizisten die Fußgängerzone bereits abgesperrt.

„Warum so ein Großeinsatz?“, fragte Franco.

„Er hat um sich geschossen“, sagte Gregor Ortner, der Leiter der Spezialkräfte, und deutete mit dem Kopf in den zweiten Stock eines Hauses.

„Ist er allein?“

„Wir haben reingehorcht. Bisher haben wir nur seine Herztöne gehört. Aber bei diesen dicken Altbaumauern würde ich meine Hand nicht dafür verwetten, dass er wirklich allein ist“, zweifelte Ortner.

Das Gerät, das spielend in einen Aktenkoffer passte, tastete die Scheiben der Fenster ab. Fast alle Glasscheiben schwangen minimal mit den Geräuschen in einem Raum mit. Das Lauschrohr konnte mit Hilfe einer speziellen Software in einem Notebook unterschiedliche Tonmuster rausfiltern – das Atmen genauso wie den Herzschlag. Die Herztöne eines Kindes ließen sich von dem eines Erwachsenen oder eines Hundes unterscheiden. Für die Polizisten war es ein kleines Wunderding, das aber nicht alle Unsicherheiten ausschließen konnte.

Die Wohnung gehörte deutschen Festspielgästen, die ihr Apartment nur ein paar Wochen im Jahr benutzten – während der Mozartwochen im Januar und während der Festspiele im August. Der Nachbar sorgte dafür, dass die Räume während ihrer Abwesenheit beheizt und geputzt wurden. Jetzt stand die Tür zu dessen eigener Wohnung offen.

„Es kann sein, dass euer Mann den Wohnungspfleger beim Blumengießen überrascht hat", überlegte Ortner. „Wenn sich jemand ganz hinten im Haus befindet, nahe beim Felsen, dann hören wir ihn möglicherweise gar nicht. Nicht mal mit unserem Laserlauscher."

Etwas irritierte Franco.

„Ehrlich gesagt, habe ich ihn noch nie so gewalttätig erlebt. Der Haubenkarli hat bisher eher als ein Ausbund an Sanftmut gegolten."

„Der muss einiges ausgefressen haben, wenn er sich in einer fremden Wohnung verschanzt und herumballert", schaltete sich Oberhollenzer ins Gespräch ein. „Vielleicht hat er was intus."

Ortner stöpselte sich seinen Minilautsprecher ins Ohr.

„Was meinst du, sollen wir reingehen?", fragte er Franco.

„Können wir mit ihm reden?"

„Das, was man Verständigung nennt, ist nicht wirklich möglich. Er ist schwer betrunken. Er lallt nur und schießt ab und zu."

„Raus aus dem Fenster?"

„Angeblich in Richtung der Beamten, die ihn verfolgt haben. Durch die geschlossene Tür ins Stiegenhaus. Wir haben aber keine Durchschüsse gefunden."

„Ich versuche mal mit ihm zu reden."

Franco drückte sich bis zum Eingang des Hauses an der Fassade entlang, um nicht zufällig ins Schussfeld zu geraten. Für den Weg zur Eingangstür brauchte er keine zehn Sekunden.

Das schmale gewölbte Treppenhaus roch leicht muffig, wie in vielen dieser Häuser, die direkt an den feuchten Felsen des Kapuzinerbergs gebaut waren. Durch die kleinen offenen Bögen an der Hinterwand des Stiegentraktes senkte sich kalte Luft vom grauen Gestein ins Haus.

Francos Schuhe klapperten laut über den alten Steinboden. Zwei Beamte warteten bereits mit gezogener Waffe im zweiten Stock. Der Kommissar stellte sich hinter die Mauer neben der Tür und klopfte fest an das massive Tor.

„Karli, hörst du mich? Ich bin's, der Italiener, wenn du dich erinnerst."

In der Wohnung schien etwas umzufallen.

„Wir können über alles reden, okay? Auch über deine Wohnung im Krankenhaus. Ich persönlich glaube ja nicht, dass du es warst. Aber reden würde ich schon gern mit dir."

Er hörte ein Fluchen und dann ein Gestammel, das in etwa bedeuten sollte: „Leckt mich ..."

„Hör zu, Karli. Bisher ist nichts Schlimmes passiert. Lass uns miteinander reden. Auch durch die Tür, wenn du willst."

Es war kein ganzer Satz, der danach durch die Tür drang. Aber es klang so ähnlich wie „Ich bring euch alle um", gefolgt von einem dumpfen Schuss.

Die drei Beamten sahen sich an, und Franco verließ mit einem entschuldigenden Lächeln den zweiten Stock.

Ein Krankenwagen parkte in sicherer Entfernung.

„Klang nicht nach einem großen Kaliber", sagte Ortner, als Franco wieder neben ihm stand. „Wenn wir reingehen sollen, dann brauche ich dich. Ich bin unterbesetzt. Wir haben vier Fenster, vier Mann müssen die Tür mit dem Rammbock aufmachen, macht acht. Wir sind nur sechs. Oberhollenzer soll bei der Tür mitmachen, du springst."

Franco hatte den Dienst bei der Spezialeinheit bereits vor drei Jahren quittiert, trainierte aber immer wieder mit ihr in der Polizeidirektion, um fit zu bleiben, allerdings nur einfache Einsätze, keine prekären Geisellagen und komplexen Zugriffe.

Ein junger Beamter drückte ihm einen schwarzen, prall gefüllten Rucksack in die Hand.

In einer Boutique im Nebenhaus, die durch die Polizeisperre seit dreißig Minuten keine Besuche mehr hatte, zog sich Franco um. Beim Anlegen der kugelsicheren Weste aus leichter Kevlarfaser stieg auch sein Puls. Er hatte die Einsätze auf Druck von Eva Scherzer aufgegeben, jener Frau Scherzer, die bald darauf ausgezogen war, um ihr Glück mit Hilfe von Mantras und anderen dubiosen Einbildungen zu finden. Die Handschuhe mit Stichschutz saßen eng, die Kurzwaffe lag leicht in der Hand. Die Karabiner an seinem Brustgurt waren verlässlich eingeschnappt. Sein Einsatz hatte begonnen. Franco rollte die schwarze Maske über sein Gesicht, schloss den Riemen des Helms unter seinem Kinn und griff nach der Schutzbrille.

Kurz nach halb fünf seilten sich vier vermummte Männer über das Dach des Hauses in der Linzergasse ab. Fünf Sekunden später splitterte die Wohnungstür unter der Wucht des Rammbocks. Das schwere Türblatt aus Eichenholz wurde aus den Angeln gerissen und fiel mit Höllenlärm zu Boden. Gleichzeitig verdunkelten sich die Fenster von Küche und Wohnzimmer, um einen Sekundenbruchteil später unter den Schuhen der Spezialeinheit zu zerbersten. Vier gesichtslose schwarze Männer sprangen durch die Scheiben, brüllten höllisch und leuchteten mit den starken Lampen auf ihren Waffen in die dämmrigen Räume.

Jener Mann, der eben die Bar gefunden hatte und einen Schluck aus einer Cognacflasche nehmen wollte, hatte gerade erst begonnen, sich aus Angst anzupinkeln, als er bereits zu Boden geworfen wurde und jemand ihm die Schreckschusspistole aus der Hand trat. Er schlug schwer mit dem Gesicht auf, seine Lederhaube wurde ihm über die Augen gezogen, aber selbst unter dem folgenden Schmerz im Kopf hörte er die Männer noch fünf Sekunden lang brüllen, ein Pandämonium, noch schlimmer als die Entzugserscheinungen, die ihn die letzten Stunden fast bis zum Wahnsinn geplagt hatten. Plötzlich verstummte alles, wie auf ein geheimes Zeichen hin. Es blieb nur heftiges Atmen zurück, von dem der Mann am Boden nicht wusste, ob es der Atem seiner Angst war oder von den Gesichtslosen kam, die ihn eben heimgesucht hatten.

Der Schmerz in seinem eigenen Gesicht wurde dafür wieder lauter. Er fröstelte, weil jetzt auch noch seine Hose nass war und weil seinem Körper ein paar Moleküle fehlten, die er sich gern in seine Venen gespritzt hätte.

„Das ist er nicht“, sagte jemand. Dann schoben sich zwei Hände unter die Arme des Wohnungseinbrechers. Sie schleiften ihn durch das Treppenhaus hinunter in einen Polizeiwagen, dessen Fenster mit Drahtgeflecht gesichert waren. Erst jetzt zog ihm jemand die Haube aus dem Gesicht, ein rundlicher Mann, hinter dessen vordergründiger Gemütlichkeit ein gewisses Aggressionspotential lauerte. Noch bevor ihm die Tragweite dieser Erkenntnis bewusst war, machte der Einbrecher in Form einer achtlosen Ohrfeige mit dem Polizisten Bekanntschaft.

„Bringt's ihn rein zum Verhör", sagte Oberhollenzer und ließ die Schiebetüre ins Schloss laufen.

Die Menschenmenge, die sich mittlerweile an der Polizeiabsperrung gebildet hatte, begann sich zu zerstreuen. Nicht zuletzt aus Enttäuschung über die armselige Figur, die die Beamten aus dem Haus gezerrt hatten. Sie entsprach so gar nicht dem Bild eines gefährlichen Verbrechers. Franco rollte die Schutzhaube aus seinem Gesicht. Er war jetzt wieder ein Mensch mit Augen und Gefühlen, kein Stier mehr, der in der Herde über alles, was sich querstellte, hinwegtrampelte.

„Gut gemacht", meinte Gregor Ortner, als die Männer wieder vollzählig auf der Straße standen.

„War nicht wirklich anspruchsvoll", meinte einer der schwarzen Kämpfer. „Den Nachbarn haben wir aus der Besenkammer befreit. Er hat ein paar Blessuren am Kopf, wollte aber nicht, dass wir die Rettung rufen. Er klebt sich selber ein Pflaster auf, hat er gemeint."

„Gut, Männer."

Ortner war zufrieden.

„Einrücken!"

Der Einsatz war ohne größere Schäden abgelaufen, auch wenn er nicht den erhofften Erfolg gebracht hatte. Aber das lag nicht in Ortners Verantwortung.

Die Beamten begannen, ihre Gerätschaften und die Schutzkleidung einzupacken.

„Zerlegen wir ihn heute noch?“, fragte Oberhollenzer und deutete mit dem Kopf in Richtung der dürren Figur, die sie für den Haubenkarli gehalten hatten.

„Ich möchte es lieber sein lassen“, sagte Franco. „Wenn ich mich heute auch wieder nicht um Felix kümmere, entlässt er mich als Vater.“

„Kein Problem.“

In Oberhollenzers Augen blitze ein fast neidvolles Verständnis auf.

„Ich rede mal mit dem Kerl, wo und wie er zu Karlis Haube gekommen ist. Für mich ist es heute schon zu spät zum Heimfahren. Mein schöner Heimatort Mittersill wird dieses Wochenende ohne mich auskommen müssen. Das werden mir die Wirte dort noch lange nachtragen.“

Franco schlug Oberhollenzer freundschaftlich auf die Schulter und warf seinen Rucksack in den Einsatzwagen.

„Ich gehe zu Fuß heim. Bis Montag.“

Den Spaziergang brauchte Moll, um von der Anspannung des Einsatzes wieder herunterzukommen. Zügig ging er die Linzergasse hinunter, bremste sich aber, als er merkte, dass die Füße noch vom Adrenalin getrieben wurden. Auch sein Atem ging immer noch schnell. Reflexartig war er versucht, in der Drogerie unten am Platzl das Parfum einzukaufen, das Eva sich immer gewünscht hatte, ein süßlicher, orientalischer Duft, den er nur langsam zu mögen begonnen hatte. Einfach, weil es Evas Duft war.

Düfte verflüchtigten sich sehr zögerlich aus der Erinnerung, ähnlich wie Liebesgeständnisse, die man gerne länger und wieder gehört hätte. Es musste der Geruch einer Passantin gewesen sein, der ihn, ohne dass er ihn bewusst wahrgenommen hätte, auf die Vergangenheitsspur gedrängt hatte.

Abfahrt Hamburg, 20.31 Uhr. Maria Droste hatte Angst vor der Nacht im Zug. Aber Fliegen wäre noch schlimmer gewesen. Immerhin, diese modernen Züge ließen so viel Platz für ihre – zugegebenermaßen nicht sehr langen – Beine, viel mehr als die Busse, mit denen sie sonst unterwegs war, zuletzt nach Brandenburg.

Rosa hatte sich davon gemacht. Ganz plötzlich. Ohne Anzeichen. Jede Stunde ein Wagnis. Vielleicht kam sie, Maria Droste, ja gar nicht lebend in Salzburg an. Dann sparte sich ihr später Freund, Oskar, die Kosten für die Überführung in ihre Heimatstadt. Sie wollte ganz hinten im Kommunalfriedhof beigesetzt werden. Irgendwo hinter dem Gasthaus Hölle, wo empfindsamere Menschen noch die Schreie jener zu vernehmen glaubten, die dort – am alten Salzburger Richtplatz – dereinst gehenkt worden waren. Nein, sie hörte diese Schreie nicht. Sie glaubte die Gräuelgeschichten auch nicht. Maria Droste erinnerte sich nur an die unglaublich großen Bäume, in deren Schatten sich gut tot sein ließ. Absurd.

„Tot sein" – der Tod war kein Sein. Wäre sie ob Rosas Tod nicht so mitgenommen gewesen, hätte sie bei ihren eigenen wirren Gedanken lachen müssen. Auch mit Rosa hatte es viel zu lachen gegeben.

Ein Buffetwagen klapperte näher. Maria Droste konzentrierte sich, um trotz ihrer schwachen Stimme vom Kellner wahrgenommen zu werden. Sie bestellte koffeinfreien Kaffee. Wie bei einem oft geübten Ritual ließ der mobile Kellner heißes Wasser aus einem großen Metallspeicher in einen Papierbecher laufen, schüttelte den Instantkaffee mit kontrolliertem Schwung dreimal gegen seine linke Hand und riss das Papier routiniert auf. Er lächelte Maria Droste an und schien wie aus Sympathie für die alte Dame in einer Art Sonderleistung auch noch das Pulver aufzurühren.

Aber auch er konnte Maria Drostes Angst vor dem Betreten von Rosas Wohnung nicht mindern. Sie hatten das Szenario bereits vor Jahren verabredet: Wer übrig blieb, löste die Wohnung der Vorangegangenen auf. Ein Vertrag, von dem jede hoffte, die andere müsse ihn einlösen.

So wie viele Menschen jenseits der 70 starben sie und Rosa schon seit fast zwei Jahrzehnten täglich und manchmal stündlich. Ein bisschen Wetterfühligkeit, und sie wähnten die letzte Stunde näher kommen, ein grippaler Infekt, und sie sahen sich bereit für das große Ende.

Mit dem bitteren Geschmack des Kaffees auf der Zunge lehnte sich Maria Droste zurück in ihren komfortablen Sitz, während der Zug mit 260 Stundenkilometern ruhig Richtung Süden lief. Sie beschloss, den Buffetwagen bei seiner Rückkehr erneut anzuhalten. Diesmal für ein Schlafgetränk, eine kleine Flasche Rotwein.

Als Franco gegen halb sieben Uhr abends in seine Wohnung kam, merkte er, dass er etwas ganz Entscheidendes vergessen hatte: für das Wochenende einzukaufen. Er inventarisierte mit einem Blick seinen Kühlschrank. Dieser präsentierte sich so abweisend schütter, als wollte er den Menschen, der ihn tagelang missachtet hatte, mit besonderer Kälte strafen.

Immer freitags kam Svetlana, um Molls Wohnung zu putzen und die Entstehung neuen Lebens im Kühlschrank und an anderen Stellen der Wohnung zu verhindern. Offenbar waren ihrem Eifer auch einige gekühlte Lebensmittel zum Opfer gefallen, die schon zu viel Vergangenheit angesammelt hatten.

Weniger sauber, aber ebenso überschaubar präsentierten sich der Apothekerschrank im Küchenblock und ein Auszug, in dem Franco alle Dosen, Tomatenessenzen in jedwedem Aggregatzustand und andere unsterbliche Zutaten verwahrte. Das Ergebnis war so ernüchternd, dass er laut mit sich zu sprechen begann. Es stand wieder die „Küche der Verzweiflung“ ins Haus.

Im Überschwang behauptete er immer wieder, mit gutem Olivenöl könne man auch Schuhsohlen akzeptabel anrichten. Bis jetzt war er diesen Beweis schuldig geblieben. Glücklicherweise hatte sich niemand als Testesser berufen gefühlt.

Sogar die Pasta-Vorräte waren so gut wie erschöpft. Franco schüttelte den Kopf über so viel Nachlässigkeit.

Zumindest Bier war noch da. Er öffnete eine der letzten Flaschen und lehnte sich in den roten Ohrensessel zurück. Seit Jahren schleppte er ihn von Wohnung zu Wohnung mit – jedes Mal „das letzte Mal“, obwohl das Möbel bereits deutliche Altersspuren zeigte.

Aus dem Gang zum Badezimmer leuchtete schwach das rote Licht eines großen Acrylherzens in die Tür zur

Wohnküche. Auch dies eine Altlast aus einem Designergeschäft in Friaul, das er vor zehn Jahren zuletzt aufgesucht hatte.

Sie waren nur vordergründig weit in diesem Fall mit dem toten Arzt. Einiges passte nicht zusammen. Die vielen Messerstiche im Toten. Das sah ganz und gar nicht nach Zufall aus, sondern nach Zorn, nach sehr viel Zorn und einer sehr intensiven Beziehung zwischen dem Toten und seinem Mörder oder seiner Mörderin. Es sei denn, der Täter war nicht ganz zurechnungsfähig gewesen. Auch Diebstahl konnte man ausschließen: dazu hätte man den Arzt beim Einsteigen in sein Auto überfallen können. Abends kein Problem.

Was also war es?

Sie würden nächste Woche eine Ochsentour absolvieren müssen. Das Beziehungsgeflecht von Benno Waldegg zuerst einmal aufdecken und dann durchleuchten. Irgendwo in diesem Netz war aller Wahrscheinlichkeit nach auch der Mörder zu finden.

Jemand steckte einen Schlüssel ins Schloss der Wohnungstüre. Dann hörte er Felix schon dagegen pochen.

Sie klemmte wieder mal.

„Und, wie war's?", fragte Franco, als er Felix samt Rucksack hochhob.

Der Junge trug ein langes Textilband mit einem Schlüssel um den Hals und einen neuen Anhänger an einem Lederband, den Franco nicht kannte. Felix zeigte ihn stolz vor.

„Hab ich heute bekommen. Ein Dummertit."

„Ein was?"

„Ein Stein gegen die Angst. Von deiner Frau", sagte Felix.

Franco drehte den blauen Stein um.

„Suchst du was?“, fragte Felix.

„Ja, den Beipackzettel. Das ist bei Medikamenten üblich.“

„Zieh ihn aus der Hosentasche. Links.“

Franco griff in die linke Tasche. Felix begann zu lachen.

„Das kitzelt“.

„Nichts drin außer einem Papiertaschentuch. Das kannst du behalten.“

„Dann ist es auf der anderen linken Seite.“

Diesmal war Franco erfolgreich. Er kramte einen kleinen, mit Schreibmaschine getippten Zettel heraus, der die wunderlichen Eigenschaften des Steins beschrieb.

„Dumortierit, heißt dein Stein“.

„Hab ich doch gesagt“, raunte Felix und versuchte mitzulesen.

Laut Beschreibung war es ein Heilstein, der gegen Übelkeit und Hautreizungen half, der Fieber senken und Kopfschmerz und Verstauchungen heilen konnte. Ein „Take-it-Easy“-Stein, wie die Verfasser des Begleitbriefes schrieben. Er ließ seinen Besitzer das Leben leichter nehmen, reduzierte alle Ängste und versprach, dass mit dem Dumortierit auch Konzentrations- und Entspannungsübungen besser gelingen würden.

„Wovor hast du denn Angst?“, fragte Franco.

Felix dachte nach.

„Dass du auch mal weggehen und nicht mehr zurückkommen könntest.“

Feierlich hob Franco die rechte Hand samt Beipacktext zum Schwur.

„Ich verspreche dir auch ohne Stein, dass ich das nicht tun werde."

Der Junge versuchte den blauen Anhänger mit seiner kleinen Hand zu umschließen. Er musste ein paar Mal nachgreifen, bis der Stein ganz in seiner Faust verschwand.

„Außerdem hilft er mir vielleicht, dass ich die Buchstaben nicht so oft durcheinander bringe."

Franco setzte Felix samt Stein wieder auf den Boden zurück.

„Ja, bestimmt. Besonders stark wirkt der Dumortierit zusammen mit den Übungen, die du in deiner Schublade liegen hast."

„Jetzt machst du wieder auf Lehrer", sagte Felix, drehte seinem Vater den Rücken zu und ging samt Rucksack in sein Zimmer.

Wenig später tauchte Felix im Pyjama in der Küche auf. Franco sammelte eben alle Lebensmittel, die durch Verrottungsunwilligkeit auffielen, und schichtete sie auf die Granitplatte.

„Verzweiflung?", fragte Felix.

Franco nickte.

„Verzweiflung mag ich gern", sagte der Junge. Er öffnete einen Auszug, holte Mehl heraus, dazu eine Küchenwaage. Die Armen- und Restespeise Pizza erfuhr in der Küche der Kleinstfamilie Moll ab und zu eine ihrem Ursprungsgedanken entsprechende Renaissance.

„Ich möchte auch etwas Gescheites ..."

Franco verkniff sich den Rest des Satzes, um mit seinem Sohn nicht wieder eine Unstimmigkeit vom Zaun zu brechen. Nach dessen Meinung war Pizza ohnehin die Krönung des Kochens. Vor allem war es das einzige komplexere Rezept, das Felix so gut wie ohne Hilfe beherrschte.

„Machst du doppelte Menge? Wir brauchen auch Weißbrot. Für morgen."

„Klar mach ich das."

„Wie viel ist doppelte Menge von 300 Gramm?", fragte Franco mit einem schelmischen Seitenblick nach.

„Keine Ahnung. Ich wiege das Mehl halt zweimal ab."

Das war akzeptabel intelligent, fand Moll und ließ seinen Sohn weitermachen.

Wenig später stieg Felix auf den Küchenhocker, um die Knethaken in den Mixer zu stecken. Er vermischte Olivenöl, Salz, Fertighefe, ein wenig Zucker und Wasser mit dem Mehl und brummte dabei. Binnen kürzester Zeit flogen kleine Teigstücke durch die Küche.

„Gerade halten", rief Franco und richtete den Arm seines Sohnes auf.

Felix lachte.

„Wird wahrscheinlich eine Pilotenpizza."

Eine Datenbank für verzweifelte Küchenchefs – das wäre eine brauchbare Erfindung gewesen. Durch Eingabe der Zutaten musste sie in der Lage sein, das optimale Gericht für die Köche der Verzweiflung zu errechnen. Franco starrte auf seine Lebensmittelreste. In der letzten Küchenlade, die er öffnete, fand er getrocknete Steinpilze.

„Haben wir noch Weißwein?"

Felix hörte nicht. Er war zu beschäftigt, den Teig zu verrühren.

Franco beschloss, einfach anzufangen. Er weichte die Steinpilze in lauwarmem Wasser ein, zerließ Butter in einem Topf und begann ein wenig Zwiebel anzuschwitzen und dann Reis unterzumischen.

Währenddessen erzählte Felix gegen den Lärm des Mixers vom Kaninchen seines Freundes Julian.

Franco hörte nur mit einem Ohr zu; so fiel es ihm leichter, nicht zu kommentieren.

Julians Kaninchen schien ein Wunderkarnickel zu sein. Es war stubenrein und beherrschte einige Kunststücke, wie Felix in den buntesten Farben schilderte.

Franco stand der Sinn mehr nach Huhn. Er brauchte Hühnersuppe zum Aufgießen und begann erneut zu suchen. Irgendwo würde wohl ein verlorener Instantwürfel liegen.

Noch immer knetete Felix gedankenverloren vor sich hin. Sein Vater nahm ihm schließlich das Gerät aus der Hand und deckte den Teig mit einem Tuch ab.

„Und?", fragte Felix.

Franco war mit der anderen Hand immer noch eifrig dabei, im Risotto zu rühren.

„Toll".

„Du hast gar nicht zugehört, was ich vom Kaninchen erzählt habe."

„Natürlich hab ich zugehört. Aber du hast sehr laut Pizza gemacht."

Felix schmollte kurz. Und Franco war klar, dass das Thema in den nächsten Tagen akut werden würde.

Dabei gehörten Hasen und Kaninchen zu den trostlosesten Tieren, die man sich vorstellen konnte. Es gab zigtausende Menschen, die in die Wiener Albertina pilgerten, um Dürers Hasen zu sehen. Franco war mit dem Hasen schon seit langem auf Du und Du. Jahrelang hatte ihn das gestrichelte Tier dumpf dahockend vom Zeichenblock aus angestarrt. Er konnte weder zeichnen noch malen. Der demütig dasitzende Hase war eine lebendige Provokation gewesen, der optische Anpfiff zu zwei aufeinander folgenden Zeichenstunden.

Zwischen dem, was Franco sah, und dem, was er auf's Papier brachte, tat sich immer eine Riesenkluft namens Untalent auf. Die Hand machte was sie wollte, nicht das, was das Auge ihr auftrug. Sie scherte sich keinen Deut um seine, Francos, Visionen. Und ewig starrte der Hase zufrieden-blödsinnig vor sich hin.

Dieses ganz und gar autistische Kleinvieh, das maximal auf seinen Hinterpfoten hocken und mit großen Augen in die Landschaft starren konnte, hatte in seiner Millionen Jahre alten Geschichte nur einen Höhepunkt erlebt: als Fibonacci die Vermehrungswut der Kaninchen als Modell für seine Zahlenreihe genommen hatte. Franco beschloss, im Lauf der nächsten Woche Kaninchen zu kochen.

Der Junge war schon dabei, Tomatensugo mit Knoblauch und Olivenöl einzudicken, und schien wieder ganz und gar von seinem Pizzaprojekt absorbiert.

Knapp eine halbe Stunde später aßen sie Steinpilzrisotto als Vorspeise. Sogar letzte Reste tiefgefrorener Petersilie waren noch in einer Schachtel am Grund des Gefrierschranks aufgetaucht. Die grünen Kräuterfragmente peppten das Risotto zumindest optisch auf.

Franco fühlte sich glücklich und entspannt. Im Ofen färbte sich der Pizzateig dunkel, es roch nach frischem Brotteig, nach Salami und Knoblauch.

„Jetzt fehlt uns zwei Männern nur mehr eines", bemerkte Felix mit vollem Mund.

„Sag's bitte nicht und verdirb nicht alles", dachte Franco, der sich plötzlich schwer tat, den nächsten Bissen zu schlucken. Zumindest an diesem Abend wollte er mit seinem achtjährigen Sohn keine Diskussion über eine mögliche Lebenspartnerin und Ersatzmutter führen.

„Ein Kaninchen", setzte Felix fort und aß, ohne eine Antwort abzuwarten, weiter.

Oberhollenzer zeigte sich am Montag außergewöhnlich gut gelaunt.

„Na, wie war der Samstagabend mit dem angepinkelten Desperado?", fragte Franco, während er für sich und seinen Kollegen einen Espresso aus einer alten italienischen Maschine mit Hebel herunterdrückte.

„Nicht sehr ergiebig. Ein Junkie aus Linz. Martin Kuzman, 23 Jahre, sieht aus wie 45. Von dort geflüchtet, weil er schon zu bekannt war und in zu vielen Geschäften gestohlen hat. Ohne Stoff scheppert er wie ein Sack rostiger Nägel. Jetzt ist der Doktor bei ihm und gibt ihm etwas als Ersatz."

Franco stellte den Kaffee vor Oberhollenzer hin.

„Echte Handarbeit."

„So wie meine Verhöre."

Oberhollenzer lachte lauthals über seine eigene Bemerkung.

„Und wo hat er die Haube her?"

„Angeblich gefunden. Als er vom Bahnhof über die Eisenbahnbrücke zu den Barmherzigen Schwestern in

Mülln gegangen ist. Er hat sie dort irgendwo an der Salzach aufgehoben. Sagt er."

„Glaubhaft?"

„Ich glaube, dass mir der Kerl alles erzählt hätte. Er war schon so weich vom Entzug und wollte eigentlich nur mehr was zum Spritzen."

„Hat er dem Karli eine über die Rübe gezogen?"

Oberhollenzer dachte nach.

„Nein, das kann ich mir nicht vorstellen. Beschaffungskriminalität ja, aber nichts Gröberes. Wenn, dann hätte Kuzman einen betuchteren Spaziergänger an der Salzach ausrauben müssen."

„Wie finden wir jetzt den Haubenkarli?"

„Keine Idee. Die Fahndung ist draußen. Wenn er großräumig umgezogen ist, hilft ihm das auch nichts. Wir suchen ihn ja wegen Mordes. Da ist die Aufmerksamkeit größer. Auch bei den Kollegen auf der Straße. Früher oder später haben wir ihn."

Den halben Vormittag verbrachten die beiden Kommissare damit, die Daten der Vorwoche noch einmal abzugleichen. Das Ergebnis war recht bescheiden. Sie hatten weder eine zwingende Idee, noch einen Hinweis auf das Tatmotiv.

Ein Konkurrent hätte Waldegg ebenso erstechen können wie ein gehörnter Ehemann.

Dazwischen bestätigte ein Anruf der Spurensicherung die DNA-Analyse vom Freitag: die Fingerabdrücke am Kassettenrekorder, den sie neben dem Tatort gefunden hatten, stammten vom Haubenkarli.

Oberhollenzer telefonierte kurz mit Alexandra Waldegg und ließ sich Namen der Freunde ihres Mannes geben. Er wollte sich bei ihnen umhören und mehr über den Toten erfahren. Franco fuhr ins Krankenhaus, um dort die – vermutlich – letzte Liebschaft Waldeggs aufzusuchen.

Der Name auf einer zerknitterten Seite seines Notizbuches war kaum lesbar. Moll hatte ihn nach dem Besuch bei der Witwe Waldeggs während der Autofahrt aufgeschrieben. Die Nebenbuhlerin von Alexandra Waldegg arbeitete als Krankenschwester auf der Herzstation. Ein Klassiker aus dem Spitalsleben und sehr praktisch, dachte Franco. Selber hatte er in den letzten Jahren keinerlei Ambitionen zu irgendeiner Kollegin gehabt. Polizeiliches auch im Privatleben – das wäre entscheidend zu viel gewesen. Gleichzeitig wusste er, dass er diese Grundsätze sofort über den Haufen geworfen hätte, wenn ihm „die Richtige“ begegnet wäre.

Franco fuhr mit dem Lift in den zweiten Stock der Herzklinik und fragte nach Isabella Sturm.

In einem leeren Krankenzimmer fand er eine rothaarige Frau, die ihrem Namen alle Ehre machte. Sie war groß, Ende dreißig, alles andere als knabenhaft, energievoll und wirkte wie ein Mensch, der mit Problemen nur eines machte: sie lösen oder sonst wie aus dem Weg räumen.

Sturm atmete eben intensiv Gas aus einer Düse über dem Krankenbett ein.

„Reiner Sauerstoff. Das frischt auf“, erklärte die Krankenschwester und drehte das Rad am Manometer wieder zu. Mit leisem Zischen verendete der Strahl.

Isabella Sturm drückte Franco kräftig die Hand und führte ihn in eine Kaffeeküche.

„Sie wollen jetzt sicher wissen, warum ich mit Benno geschlafen habe. Mit einem erheblich jüngeren Mann. Obwohl ich doch verheiratet bin."

Franco antwortete nicht und sah ihr zu, wie sie eine schmutzige Kaffeekanne abzuwaschen begann.

„So was passiert halt. Vor allem, wenn man daheim vernachlässigt wird. Benno konnte recht aufmerksam sein. Und er war sehr lebenslustig. Lebensgierig, könnte man sagen. Der wollte nicht einfach warten und ‚Bitte' und ‚Danke' sagen. Er ist auf seine Ziele zugegangen."

„Und die waren?"

„Zum Beispiel Herzchirurg werden. Und auf Teufel-komm-raus leben."

„Mit ihnen?"

„Wir hatten ein paar sehr intensive Monate."

Isabella Sturm sah ihn an. Ihre Augen waren dunkler, eingefallener als zuvor. Sie zündete sich eine Zigarette an und hatte offenbar vergessen, dass sie Kaffee aufsetzen wollte.

Die Krankenschwester bemerkte Francos belustigten Blick auf ihre Zigarette.

„Ja ich weiß, wir sind hier ein Hort der Gesundheit. Aber bei uns rauchen fast alle, vor allem die Ärzte. Wenn man lange Zeit auf Hochtouren arbeitet, braucht man ein Ventil. Nicht jeder im medizinischen Bereich kann Alkoholiker werden, das überlassen wir den Anästhesisten und Chirurgen."

„Wo haben sie sich eigentlich immer getroffen?"

Die Krankenschwester lehnte sich gegen den Küchenblock und blickte an die Decke.

„In Hotels halt. Manchmal sind wir auch zusammen auf einen Kongress gefahren, aber nur zwei-, dreimal."

„Und Ihr Mann?"

„Stefan ist seit Freitag ausgezogen."

„Ausgezogen?"

„Er hat seine Sachen noch bei mir, aber er ist weg. So könnte man das auch sagen. Ist irgendwie ungewohnt, dass niemand da ist, wenn man heimkommt. Stefan ist Landesbeamter. Die haben einen regelmäßigen Rhythmus. Keine Nachtdienste, nichts Unvorhergesehenes. Irgendwann ist bei ihm wohl die Adrenalinproduktion eingeschlafen."

Die Tür zur Kaffeeküche ging auf. Ein Arbeiter in einem schmutzigen weißen Mantel kam herein. ‚Haustechnik' war in Großbuchstaben in der ersten Zeile seines gestickten Namensschildes zu lesen.

Seine Stimme schien von langen Abendunterhaltungen in verrauchten Lokalen gezeichnet.

„Ich hab die Schlösser jetzt ausgewechselt. Da sind die neuen Schlüssel. Verteilen müssen Sie sie selber."

Er drückte Isabella Sturm einen Bund mit fünf Schlüsseln samt nummerierten runden Anhängern in die Hand.

„Neue Schlösser?", fragte Franco.

„Ja, Freitagnacht sind fünf Spinde im Umkleideraum aufgebrochen worden."

„Und was fehlt?"

„Angeblich nur Wertsachen. Obwohl kaum jemand sein Geld in den Spinden lässt. Es ist nicht das erste Mal, dass auf der Station etwas verschwindet. Schließlich geht es hier zu wie in einem Vogelhaus."

Franco überlegte nicht lange.

„War auch der Spind von Benno Waldegg dabei?"

Die Krankenschwester ging die Nummern der Schlüssel durch.

„113. Ja. Das war seiner."

„Haben Sie das angezeigt?"

„Keine Ahnung, das ist Chefsache. Wir dürfen nicht eigenmächtig mit Behörden verkehren."

Sie drückte ihre Zigarette aus.

„Das mit Ihnen und mir ist natürlich anders."

„Das freut mich", lächelte Franco. „Sagen Sie, wie ist eigentlich das Klima hier auf der Station?"

Isabella Sturm zögerte keinen Augenblick mit einer Antwort.

„‚Kompetitiv', wie das so schön im Managementjargon heißt. Wir betreuen, lehren und forschen. Da gibt's natürlich eine Menge interessante Tätigkeiten und Positionen. An einer Universitätsklinik ist viel zu verlieren und zu gewinnen."

„Ihr Geliebter hatte aber keine Chance, an der Klinik zu bleiben."

„Er dachte, er hätte gute Karten."

„Warum war er sich da so sicher?"

„Ich weiß es nicht. Er war ein sehr passionierter Arzt, wenn auch nicht sehr einfühlsam im Umgang mit Patienten. Das Herz ist eine Angelegenheit, für die man viel Fingerspitzengefühl braucht."

Wem sagte sie das. Ein kurzer Blick überzeugte Franco, dass Isabella Sturm ganz ohne Ironie gesprochen hatte.

„Wo könnte denn Ihr Mann jetzt sein?"

„Ich habe keine Ahnung."

„Geht Ihnen Benno eigentlich ab?"

Die Krankenschwester sah aus dem Fenster und dachte nach.

„Es geht. Ein bisschen."

Franco schwieg. Die Krankenschwester rührte sich mindestens eine halbe Minute lang nicht. Ihr Blick schien fern am Himmel etwas entdeckt zu haben.

„Haben Sie eine Idee, warum das passiert ist?", setzte Franco schließlich nach.

Isabella Sturm antwortete untypisch leise. Die Faust, die sie an ihre Hüfte stemmte, war geballt.

„Weil auch ich gern hofiert werde. Und nicht ein lebender Einrichtungsgegenstand sein möchte, ein Accessoire in Stefans lauwarmer Biografie."

Franco zögerte.

„Ich meinte den Mord an Benno Waldegg."

Sturms Aufmerksamkeit kehrte wieder ins Zimmer zurück. Sie drehte sich Franco zu und öffnete die Hand, die unter der Anspannung an der Hüfte ganz weiß geworden war.

„Ich denke, Sie kennen den Namen des Obdachlosen bereits."

Franco war überrascht.

„In der Abteilung kursiert der Name schon. Irgendein „Fredi" oder so."

„Ist auch noch ein anderer Täter für Sie denkbar?"

Sturm überlegte kurz und schüttelte den Kopf.

„Wenn Sie mich so schnell fragen, dann fällt mir dazu nichts ein."

Franco versuchte es noch einmal.

„Oder fallen Ihnen Gründe ein, die Benno Waldegg das Leben gekostet haben könnten? Streit, Sachen, die er wusste, eine andere Liebschaft? Ihr Mann?"

Isabella Sturm zuckte zusammen.

„Nein."

Unsichtbar hatte sich ein Deckel über das Gespräch gesenkt. Franco war es gelungen, einige Keime in die Gedankenwelt der Krankenschwester zu implantieren, die jetzt dabei waren, sich auszuwachsen und zu formieren. Zweifel genauso wie neue Fragen. Vielleicht entwickelten sich daraus brauchbare Informationen.

Gedankenverloren begann Isabella Sturm mit einem blauen Schlüsselanhänger zu spielen. Erst nach einiger Zeit bemerkte sie den neugierigen Blick des Kommissars.

„Der Schlüsselanhänger?"

Franco nickte.

„Ein Speicherchip und MP3-Player. Das ist ganz praktisch, wenn man schnell Daten von einem Computer zum anderen transportieren möchte. Oder zum Musikhören im Bus. 2 Megabyte. Da passen einige Musik-CDs drauf."

Beim Hinausgehen zeigte Isabella Sturm dem Kommissar noch den Umkleideraum. 120 Spinde in zwei Gängen. Nummer 113 war im hintersten Winkel gelegen. Auch zwei Spinde links und rechts davon waren aufgebrochen worden.

„Hat man Waldeggs Sachen schon an seine Frau geschickt?"

„Keine Ahnung. Ich hatte am Wochenende frei."

Sturm holte ein schnurloses Telefon aus ihrer Tasche, drückte eine Kurzwahltaste und fragte nach.

„Sie liegen drüben im Chefzimmer. Oberarzt Schäfer will Sie dort übrigens als Vertretung des Primars noch sprechen."

Das Büro des Primars war geräumig, aber auf fast aggressive Weise vollgeräumt. Überall stapelten sich Akten, Berichte, Fachzeitschriften, CDs und DVDs von Medizintechnikfirmen oder Pharmareferenten, die ihre Visitenkarten darauf hinterlassen hatten.

Selbst zum Besprechungstisch musste sich Franco Moll zwischen Magazinstapeln wie eine Krabbe im Seitgang durchschlängeln, um die fragile Ordnungsarchitektur nicht zum Einsturz zu bringen.

Kuczinskys Vertretung, Oberarzt Paul Schäfer, wartete nicht allein auf Franco Moll. Neben ihm saß jener Mann, den ihnen der Primar am Mordabend noch kurz vorgestellt hatte, Alfons Wallner. Er wirkte an diesem Tag noch dicker und kränker. Sein Gesicht leuchtete hochrot, er schien Probleme beim Atmen zu haben. Immer wieder einmal fuhr seine Hand über seine linke Brust, als lauere etwas Unangenehmes dahinter. Wallners Gesicht blieb dabei allerdings starr und schien nichts von dem zu spüren, was in seinem Körper vorging.

„Und?", fragte Schäfer. Ein Mann wie der Klon eines Musterschülers. Ein bisschen steif und gleichzeitig lauernd, damit ihm nichts entging. Er wirkte sehr gepflegt. Die grauen Schläfen zeigten, dass er die Grenze zum vierten Lebensjahrzehnt schon eine Weile überschritten hatte.

„Wie ist Ihre Frage zu verstehen?", entgegnete Moll.

„Haben Sie Ihren Mann schon?"

„Wir wissen seinen Namen. Er ist polizeibekannt."

„Den kennen wir mittlerweile auch."

„Sie ermitteln offenbar schneller als wir", ließ Franco den Oberarzt weiter im Ungewissen.

„Haubenkarli. Klingt recht niedlich. Da denkt keiner, dass der rabiat werden könnte."

„Woher kennen Sie den Namen eigentlich?", wollte Moll wissen.

„Er kursiert hier auf der Station. Keine Ahnung, wer ihn ins Spiel gebracht hat. Aber irgendjemand kennt immer irgendwen, der dann ... Sie wissen schon. Geheimnisse bleiben nie geheim."

Franco wollte die Zeit nutzen. Er drehte sich zu Alfons Wallner, den Kaufmännischen Direktor der Herzklinik, der bisher stumm geblieben war.

„Können Sie mir etwas über Benno Waldegg erzählen? Ich kann mir nach wie vor nur schwer ein Bild von ihm machen."

Wallner verzog den Mund und schüttelte nachdenklich den Kopf.

Als auch in den nächsten zehn Sekunden keine Reaktion von Wallner kam, blickte Franco wieder fragend den Arzt an.

„Ich bin kein großer Menschenkenner", sagte Schäfer. „Ich weiß nicht, ob Waldegg nur Engagement oder auch Talent hatte. Er war im Umgang sehr direkt. Selbst für einen Arzt", setzte Schäfer schmunzelnd hinzu. „Auf Gewinnertyp zu spielen, muss man sich allerdings leisten können."

„So wie Sie?", unterbrach Moll und lächelte freundlich und aufmunternd dabei.

Schäfer setzte fort, als hätte er nichts gehört.

„Das kann auch schief gehen. Ein Spital ist ein streng hierarchisch organisiertes Monster, auch wenn Ihnen am Gang jede Menge Menschen in weißen Kitteln begegnen. Da gibt es Signaturen der Macht, die zeigen, dass nicht jedem alles zusteht. Manche können sich mehr erlauben, auch in Sachen Eitelkeit. Und die ist, mit Verlaub, bei Ärzten nicht schwach ausgeprägt, Herr Chefinspektor."

Kurz schien Oberarzt Schäfer über sein Gewicht in der Welt zu schmunzeln. Den abwesenden Primar Kuczinsky hatte Franco Moll im Vergleich zu seinem Stellvertreter weitaus sympathischer in Erinnerung.

„Momentan stellen sich einige Leute bei uns um einen Facharztposten an. Wir können es uns leisten, nur die besten zu nehmen. Und die Auswahl ist rein Sache des Primars. Er fragt uns Oberärzte zwar, herrscht aber gewissermaßen unumschränkt, so wie die Erzbischöfe, wenn Sie ein bisschen mit der Salzburger Geschichte vertraut sind. Bislang hat Primar Kuczinsky eine gute Hand bewiesen. Wir sind eine Eliteeinheit hier. Und wollen es auch bleiben."

Oberarzt Schäfer strich sich über das Haar. Ein eitler und selbstherrlicher Gigolo, mit dem Moll in diesem Augenblick am liebsten unter Zuhilfenahme giftigster Rhetorik gestritten hätte.

„Im Vergleich mit anderen österreichischen Herzkliniken weisen wir pro Arzt die höchste Anzahl an wissenschaftlichen Veröffentlichungen auf. Der Laden läuft. Wir haben viele Forschungsaufträge, viele Kooperationen mit Firmen und sind an wichtigen internationalen klinischen Studien beteiligt."

„Damit sind wohl Medikamententests gemeint."

Franco war das Selbstlob des Oberarztes ungeachtet seiner Angemessenheit zu viel geworden.

Schäfer ignorierte den polemischen Unterton.

„Ich würde sie eher als pharmakologische Optimierungen bezeichnen, von denen vor allem eine Gruppe besonders profitiert: die Patienten, denen man mehr Hoffnung machen kann und die durch eine bessere Behandlung länger und besser leben, um es ganz einfach zu sagen."

Unter dem Chaos am Tisch war durch eine kleine Bewegung ein Aschenbecher zum Vorschein gekommen. Schäfer leerte seinen Inhalt in einen nahe stehenden Papierkorb.

„Wissen Sie übrigens", setzte der Mediziner nach, während er den Aschenbecher mit einem Papiertaschentuch auswischte, „dass in der westlichen Welt nicht Krebs die Todesursache Nummer eins ist, sondern eine ganze Liste von Herz- und Kreislaufkrankheiten?"

„Gesund zu sterben, macht ja auch keinen Sinn", bemerkte Franco Moll im Aufstehen.

Alfons Wallner hüpfte für seine scheinbar desolate körperliche Verfassung erstaunlich schnell mit auf. Und begann zu reden, was Franco nicht mehr von ihm erwartet hätte.

„Da ist etwas, um das ich Sie im Namen von Primar Kuczinsky und jenem der Herzklinik bitten wollte: Strapazieren Sie im Umgang mit der Presse bitte nicht zu sehr, dass Kollege Waldegg im Keller unter der Herzstation ermordet wurde. Wir sehen uns als Station für die Lebenden, wir geben ihnen mehr Lebenszeit. Und wir werden ungern mit dem Tod in Verbindung gebracht."

„Soll aber schon vorkommen, dass Leute hier sterben, oder?"

Franco drehte sich mit einem Lächeln um und ließ

Oberarzt Schäfer und Direktor Wallner grußlos zurück; vor allem letzterer rätselte, ob ihm der Kommissar nun die Zähne gezeigt oder ihn freundlich verabschiedet hatte.

Vor dem Verlassen der Herzstation warf Moll noch einen Blick auf den Wäschekorb, in dem Waldeggs verbliebene Habseligkeiten aus dem Spital gesammelt waren. Auf einer dicken Winterjacke lagen ein Netzgerät für ein Notebook, drei Paar weiße Socken, ein zerknittertes Foto eines Kleinkindes, Turnschuhe und das Ladegerät für ein Mobiltelefon.

Oberhollenzer strahlte über das ganze Gesicht.

„Wenn man seinen Freunden zuhört, dann war Waldegg ein ganz netter Kerl."

„Man täuscht sich nicht nur in den Lebenden, sondern auch in den Toten", murmelte Franco. Er dachte wieder an das verbissene unsympathische Gesicht des Ermordeten. Normalerweise wirkten Tote, selbst wenn sie unter schauerlichsten Umständen starben, weitaus entspannter.

„Unser Benno dürfte ein ziemlicher Schwerenöter gewesen sein. Er hat zuletzt nicht nur die Krankenschwester beglückt, sondern auch die Frau eines Arztes."

„Namen hast du?"

„Natürlich. Zumindest den Vornamen."

„Seine Zweit- oder Dritt-Freundin hat ihn als ‚lebensgierig' beschrieben."

Oberhollenzer biss in sein Montagsmenu – einen Hotdog aus der kulinarischen Kreativwerkstatt Brunos.

„Irgendwann sperr ich ihn für sein Essen ein, lebenslang. Das schwör ich dir, Franco."

„Nein, wir verurteilen ihn standrechtlich, seinen eigenen Fraß zwei Monate lang dreimal am Tag essen zu müssen."

„Geht nicht", sagte Oberhollenzer mit fetttriefendem Mund, „Folter ist bei uns verboten."

Oberhollenzer schluckte und kehrte aus seinen Rachephantasien zurück.

„Lebensgierig – ja, das trifft sich ziemlich gut mit dem Eindruck, den ich von seinen drei Freunden bekommen habe. Eigentlich recht respektable Leute. Sie haben halt eine gewisse Vorliebe für Loden. ‚Salzbürger' der guten alten Schule."

„Ganz dein Stil, oder? Der Pinzgauer in seinem ureigenen Element hat ja auch kaum Berührungsängste mit Loden. Die drei werden deine Kunden bleiben."

Oberhollenzer wischte sich über den Mund.

„Irgendwann, das sage ich dir, mache ich noch den Jagdschein. Und dann rücke ich Sonntag früh im Hubertusmantel aus. Schon allein, um meinen Bruder zu ärgern. Der würde am liebsten jedes Reh zum Streicheln in ein Gehege sperren. Aber wenn du ihm Rehmedaillons vorsetzt, musst du froh sein, wenn er nicht auch noch das Teller abschleckt."

Bei der Schilderung seines Kollegen fiel Franco ein, dass er in dieser Woche einen Hasen braten wollte. Außerdem musste er endlich wieder mal einkaufen gehen.

„Wenn man den Freunden Waldeggs glauben darf, war er sich in den letzten Tagen sehr sicher, die Anstellung in der Herzklinik zu bekommen."

„Wissen wir, warum?"

„Wir nicht, und seine Freunde auch nicht. Aber er dürfte einen handfesten Grund für seine Gewissheit gehabt haben."

Franco Moll schrieb in seinem Notizbuch mit. Die Gerichtsmediziner hatten eine Reihe weiterer Spuren entdeckt, die aber allesamt nicht zuordenbar waren, vor allem Fasern unbekannter Herkunft am Rücken von Waldeggs Arztkittel. Statt dass sich das Bild klärte, wurde es widersprüchlicher.

„Die Frau, die mit Waldegg Doktorspiele gemacht hat, heißt übrigens ‚Katrin'."

„Zunamen gab's keinen?"

„Nein, aber sie ist die Frau eines Arztes in etwas höherer Position. Offenbar ein Kollege Waldeggs, den er nicht sehr geschätzt hat."

Franco griff zum Telefon und verlangte nach Isabella Sturm.

Als sie den Namen „Katrin" hörte, versagte ihr kurz die Stimme. Sie konnte den Namen sofort zuordnen.

Moll verriet mit keinem Satz den Grund seines Anrufs und bedankte sich für die Hilfe.

„Es ist Paul Schäfer, der Oberarzt. Dem Schnösel bin ich's vergönnt, dass ihm ein Jungarzt die Frau ausspannt."

Oberhollenzer grinste entspannt.

„Weiß die Zweitfrau von der Nummer drei?"

Franco musste nicht einmal überlegen.

„Jede Wette, dass sie's zumindest geahnt hat. Aber ich bin mir noch immer nicht im Klaren darüber, ob Waldegg eine willkommene Abwechslung für sie war oder mehr."

„Diese Dinge klären sich von selber", beruhigte Oberhollenzer.

Auch wenn die beiden Kommissare äußerlich und im Verhalten sehr verschieden waren: In ihren Intuitionen und Einschätzungen deckten sie sich zu 90 Prozent. Erfahrung mischte sich mit einer grundsätzlich ähnlichen Weltdeutung. Einer der Gründe, warum sie trotz vieler Grobheiten gut miteinander auskamen.

„Wär' interessant zu erfahren, ob Schäfer von den Ausritten seiner Frau wusste."

Franco sah Oberhollenzer aufmunternd an.

„Gut, ich überlass dir die Witwe Waldegg zum Trösten und kümmere mich eine Schäfer-Stunde lang um die Gespielin unseres Toten."

Oberhollenzer rief beim Melderegister an und ließ sich die Adresse des Oberarztes durchgeben, nachdem er sie nicht im Telefonbuch im Netz gefunden hatte. Danach bat er Katrin Schäfer um einen Termin ‚in Sachen Benno Waldegg'. Sie willigte ohne Zögern ein.

Franco telefonierte kurze Zeit später mit dem Amt der Landesregierung, das sofort zu Stefan Sturm durchstellte. Eine Vertretung nahm das Gespräch an. Offenbar kein Kollege, der sehr eng mit Sturm befreundet war, aber im selben Büro arbeitete. Er erzählte dem Kommissar ohne Umschweife, dass sich Sturm kurzfristig zwei Wochen Urlaub genommen hatte, um nach Thailand zu fliegen. Sturm, ein Referent in der Wasserrechtsabteilung, war offenbar nicht verborgen geblieben, wie intensiv sich seine Frau einem anderen Mann widmete. Sein Kollege hatte einschlägige zornige Telefongespräche mitgehört. Sturm sei ein witziger, aber wenig ambitionierter Mann. Sehr phlegmatisch, wie der

Kollege meinte, ein Systemerhalter, der sich selbst schon vor 5 Jahren mental pensioniert hatte, sehr langsam sprach und sich nur mehr der Zucht von Tomaten widmete. Oder so etwas Ähnliches.

Das machte ihn für Franco gleich sympathischer.

Stefan Sturm war offenbar nicht die erste Adresse für einen Mord mit leidenschaftlichen siebzehn Messerstichen.

Jetzt stecken sie mittendrin in diesem lebendigen Gebräu aus Eifersucht, Gier, Enttäuschung – einem Cocktail, von dem man nie wusste, wann er zum explosiven Gemisch mutierte. Und vor allem: dessen gesamte und entscheidende Zutaten er, Franco, noch nicht kannte.

Heinrichs Stimme am Telefon klang mehr oder weniger tonlos.

„Sie ist nicht heim gekommen."

Das überraschte Franco Moll zwar nicht, aber er bemühte sich, so anteilnehmend wie möglich zu klingen.

„Wann?"

„Heute Nacht."

Damit kam das Gespräch bereits ins Stocken. Franco stellte sich auf eine Therapiestunde ein. Da Oberhollenzer eben aus dem Büro gegangen war, legte Moll die Beine auf den Schreibtisch und versuchte gleichzeitig, Heinrich am Erzählen zu halten.

„Und?"

Heinrich schwieg.

Franco ebenfalls, so lange, bis Heinrich aufgab.

„Sie war bei einem Termin in Rosenheim. Und dabei ist es spät geworden, sagt Linda. Deshalb hat sie dort übernachtet, weil sie getrunken hatte. Früher ist sie sogar aus München oder Ingolstadt nachts noch zu mir zurückgefahren."

„Hast du einen Verdacht?"

„Wie sollte ich einen Verdacht haben?"

„Anders gefragt: Kannst du dir ausrechnen, wer es ist?"

Heinrich war wieder hilflos. „Wie denn?"

Weinmeister schluckte laut und deutlich.

„Glaubst du, dass es so schlimm ist, Franco?"

Franco verdrehte die Augen und war froh, dass sich die Videotelefonie nie durchgesetzt hatte.

„Ist in letzter Zeit irgendein Name häufiger gefallen oder erinnerst du dich ohne nachzudenken an einen Männernamen, von dem sie lustige Geschichten erzählt hat oder den sie als besonders aufmerksam geschildert hat, weil er ihr den Sessel zum Tisch rückt, immer sehr prompt Wein nachschenkt und ihr in den Mantel hilft?"

Weinmeister zögerte keinen Augenblick.

„Sebastian."

Franco ließ ihn mit diesem Wissen hängen.

„Was soll ich jetzt tun? Oder: Was tätest du an meiner Stelle?"

„Frag mich nicht. Jeder reagiert in so einer Situation anders. Ich dachte früher auch, dass ich aus lauter Stolz kampflos das Feld räume. Wenn die Geschichte dann akut wird, sieht alles anders aus. Aber natürlich stellt sich die Frage, was wir mit Frauen anfangen sollen, die nicht bei uns bleiben wollen."

Auf Heinrichs Seite rührte sich nichts.

Franco überlegte, wie er seinem Freund schonend beibringen konnte, dass die Sache längst gelaufen war. Die, die gingen, hatten immer einen uneinholbaren Vorsprung vor jenen, die zurückblieben.

„Auch auf die Gefahr hin, mich mit meiner Blümchenmathematik vor dir zu blamieren, Heinrich. Wenn eine Liebe wirklich ins Straucheln kommt, verwandelt sie sich aus einer Sinuskurve mit Hochs und Tiefs in eine asymptotische Kurve. Der Limes geht langsam aber sicher gegen Null."

Franco hatte sich die Gleichungen so lebhaft vorgestellt, dass er mit dem Finger die Graphen in die Luft zeichnete. Oberhollenzer, der gerade ins Büro gekommen war und seine Jacke über den Sessel hängte, äffte ihn pantomimisch nach.

„Du bist wirklich ein Poet der Hoffnung", seufzte Heinrich, „mein ärgster Freund".

Franco grinste und schwieg.

Weinmeister meldete sich erst nach einer langen Pause zurück.

„Soll ich mich erschießen?"

„Nein, ich glaube, du bist viel besser im Leiden als im Schießen. Also genieße mal die Rolle des Betrogenen und vor allem: Schau, dass Linda bald auszieht. Wenn es ganz eng wird, ziehst du vorübergehend zu mir. Wenn du willst ins Kinderzimmer. Das entspricht deiner Erfahrung in Liebesdingen ohnehin."

„Ich dich auch", antwortete Heinrich. „Aber danke für das Angebot. Dass das mal so endet, damit habe ich nicht gerechnet."

Heinrich legte grußlos auf. Wieder einmal.

Gegen Dienstschluss entschied sich Franco, noch bei Alexandra Waldegg vorbeizuschauen. Sie wirkte sehr gelassen und ausgeglichen. Noch bezaubernder als in ihrer Überforderung als junge Mutter.

Moll fragte nach dem Notebook, dessen verwaistes Netzteil er in der Kiste in der Klinik gesehen hatte. Aber davon wusste Alexandra Waldegg nichts. Sie hatte es schon lange nicht mehr daheim gesehen.

Ohne gefragt zu werden, erzählte sie Franco, wie sie Benno Waldegg bei einer Tagung über „Herz und Depression“ kennen gelernt hatte.

Ein Psychiater aus Yale hatte dem Auditorium am Ende des Vormittags erklärt, dass ein bestimmtes Protein in Folge einer Depression zu Gefäßverengungen führte und Depressive dadurch doppelt so oft Herzinfarkte erlitten wie psychisch Gesunde.

Franco konnte dem biomedizinischen Exkurs kaum folgen, während die junge Frau mit ihren Händen die physiologischen Zusammenhänge in die Luft zeichnete. Als sie seine Hilflosigkeit merkte, kehrte sie schnell zu ihrer eigentlichen Geschichte zurück, die weniger mit Molekülen, als den unwägbaren Abläufen im Herzen zu tun hatte.

„Benno war einer der wenigen Schulmediziner beim Vortrag. Ärzte sind normalerweise nicht sehr fortbildungswillig, es sei denn, Begleitprogramm und Location stimmen. Wenn sie aus dem Vortragssaal direkt auf die Schipiste gehen können, interessieren sie sich auch für die Entwicklungen in ihrem Fach.“

Sie sah Franco kurz belustigt an. „Tut mir leid, aber heute rede ich dauernd in Exkursen. Offenbar steigt mein Mitteilungsbedürfnis, seitdem ich Babypause mache und kaum mehr Menschen sehe, die selbständig gehen und mit Besteck essen können."

Alexandra Waldegg ging ein paar Schritte Richtung Küche, blieb dann aber wieder stehen.

„Benno war ein Energiebündel, er wirkte leidenschaftlich, und auch eine gute Portion Arroganz blitzte aus ihm heraus. Ich dachte, mit dem kann man Pferde stehlen."

„Das stimmte ja auch, zumindest in der Anfangsphase", sinnierte Alexandra Waldegg nach einer kurzen Pause weiter, „aber Benno hatte nichts Sesshaftes an sich. Er kannte keine Ruhephasen. Es gab kaum Zeit zum Genießen, weil er dauernd neue Kontinente erobern wollte. Ja, und die lagen oft auf Frauenkörpern."

Der Blick der jungen Frau war glasklar. So, als hätte sie durch einen Zeitspiegel gesehen.

„Viel Trauer ist Ihnen nicht anzumerken, wenn ich das so persönlich sagen darf", bemerkte Franco, nachdem die Geschichte für Alexandra Waldegg abgeschlossen schien.

„Das habe ich schon hinter mir. Ich hab mich schon von Benno verabschiedet, als er noch am Leben war."

„Haben Sie eine Idee, warum er dachte, er würde angestellt werden?"

„Weil Benno es nicht gewohnt war, nicht zu bekommen, was er wollte. Die typische Psyche des verwöhnten Einzelkindes."

Mittlerweile hatten sie sich in einer Wohnküche mit großer Frühstücksbar niedergelassen. Waldegg schenkte, ohne Franco zu fragen, Bier in zwei Gläser. Erst, als sie anstoßen wollte, entschuldigte sie sich und fragte zögernd, ob er überhaupt Bier trinke.

Statt einer Antwort grinste Franco und hob das Glas.

Es sollten schließlich mehrere werden.

„Fällt ihnen ein handfester Grund ein, warum sich Franco einer Anstellung so sicher war?", griff der Kommissar den Faden wieder auf.

Waldegg dachte nicht lange nach.

„Er war bei all seinen menschlichen Fehlern nicht inkompetent, zumindest fachlich nicht. Und er hat auch nur selten ohne Netz gearbeitet."

„Was meinen Sie damit?"

„Vielleicht hat er jemand Maßgeblichen im Hintergrund gekannt."

„Haben Sie nie über den Beruf gesprochen?"

„Kaum. Außerdem war Benno zuletzt selten daheim."

Alexandra Waldegg holte ein weiteres Bier aus dem Kühlschrank.

„Manchmal haben Bierflaschen eine unglaublich kurze Halbwertszeit", schmunzelte sie und stieß mit Franco an.

Alexandra Waldeggs Blick blieb eine Spur zu lang am jungen Kommissar hängen.

„Sie haben zwar ganz dunkle Haare, aber italienisch sehen Sie nicht aus."

„Meine Mutter war Neapolitanerin. Sie hat den Fehler gemacht, Moll zu heiraten und in den Norden zu ziehen. Eine Italienerin im Ausland. An und für sich schon ein Wunder. Sie hat ewig unter dem Mangel an Licht und Sonne gelitten."

Franco Moll nahm das Glas wieder in die Hand. Aber er war nicht sicher, ob er daraus trinken sollte oder sich nur festhalten wollte. Andererseits hatte er schon zu erzählen begonnen, was er normalerweise niemandem erzählen wollte. Warum sollte die Beichtstunde nicht wechselseitig sein?

„Mein Vater war nicht klug genug, meiner Mutter zum Beispiel eine große Glasfront Richtung Westen zu bauen, die sie sich so gewünscht hatte. Einer der wenigen Wünsche, die sie durchsetzte, war mein italienischer Name."

„Leben Ihre Eltern in Salzburg?"

„Das letzte Mal, als ich sie gesehen habe, wohnten sie am Rand von Linz."

„Ich verstehe."

Franco trank sein Bier aus und wollte aufstehen.

„Nein, so schnell entkommen Sie mir nicht. Keine Angst, ich missbrauche sie nicht als Babysitter, wenn der Kleine aufwacht. Aber ein Bier trinken wir noch gemeinsam, wo es so schön gekühlt ist."

Als sich Franco eineinhalb Stunden und weitere zwei gemeinsame Flaschen Bier später verabschiedete, war Alexandra Waldegg nicht mehr so sicher auf den Beinen wie bei seiner Ankunft. Plötzlich griff sie sich auf die Brust und begann zu lachen.

Sie hatte vergessen, dass sie noch stillte. „Ich glaube, heute bekommt er sein erstes Fläschchen, sonst ist er zum ersten Mal sturzbetrunken. Das wird ein Theater."

Über diese Vorstellung lachte sie noch viel mehr. Sie drückte zum Abschied lange und fest Francos Hand. Ihre Augen waren schattenlos fröhlich. Als der Kommissar bereits durch den Vorgarten ging, winkte sie ihm nach, als hätte beim Abschied etwas begonnen.

Maria Droste liebte die Aussicht auf das Kaigassenviertel und vor allem auf die grüne Kuppel der Kajetanerkirche gegenüber. Die Kirche wirkte mit ihrer gelben Fassade und den klassizistischen Säulen wie ein weltliches Schloss. Selbst das Landesgericht am rechten Rand des Blickfeldes trübte die Idylle nicht. Normalerweise.

Die letzten Tage war Maria Droste nur ratlos durch Rosas Wohnung gewandert. Sie hatte es sich leichter vorgestellt, von den Habseligkeiten ihrer Freundin Abschied zu nehmen.

Selbst der Weg über die malerische Nonnbergstiege herauf zu Rosas Wohnung war ihr viel beschwerlicher erschienen als früher. Ihre Freundin Rosa lebte seit fast vier Jahrzehnten über den Dächern der Kaigasse. Hatte gelebt. Was für ein Glück, dass sie diese Räumlichkeiten bekommen hatte. Heute wäre diese Wohnung kaum mehr leistbar gewesen. Ein Appartement in der zweiten Reihe, mit Blick auf den Kapuzinerberg, die Nonntalerbrücke und das Spital der Barmherzigen Brüder gegenüber der Kirche.

Rosa war, soweit man das mit 88 Jahren sein konnte, gesund. Ab und zu ein Stechen in der Herzgegend, eine ganz leichte Angina Pectoris, aber sonst kaum Beschwerden. Und auch diese Brustenge war meist nur um den Todestag von Rosas großer Liebe Max, Anfang März, akut geworden.

Mit religiösen Dingen konnte Rosa wenig anfangen, aber als sie gehört hatte, dass die Kajetanerkirche dem Hl. Maximilian geweiht war, sah sie dahinter eine gewisse innere Lebenslogik und beschloss, in dieser Wohnung zu bleiben. So verwandelte sich das feuchte

Loch der 60er Jahre in ein von außen sehr unscheinbares Schmuckstück, mit ein paar wenigen, aber dafür umso edleren Möbeln.

Rosa hatte in der Musikschule unterrichtet und nur selten Schüler in der Wohnung empfangen. Für einen Flügel war kein Platz, nur für ein Pianino, wofür sich Rosa immer schämte, was Maria Droste nie nachvollziehen konnte. Aber was tun mit der ganzen materiellen Lebensgeschichte? Maria Droste beschloss, alles leicht Transportierbare, die ganzen Lebenserinnerungen, Briefe und Fotos, auszusortieren und die Möbel vorerst in ein trockenes Lager bringen zu lassen, um sie vielleicht später nach Hamburg zu überstellen.

Außerdem stand noch der Besuch am Grab aus. Paradoxerweise hatte sie erst eine Woche nach der Beisetzung von Rosas Ableben erfahren. Sie waren beide nicht vorbereitet gewesen auf den Tod.

Dienstag früh roch die Luft klar und frühlingshaft. Sie reinigte die Lungen der beiden Jogger samt Hund wie ein Osterputz. Der gelbe „Österreichische Hof" wirkte in der Frühsonne weitaus weniger bombastisch als unter dem blanken Mittagslicht.

Nur der Mann, der mit durchschnittener Kehle nahe der Obdachlosenausspeisung der Barmherzigen Schwestern am Salzachufer lag, schien so gar nicht zum Morgenidyll zu passen. Der Retriever der beiden Läufer bellte ungewöhnlich heftig, als er den steifen Körper fand. Die Jogger hatten nach dem ersten Anblick des Toten Mühe, die Stöpsel ihrer MP3-Player aus den Ohren zu bekommen.

Das Gesicht des Ermordeten war schon schwer von Totenflecken gezeichnet. Binnen weniger Minuten hatte sich das glänzende Band der Salzach in einen stumpf dahintreibenden Totenfluss verwandelt. Die Taschen des alten Mantels waren teilweise nach außen gestülpt, der Tote lag in Socken auf den Steinen am Ufer.

Während die Frau mit ihrem Mobiltelefon die Polizei alarmierte, wachte der Mann wie erstarrt über dem Leichnam. Dem Toten fehlte ein Ohr.

Franco Moll schaffte es gerade noch, Felix in die Schule zu bringen. Dann fuhr er schon zügig Richtung Mülln. Das Herz der Stadt pochte wieder schneller – es rüstete sich für die tägliche Aufregung. Am ‚Äußeren Stein' unter dem Felsen des Kapuzinerberges kam der Straßenverkehr wie nach Plan ins Stocken. Die Autos wechselten hektisch die Spuren, um ihre Fahrer noch rechtzeitig an die Arbeitsstelle zu bringen. Besonders Ungeduldige wichen rechts auf die Busspur aus und blockierten, da sie niemand mehr auf die Fahrstreifen für den Individualverkehr zurückbiegen ließ, auch die Oberleitungsbusse. Die Radfahrer unten an der Salzach triumphierten über den motorisierten Verkehr. Sie durchquerten die Stadt doppelt so schnell wie die Kraftwagen. Kleintransporter zwängten sich mühevoll in die enge Getreidegasse mit ihren romantischen ‚Durchhäusern'. Es war der ganz normale morgendliche Verkehrswahnsinn der Salzburger Innenstadt.

Franco Moll bog hinter dem Bärenwirt zum Franz-Josefs-Kai hinunter – an dieser Stelle eine breite autolose Promenade, die von Kastanienbäumen beschattet wurde. Auf dem holprigen Pflaster der engen Salzachgasse kam ihm ein Radfahrer entgegen, der beim Vorbeifahren seinen aufgerichteten Mittelfinger zur Schau stellte.

„Er hatte das Mobiltelefon von Waldegg bei sich", begrüßte ihn Oberhollenzer.

Franco nickte. Er kannte den Haubenkarli aufgrund kleinerer Delikte. Wie so oft, wenn Leute viel miteinander zu tun hatten, bildete sich eine völlig irrationale Bindung. Nun lag dieser Mann mit durchschnittenem Hals am Flussufer.

„Schaut auf den ersten Blick wirklich aus wie ein Streit unter obdachlosen Kollegen", fügte Oberhollenzer hinzu, während er das rotweiße Plastikband der Polizeiabsperrung hob, um Franco das Durchgehen zu erleichtern.

„Und?", fragte Franco. „Glaubst du das?"

„Nie und nimmer", sagte Oberhollenzer.

„Der Karli dürfte schon ein paar Tage tot sein. Komisch, dass man ihn erst heute gefunden hat. Denkst du das Gleiche wie ich?"

Oberhollenzer nickte und griff zu seinem Mobiltelefon, um einen Spürhund anzufordern.

Eine halbe Stunde später nahm ein schwarzer Schäferhund, der auf den Namen „Arco" hörte, die Witterung des Toten auf. Anfangs schien der Hund etwas desorientiert. Franco ließ die Fundstätte räumen. Polizisten wie Spurensicherer mussten weit zurückgehen, um „Arco" und seinen Führer ungestört arbeiten zu lassen.

„Glaubst du, der kann das?", zweifelte Oberhollenzer.

„Ich hab keine Ahnung. Aber einen Versuch ist es wert."

„Beim Rauschgift nehmen sie die Hunde meist als Vorwand, wenn sie von jemandem einen ‚Zund' bekommen haben. Kollege Schwertfeger zum Beispiel macht sich über die Köter immer lustig. Er meint, die braucht man nur, wenn man davon ablenken will, dass eine Lieferung verraten worden ist."

„Diesmal geht's ja um Blut."

„Aber um altes, so wie der Haubenkarli aussieht."

Arco nahm plötzlich Witterung auf. Er sprang über die Böschung hinauf auf die Promenade, querte sie und lief unter den austreibenden Kastanienbäumen hindurch bis zu einem zweigeschoßigen rosa Haus. Schnell verschwand der Hund dahinter. Erst als er heftig bellte, gingen ihm die Beamten nach.

Der dunkelbraune Blutfleck neben zwei Plastikmülltonnen verhieß nichts Gutes. Die Nische an der Rückseite des Hauses war von allen Seiten uneinsehbar. Ein Gebüsch verdeckte den Zugang. Am Boden deutete eine mottenzerfressene dicke Daunenjacke darauf hin, dass der Haubenkarli hier sein letztes Lager aufgeschlagen hatte.

Die Mülltonnen waren leer und rochen auch nicht nach Abfall. Offenbar hatte man sie lange Zeit nicht mehr befüllt.

Oberhollenzer läutete bei beiden Glocken des Hauses. Niemand öffnete. Franco zog sich an einem Fensterbrett hinauf und blickte ins Hochparterre. Unter weißen Leintüchern und gestreiften Decken zeichneten sich die Umrisse alter Möbel ab.

Als Oberhollenzer und Franco Moll in die Polizeidirektion zurückkehrten, wartete bereits eine Vorladung von Brigadier Gokl auf sie.

„Gratuliere, meine Herren. Wieder ein gelöster Fall. Wenn auch mit Hilfe von Kommissar Zufall."

Gokl saß mit staatstragender Miene an seinem Schreibtisch. Zufrieden wischte er über die Nussholzoberfläche.

Oberhollenzer und Franco Moll blickten einander schweigend an.

„Auch der Primar ist hocherfreut, dass die Sache so schnell aus der Welt geschafft wurde", fügte Gokl hinzu und nickte anerkennend.

„Dafür haben wir jetzt einen neuen Fall am Hals", wandte Franco ein. „Und selbst beim Haubenkarli sind wir uns nicht sicher, dass er Waldegg auf dem Gewissen hat."

Oberhollenzer schlug Franco unter dem Tisch auf den Oberschenkel.

Franco schwieg sofort.

Gokl lehnte sich weit nach vor und verschränkte seine Hände wie der Bundespräsident bei der Neujahrsansprache.

„Glauben Sie mir, er war es. Ich habe mit dem Staatsanwalt gesprochen. Er ist angesichts der Indizien bereit, die Ermittlungen im Fall Waldegg einstellen zu lassen. Wir haben einen Mörder. Und was die neue Leiche betrifft: Der Tod eines Obdachlosen, auch wenn er einen noch so drolligen Namen hat, steht auf unserer Prioritätenliste nicht so weit oben wie die Klärung eines brutalen Mordes an einem Arzt. Was jetzt noch kommt, ist für Sie, meine Herren, ja nur eine Fingerübung, nicht wahr? Und über dem Fall Waldegg machen wir den Aktendeckel zu."

„Geben Sie uns doch bitte noch ein paar Tage Zeit", unterbrach Oberhollenzer bei der erstbesten Gelegenheit, „um die Ermittlungen in Sachen Waldegg sauber abzuschließen. Es sind noch nicht alle Spuren ausgewertet. Parallel dazu beginnen wir defensiv am Haubenkarli zu arbeiten."

„Machen Sie das, meine Herren."

Gokl lehnte sich entspannt in seinem eleganten braunen Ledersessel zurück. „Solange kein neuer Toter mit bürgerlichem Lebensmodell auftaucht, solange steht Ihren Recherchen nichts im Wege."

Vor Gokls Büro schlug Franco Moll mit der Faust gegen die Wand.

„Was sind das wieder für Seilschaften, die wir nicht kennen?"

Oberhollenzer klopfte ihm beruhigend auf die Schulter.

„Beruhig dich. Wir haben Zeit gewonnen. Sieht doch ein Blinder, dass der Haubenkarli Waldegg nicht umgebracht hat. Und was seinen eigenen Abgang betrifft: Solche Kehlenschnitte machen nur Leute aus Spezialeinheiten. Albanien, Bosnien, Serbien – irgendwelche abgehalfterten Typen, die aus ihrer militärischen Vergangenheit einen Nebenerwerb gemacht haben und sich jetzt als Killer durchbringen. Und Waldeggs Telefon bei Haubenkarli, das hat man ihm entweder untergeschoben oder er hat es tatsächlich aus dem Keller mitgehen lassen, als er Waldegg gefunden hat. Was auch kein Schuldbeweis ist. War da nicht ein Einbruch in den Spind von Waldegg?“

Franco nickte.

Zwei Stunden später meldete sich die Spurensicherung. Im Umfeld der Mülltonnen, wo der Haubenkarli offenbar gewaltsam umgekommen war, hatte sich ein brauchbarer Schuhabdruck gefunden, Größe 46. Die Beamten versuchten eben, einen ordentlichen Abguss anzufertigen.

Wenig später rief Franco Moll bei Alexandra Waldegg an, um sich nach Datum und Ort der Beisetzung ihres Mannes zu erkundigen. Im Gegenzug fragte die junge Witwe, wie es Felix mit seiner Rechtschreibschwäche gehe und dass sie als Psychologin gerne behilflich wäre, das Problem in den Griff zu kriegen.

„Recht viel Trauer bemerke ich bei der jungen Frau nicht“, feixte Oberhollenzer.

„Um Benno Waldegg trauern ohnehin zwei andere Frauen. Mindestens zwei. Mal schauen, wer morgen beim Begräbnis am Petersfriedhof auftaucht.“

Franco Moll zog die unterste Lade seines Schreibtisches heraus und stellte ein Bein hinein. Wenn er lang am Schreibtisch saß, begann sein Rücken zu schmerzen.

„Apropos: Was hat Schäfers Angetraute zum Besten gegeben?“

„Nichts Berauschendes. Das Ganze hat sich schon über drei Monate hingezogen. Ohne viele Versprechungen. Einfach eine leidenschaftliche Affäre. Die beiden haben sich bei einem Fest in der Herzklinik kennen gelernt. Ihr Mann weiß nichts davon und ahnt auch nichts. Katrin Schäfer und Waldegg haben sich in

Stundenhotels getroffen und ab und zu daheim. Waldegg kannte ja den Dienstplan des Oberarztes bestens."

Franco Moll atmete hörbar aus.

„Wie machen wir weiter?"

„Wir belassen es bei der Darstellung, dass der Haubenkarli unser Mann ist. Dann können wir uns leichter in der Klinik bewegen, um quasi abschließende Recherchen zum ordnungsgemäßen Beenden der Ermittlungen durchzuführen. Letztendlich wird es jemand aus dem unmittelbaren Umfeld des Arztes sein. Und auch Alexandra Waldegg sollten wir nicht ganz vergessen. Selbst wenn dir das vielleicht nicht passen sollte."

Oberhollenzer grinste breit.

Zur selben Zeit versammelte sich die Lokalpresse im Sitzungszimmer der Polizeidirektion zu einer Pressekonferenz von Brigadier Gokl. Die fünf Stadt- und Landsender stellten ihre Mikrofone vor Gokls Platz auf. Seine Sekretärin hatte bereits ein Namensschild in fetter Schrift auf dem Tisch abgestellt.

Diesmal war es an der Reporterin des Jugendsenders, auf dem Referententisch Chaos anzurichten. Als sie das Verlängerungskabel ordnen wollte, stieß sie die Mineralwasserflasche auf dem Tisch um. Zur Erheiterung der anwesenden Zeitungsreporter begann sie hektisch und mit rotem Kopf das Wasser mit den Servietten vom nahe liegenden Brötchenbuffet aufzuwischen.

Im Mittagsmagazin des größten Lokalsenders schilderte Gokl in siebzehn Sekunden Originalton mit hörbarer Zufriedenheit, dass man nicht nur den Mörder Waldeggs identifiziert habe, sondern dass jener selber Opfer in einem Mordfall geworden sei. Gokls Genugtuung über die Präzision des Schicksals, das den Henker in einem Anfall kosmischer Gerechtigkeit selbst henken hatte lassen, von wem auch immer, war nicht zu überhören. Franco hätte am liebsten gekotzt, als er Gokls Bad in der Selbstgefälligkeit mit anhören musste.

Der Beitrag schloss mit dem Hinweis, im abendlichen Magazin des Lokalfernsehens sei ein ausführliches Live-Interview mit dem Brigadier zum rasant gelösten Mordfall zu sehen.

„Toter Wolf in Teich. Jäger wegen Tierquälerei angeklagt."

Nach dem harten Ton der Schlagzeilen wurde Laura Molls Stimme weicher.

„Gestern Abend entdeckten Spaziergänger einen toten Wolf im Salzachsee. Heute gelang es der Polizei den tragischen Tod von Meister Isegrim aufzuklären. Die Vorzugsschülerin Rotkäppchen hat das Tier bei einem Spaziergang durch den Wald unabsichtlich zum Haus der Großmutter gelockt. Das Tier dürfte von einer Schauspielschule geflogen, müde und völlig ausgehungert gewesen sein. Es verschlang die Großmutter, legte sich in deren Bett und setzte sich ihre Schlafhaube auf. Als Rotkäppchen das Haus betrat, fraß der Wolf auch das kleine Mädchen in einem Stück und schlief erschöpft ein. Wenig später kam Jäger Grünwohl beim Haus vorbei. Wie eingeweihte Kreise behaupten, ist er der Geliebte der Großmutter. Der mit für Jäger untypisch wachem Verstand ausgestattete Grünwohl kombinierte scharf und griff sofort zu seinem Hirschfänger."

„Was ist das?", unterbrach Felix jetzt, der sich bereits unter seine Bettdecke gekuschelt hatte und Lauras Hand hielt.

„Das ist ein Jagdmesser."

Felix war zufrieden. Er nickte und wartete auf neue Details in den Märchennachrichten.

„Mit seinem Messer schnitt er dem Wolf den Bauch auf. Sofort sprangen Großmutter und Enkelin heraus und beklagten sich über die Finsternis im Inneren des Bauches, wie der Jäger später zu Protokoll gab. Daraufhin habe Grünwohl im Zorn den Bauch des schlafenden Wolfes mit schweren Steinen gefüllt, ihn wieder zugenäht und das Tier mit einem Knüppel zum Salzachsee getrieben. Dass der Wolf dort ertrinken würde, sei vorhersehbar gewesen, sagen Gutachter. Den Jäger erwartet jetzt eine Anklage wegen Tierquälerei. Großmutter und Enkelin sind wohlauf."

Felix nickte noch ein paar Mal, selbst als Laura ihn längst anlächelte.

„Aber letztes Mal hast du die Geschichte anders erzählt, Tante Laura."

„Stimmt. Aber wenn du die offizielle Version haben willst, musst du sie in deinem Märchenbuch nachlesen."

„Okay, das mache ich, wenn ich gut lesen kann. Aber wehe, ich komme drauf, dass du geschummelt hast."

Laura lachte. Auch Nachrichten aus der realen Welt kamen oft so zustande. Mit Verknappung und ein bisschen Erfindung. Und vor allem brauchte es immer einen Schuldigen.

Die Wohnung hatte sich verwandelt. Sie roch warm, nach Zweisamkeit und Vertrautheit. Sie roch nach Essen, das kurz vor dem Auftragen stand.

Franco legte den kleinen Löffel, mit dem er eben gekostet hatte, zufrieden beiseite. Er war wieder entspannt und schenkte seiner Schwester Rotwein ein – Zweigelt aus der Südsteiermark. Das Tryptichon ‚Grüner Veltliner, Riesling und Zweigelt' hatte er bisher nur selten erweitert. Bei diesen Weinen fühlte er sich geschmacklich daheim. Daran konnten auch Spitzenweine aus dem Ausland, die ihm verschiedentlich angeboten wurden, nichts ändern. Aus Mangel an Vergleichen schmeckten sie beliebig – und zu oft nach Holz. Nicht dezent nach Vanille, sondern massiv nach Eiche. Er mochte Weine nicht, die ein Tischler gemacht hatte.

Laura umarmte ihren Bruder und holte ihn damit aus seiner Weinphilosophie zurück. Der Geruch des geschmorten Kaninchens mit den süßen Dörrzwetschken und dem Rotwein, in dem der Braten seit Stunden badete und mit wenig Hitze dahinschmorte, und der würzige Duft der Speckstreifen, mit denen Franco das Fleisch vor dem Austrocknen schützte, hatte die Geschwister endgültig milde gestimmt.

Franco trug den Braten zum Kirschholztisch. Sie hatten sich kaum gesetzt, als Felix mit seiner Stoffgans „Falco" im Arm in die Küche kam.

„Ich möchte ein Kaninchen."

„Gut, nimm dir ein Teller und setz dich", sagte Franco, der seinen Sohn lieber im Bett gesehen hätte.

„Ein richtiges Kaninchen.“

Entnervt legte Franco das Besteck aus der Hand. Er wartete seit Tagen auf die Fortsetzung von Felix’ Andeutungen.

„Wir sind hier kein Bauernhof. Wir wohnen in der Stadt. In einer Wohnung. In einer nicht besonders großen Wohnung.“

„Julian wohnt in einem Hochhaus und hält sein Kaninchen auf dem Balkon.“

„Das ist Tierquälerei.“

„Nein“, schrie Felix und stampfte mit dem Fuß auf. „Das Kaninchen ist lieb. Und es geht ihm gut.“

Laura versuchte zu vermitteln und Dampf aus dem schnell eskalierenden Wortgefecht herauszunehmen. Sie schlug Felix vor, Julian öfter zu besuchen. So könnten sie sich das Kaninchen teilen.

Julian teilte aber laut Felix nicht gern. Und er ließ ihn das Tier nur selten in die Hand nehmen.

Franco begann zu zählen. „1, 1, 2, 3, 5, 8, 13, 21. So vermehren sich zwei Kaninchen, wenn man sie lässt. Sie waren in ihrer ganzen Geschichte wirklich nur zu einem gut: dass Fibonacci mit ihnen diese Zahlenreihe aufstellen konnte und damit der Mathematik ein unendliches Feld eröffnete. Danach hätten sie sofort wieder aussterben sollen.“

„Du bist gemein“, schrie Felix wieder auf. „Außerdem will ich nur ein Kaninchen, nicht zwei.“

Felix sah den Braten auf dem Tisch und schien erst jetzt die Einladung zum Essen zu verstehen.

„Du Mörder“, sagte er mit schriller Stimme, „ich möchte es streicheln, nicht essen.“ Immer lauter heulend lief er in sein Zimmer zurück.

Mit einem Gewitterwolkenblick auf Franco stand auch Laura auf und folgte Felix.

Den Kaninchenbraten, der nicht nur die Pfanne, sondern jetzt auch den Abend zu füllen schien, stellte Franco in den Ofen zurück. Hätte er geraucht, wäre es jetzt an der Zeit gewesen, sich eine Zigarette anzuzünden. Oder sich eine Schachtel vom Automaten zu holen und nie wieder zurückzukommen.

Zur Ablenkung begann Franco wieder zu kochen und ein Stück tiefgekühlten Lachs für eine Terrine in Wasser, Essig, Wacholder und Lorbeer zu blanchieren.

Als Laura zurückkam, hatte Franco einen Teil des Lachses schon püriert, stellte aber sofort die Arbeit ein, um mit seiner Schwester endlich zu essen.

„Als Diplomat würde ich dich nicht engagieren", sagte sie ernst, um gleich danach hinter dem Rücken ihres Bruders zu schmunzeln.

Zerknirscht zerteilte Franco das Kaninchen.

„Ich weiß. Das hätte ich intelligenter lösen können. Und jetzt, jetzt muss ich wahrscheinlich schon aufgrund meiner eigenen Unbeherrschtheit nachgeben."

Franco hob die tranchierten Teile in die Kasserolle zurück. Laura stahl ein Stück Fleisch, als er etwas in der Küche suchte. „Wir werden uns das Kaninchen irgendwie teilen, okay?", schlug sie mit vollem Mund vor.

„Dieses hier: ja. Aber ein Lebendiges?"

Franco trug die Pfanne zum Tisch und setzte sich.

„Bei deinem unsteten Leben hast du doch nicht einmal Kapazitäten für eine unabhängige Katze. Und dann sollen wir gemeinsam die Betreuung dieser … Verdauungsröhre übernehmen? Schwesterchen, du bist auch eine Träumerin."

Sie begannen zu essen, tauchten in das weiße Fleisch und seine süß-saure Begleitung ein und waren innerhalb kürzester Zeit mit sich und dem Kaninchen versöhnt. Nach drei Gläsern Rotwein, der Klage, dass das Leben zu kurz sei, um alles zu essen, was einen guten Geschmack hatte, viel Gestöhne über die Enge von Hosenbund und Rock – nach diesem Ritual zur Seligsprechung eines gelungenen Gerichtes, sahen sie berauscht in eine imaginäre Kristallkugel, die über der fast leeren Pfanne zu schweben schien. Sie zeigte ihnen, dass letztendlich der Urgroßvater des Kindes, Viktor Moll, ohne sein Wissen zum Vormund des kommenden neuen tierischen Familienmitgliedes ernannt werden würde.

Wie gemütlich und idyllisch der Tod hier doch wirkte. Der kleine Petersfriedhof schien sich, verborgen hinter dem Kapitelplatz, buchstäblich an den Kalkfelsen des Festungsberges zu schmiegen. Zwischen blühenden Bäumen und Sträuchern in saftigem Grün, zwischen winkenden Farnen und rotem Ahorn, wurde der letzte irdische Weg zu einem romantischen Fest, wäre da nicht die mehr oder minder große Trauer über das Ableben eines Menschen gewesen.

Moll und Oberhollenzer hatten sich in den Schatten der grauen Arkaden gedrückt, die den Petersfriedhof zum Festungsberg hin säumten, nahe bei den Katakomben im Fels. Hier hatte der Tod seine Ordnung. Jede Arkade trug eine Nummer, in lateinisch auf die Bögen der Gewölbe gemalt.

Benno Waldegg war in der winzigen Mariazeller Kapelle aufgebahrt worden. Die Besucher defilierten am geschlossenen Sarg vorbei und suchten sich dann einen Platz in einer der raren Holzbänke des weitgehend schmucklosen kleinen Gotteshauses.

Ein junger Pater begann die Messe vor dem kleinen goldenen Altar zu lesen. Zwei sehr kriegerisch wirkende schlanke Engel sahen ihm von beiden Seiten der Apsis zu.

Es war kein Friedhof für Allerweltstote. Wie die Grabsteine verrieten, begrub die Stadt hier ihre Honoratioren, erfolgreiche Musiker wie Michael Haydn oder Mozarts Schwester Nannerl, Universitätsprofessoren und Ärzte, Kirchenmänner und ehemals angesehene Kaufleute.

So manches Todesdatum hatte eine 17 voranstehen. Die Katakomben waren noch älter, ebenso jene Kapellen, die in den Kalkfelsen des Berges gehauen worden waren. Sie schienen über dem Friedhof zu schweben und verrieten sich nur durch eine Handvoll kleiner Fenster im Gestein des Festungsberges.

„Das blonde Gift, das da beim gemauerten Weihwasserbecken vor der Tür steht, das ist die Frau des Oberarztes“, bemerkte Oberhollenzer und riss Moll damit aus der Friedhofsidylle.

Franco nickte. Katrin Schäfer war zweifellos eine attraktive Erscheinung, aber keine Frau, die ihm etwas sagte.

In der Kapelle drehte sich eine andere, rothaarige Frau nach der Stehenden um und sah sie lange und eindringlich an. Katrin Schäfer schien die Begräbnisteilnehmerin, die so viel Interesse an ihr zeigte, gar nicht zu bemerken. Die Beobachterin mit dem durchdringenden Blick war Isabella Sturm.

„Jetzt ist es klar“, flüsterte Franco seinem Kollegen zu, dem die kurze Sequenz der Rivalinnen auch nicht entgangen war. „Die Sturm weiß von ihrer Nebenbuhlerin. Gut dass die Kapelle aus Stein ist. So wie da jetzt die Funken geflogen sind, bestünde sonst akute Brandgefahr.“

Zwanzig Minuten später läutete eine helle Glocke und sechs in schwarze Anzüge gekleidete Männer trugen den Sarg auf den Schultern im langsamen Gleichschritt aus der Kapelle. Die Trauergäste folgten mit Abstand nach. Die meisten trugen Jacken aus grünem Loden oder beigem Leinen.

Die beiden Kommissare entdeckten Primar Kuczinsky in der Trauergemeinde. Er ging ein paar Reihen nach der Familie hinter dem Sarg her.

„Siehst du die sieben Kreuze da?“, deutete Oberhollenzer auf ein schmiedeeisernes Ensemble mit emaillierten weißen Namensschildern in goldenem Rahmen.

„Das ist das Grab der Stumpfögger. Dem Steinmetz Stumpfögger sind alle seine Frauen nacheinander recht rasch aus heiterem Himmel gestorben. Angeblich fast perfekte Morde. Er soll sie im Spiel bis auf die nackten Fußsohlen einbandagiert und dann totgekitzelt haben. Die letzte ist ihm entkommen, drum weiß man, wie er seine Frauen ins Grab gebracht hat.“

Fünf der Kreuze trugen die Aufschrift ‚Stumpföggerin‘ mit Todesjahren zwischen 1708 und 1725. Der Steinmetz selber hatte bis 1749 gelebt.

„Stell dir vor, die würde man jetzt exhumieren“, sinnierte Oberhollenzer weiter.

„Gar nix würde passieren“, sagte Franco, „man würde nämlich überhaupt nichts finden. Die Kreuze standen ganz früher drüben bei der Margarethenkapelle und wurden später versetzt."

„Du kennst die Geschichte?"

Oberhollenzer war enttäuscht, dass sein Versuch in Landeskunde auf unfruchtbaren Boden gefallen war.

„Als Zugezogener kennt man solche Mären eher als die Einheimischen", flüsterte Franco.

Die Vorhut der Trauergemeinde bog vom Hauptweg ab zu einem kleinen offenen Grab in der Mitte des Friedhofs. Wer nicht zur Familie gehörte, blieb am Weg und hielt respektvoll Distanz.

Moll und Oberhollenzer rückten ein kleines Stück nach, um etwas mehr Überblick zu haben.

Alexandra Waldegg wirkte völlig gefasst. Eine ältere Frau schob einen Kinderwagen neben ihr her.

Oberhollenzer stand direkt neben einem Mädchen aus Bronze mit malerischer Patina. Die wechselnden Grüntöne und der weiße Schatten über dem Gesicht gaben der Figur eine entrückte Aura. Mit Blick zum nur hundert Meter entfernten Dom hielt sie einen Blumenstrauß an ihr Herz gepresst.

Oberhollenzer sprach leise.

„Auch wenn es dir vielleicht das Herz bricht, Franco. Hast du mal überlegt, ob Alexandra Waldegg einen Lover hat?"

„Überlegt ja, aber sie wirkt nicht so. Da müsste ich mich sehr täuschen."

„Sie ist Psychologin. Wenn sie gut ist, weiß sie, wie man Menschen manipuliert."

Franco nickte ansatzweise. Er beschloss, der Sache trotz gegenteiliger Intuition auf den Grund zu gehen.

Moll blickte sich um und vertiefte sich in die

Epitaphe an den Kapellenmauern und auf den letzten Ruhestätten in den Arkaden. Zwischen den aufschießenden Büschen und auf den opulenten Marmortafeln verbargen sich immer wieder Hinweise auf die Vergänglichkeit. Aus vielen Gedenksteinen lugte ein Totenkopf hervor, meist klein, aber immer in schaurigen Variationen, mit ausgebrochenen Zähnen, dann ohne Unterkiefer, einmal ein ganzer Knochenmann. Die Menetekel versteckten sich zwar in Nischen und Spalten, sie schrien ihre Botschaft nicht laut und bombastisch heraus, aber gerade weil sie so unaufdringlich präsent waren, traf ihr dezenter Hinweis auf die Begrenztheit alles Irdischen mit voller Wucht.

„Ich habe momentan kein Gefühl dafür, ob unser Mann dabei ist. Oder unsere Frau“, fügte Moll hinzu, als er merkte, dass er seine Ermittlungshypothese ungewollt laut ausgesprochen hatte.

Alexandra Waldegg blieb auch gefasst, als der Sarg ihres Mannes langsam ins Grab hinunter sank. Die Frau neben ihr reichte ihr einen Bund weiße Lilien. Ohne lange am Grabesrand inne zu halten, warf die junge Witwe die Blumen auf den Sarg. Der Abschiedsstrauß schlug dumpf auf.

Erst als Moll und Oberhollenzer den Petersfriedhof in Richtung Dom verließen, kehrten die Geräusche zurück, die sich bei Begräbnissen kurzzeitig in Luft aufzulösen schienen. Weder die Schritte der flanierenden Touristen auf dem Kies, noch die Vögel hatten in der vergangenen Stunde irgendwelche hörbaren Eindrücke hinterlassen. Womöglich schluckten Trauer und Tod alle Laute.

Jetzt begann der Stiftsarm des Almkanals immer

stärker zu rauschen. Er hatte im Mittelalter auch in der Stadt die Mühlen angetrieben und mit dem Wasser der Königsseeache die städtischen Brunnen versorgt. Nach 400 Metern Weg durch den Festungsberg brach der Almkanal vor der stillgelegten Petersmühle tosend aus dem Felsschacht hervor. Ein Heiliger unter einem blechernen Baldachin sah dem gewaltigen mit weißer Gischt überzogenen Wasser stoisch zu.

Moll kaufte daneben in den Gewölben der ehemaligen Mühle einen Laib Roggenbrot. Der antike Verkaufsraum erinnerte mehr an Hofstallungen als an eine Bäckerei. In einer Ecke waren die Laibe wie Bücher auf Holzregalen stehend neben einander eingeordnet, in der anderen rief ein mächtiges Rührwerk Bilder aus der Arbeitswelt lange vergangener Zeiten wach.

Der junge Verkäufer wickelte den Laib in graues Papier. Moll klemmte sich das Petersbrot unter den Arm. Bis die beiden Polizisten ihr Auto erreicht hatten, schien es beträchtlich an Gewicht zuzunehmen.

Am Nachmittag betrat eine junge Kollegin mit Spitzbubenfrisur das Büro der Kommissare und stellte einen Karton auf einen unbenutzten Schreibtisch.

„Das sind die unsterblichen Überreste von Dr. Benno Waldegg. Zumindest jene, die wir haben. Da ist nicht viel dabei, außer dem Zeug, das er am Leib trug, ein paar Kugelschreibern und einem Schlüsselbund. Sollen wir die Dinge noch behalten?"

„Lass uns doch einen Blick daraufwerfen, Heilige Asservata", spöttelte Oberhollenzer.

Das Mädchen aus der Asservatenkammer legte einige Teile auf den Tisch. Sie waren in Plastikfolie verpackt.

Franco interessierte sich nicht wirklich für das Sammelsurium. Als er unkonzentriert einen Blick auf die Asservate warf, irritierte ihn etwas. Ein Teil, das er schon anderswo gesehen hatte. Es war der Schlüsselbund samt seinem blauen Anhänger.

Der Kommissar nahm das Stück aus der Plastiktasche.

„Kennst du das?“, fragte Franco seinen Kollegen, während er den blauen Anhänger vor dessen Nase tanzen ließ.

Oberhollenzer schüttelte den Kopf.

„Ist ein Speicherchip. Sieht doch jeder“, rief die Kollegin aus der Asservatenkammer.

„Na, dann schauen wir mal, welche Daten Waldegg auf dem Stick gespeichert hat.“

Moll suchte den USB-Anschluss seines Computers. Die Vorderseite seines Rechners war abweisend wie eine Betonwand. Nach mehreren ratlosen Blicken kroch Franco unter seinen Schreibtisch.

Währenddessen hörte er Oberhollenzer über die Härte kriminalistischer Kleinarbeit witzeln und dass man manchmal „ganz unten im Dreck“ recherchieren müsse. Der korpulente Kollege nutzte Francos Ausflug in die Unterwelt des Schreibtisches, um sich mit der Besucherin zu solidarisieren. Als Moll schließlich wieder unter dem Schreibtisch zum Vorschein kam, hatte er mit einem Ohr bereits mitbekommen, dass das Mädchen „Birgit Ritter“ hieß. Aber der Name schien ohnehin mehr für Oberhollenzers Ohren bestimmt.

„Die Putzfrau sperre ich ein“, murmelte Franco,

während er sich dicke Staubpakete von den Knien klopfte. Seine eigene Haushaltshilfe, Svetlana, betrachtete jede Form von Verunreinigung als ihren persönlichen Feind und machte ihr den Garaus. Andere Raumpflegerinnen setzten offenbar mehr auf friedliche Koexistenz mit Staub und Schmutz.

Oberhollenzer und Fräulein Ritter wollten jetzt doch wissen, was das Mordopfer auf seinem Chip gespeichert hatte.

Franco klickte eine paar Bilddateien an. Zum Vorschein kam ein frisch geborenes Kind, einmal schlafend, einmal mit großen Augen müde in die Gegend blickend, ein andermal in einer roten Plastikwanne und dann auf einem Schafffell liegend. Die Mutter des Kindes war nur einmal im Anschnitt zu sehen.

„Das kleine Familienalbum für unterwegs“, murmelte Oberhollenzer.

„Das ist noch nicht alles“, warf Franco ein.

Er klickte zweimal auf ein gelbes Symbol, das mit „COR“ betitelt war.

Der Ordner ließ sich nicht öffnen. Stattdessen erschien eine Eingabemaske, die ein Passwort forderte.

„Da steigt doch gleich die Neugier. Was treibt einen Arzt dazu, die Daten auf seinem Speicherchip zu schützen? Das macht doch niemand, auch wenn er einen Grund dazu hätte.“

„Ich spüre das Sherlock-Syndrom bei dir“, witzelte Oberhollenzer und tippte, während er Franco zur Seite schob, das Wort „Isabella“ in die Abfragemaske.

Das Programm meldete: Falsches Passwort. Sie haben noch zwei Versuche.

Der stämmige Kommissar dachte keine Sekunde

nach und versuchte es mit „Katrin“, dem Namen der Drittfrau, gleichzeitig Gattin von Oberarzt Schäfer.

Auch diesmal ohne Erfolg. Stattdessen gestattete die Passwortabfrage jetzt nur mehr einen Versuch.

„Ich denke, das wird etwas für Profis. Gib das an unsere IT-Leute weiter. Die werden das schon knacken.“

Franco rollte seinen Kollegen samt Sessel zur Seite und schützte die Tastatur vor dessen groben Händen.

„Ich greife nichts mehr an“, hob Oberhollenzer besänftigend die Hände.

Franco protestierte.

„Was? Soll wieder ich da reinkriechen? Gehöre ich zum Bodenpersonal oder was?“

Oberhollenzer drehte sich am Bürosessel schwungvoll zur jungen Kollegin um.

„Fräulein Ritter, wollen nicht Sie das Beweismittel unter dem Tisch herausholen? Sie sind ja doch erheblich beweglicher als mein Kollege“, versuchte er die Polizistin zu provozieren.

„Also mit meiner Hose euren Boden aufzuwischen, steht heute definitiv nicht auf meiner Agenda.“

Birgit Ritter sah Moll belustigt an, als er wieder aus der Unterwelt seines Tisches auftauchte.

„Sie sind halt ein Mann mit Tiefgang.“

Franco nieste. Das ersparte ihm eine Antwort.

Er legte den Schlüsselbund mit Speicher zurück in die Plastiktasche.

Oberhollenzer drückte der jungen Polizistin gespielt höflich die Hand.

„Der Rest bleibt in der Asservatenkammer, hübsche Kollegin. Wer weiß, wozu wir das Zeug noch brauchen.“

Der Donnerstag begann wieder mit einem Toten.

Es hatte Falco erwischt. Felix fand seine Stoffgans mit rotem Gefieder, soweit man bei einem Kuscheltier von „Gefieder“ sprechen konnte.

Der Junge tauchte um sechs Uhr weinend im Schlafzimmer Francos auf, der das Wort „Morgen“ schon allein deshalb nicht mochte, weil es nach „Morden“ klang, nach „Grauen“ und nach einer Unterfunktion aller Körperteile, die Großhirnrinde eingeschlossen.

Der Morgen war ein Härtetest für die Plausibilität technischer Abläufe, ein ständiger Selbstversuch in Sachen Selbstorganisation bei halbierter Mentalkapazität. Anwendungen wie das Befüllen einer Kaffeemaschine konnten zum privaten Waterloo werden. Franco vergaß ab und an Wasser einzufüllen. Als Folge zersprang die leere Kanne irgendwann auf der Warmhalteplatte. Manchmal vergaß er das Kaffeepulver, dann hatten die beiden zumindest heißes Wasser für einen Tee. Befüllte er alles korrekt, schaltete er in seiner morgendlichen Beschränktheit unter Umständen nicht ein oder vergaß die Kaffeekanne unter den Filter zu schieben. Dann begann der Tag mit einer braunen Überschwemmung der Küche.

Der mathematische Kopf Weinmeister hatte ihm einmal ausgerechnet, wie viele Fehler allein beim Anrichten des Kaffees möglich waren. Franco hatte die Möglichkeiten fast zur Gänze ausgeschöpft.

Aus diesem Grund übernahm seit zwei Jahren Felix die Lenkung des Tagesbeginns. So kamen beide zu einem Frühstück – wenn auch mit kinderfreundlichem, koffeinfreiem Kaffee.

Falco war jedenfalls tot. Und das brachte den

ganzen Morgen durcheinander. Felix zwang seinen Vater, sofort die Ermittlungen aufzunehmen.

„Ich habe alles so gelassen wie es ist und nichts angerührt."

Da Franco keine Stichverletzung feststellen konnte, schloss er auf eine andere Todesursache.

„Das hätte ich mir auch denken können", heulte Felix nun wieder wie der ärmste Sünder.

Der verschlafene Kommissar griff zu seinem ausgeschalteten Handy und legte es ans Ohr. In so einem Fall war die Veterinärmedizin die beste Anlaufstelle. Nach einem kurzen Gespräch, in dem Franco nach einer knappen Beschreibung der Gans nicht viel mehr als „Ja, nein, bitte, gut zu wissen" und „vielen Dank" stammelte, entschied er sich für eine natürliche Todesursache.

„Die sagen, das sieht nach Vogelgrippe aus."

„Dann bin ja ich schuld, weil ich ihn letzte Woche ins Freie mitgenommen habe."

Ein weiteres Aufheulen war die Folge, begleitet von einem Schwall Rotz, der Felix über das Gesicht rann.

Franco versuchte nun, da er bereits in ganzen Sätzen sprechen konnte, einen klaren Gedanken zu fassen. Er ging der roten Farbe auf dem weißen Federkleid nach. Die Farbspur führte zu Felix' Schultasche, die ebenso wie die Gans neben dem Bett lag.

Sein Sohn öffnete sie bereitwillig.

„Seit wann hast du rote Tintenpatronen?"

„Seit gestern. Julian hat sie mir geschenkt."

„Das ist rote Tinte auf Falco. Eine Patrone ist geplatzt. Wahrscheinlich bist du beim Schlafengehen draufgetreten. Falco ist gar nicht tot. Du hast ihn offenbar nachts aus dem Bett geworfen und er ist in die Tinte gefallen. Er ist nur bewusstlos, vom Rausfallen. Wasch ihn ab. Das Wasser macht ihn sicher wieder wach."

Das Gänsebad dauerte länger als geplant. Franco musste eine große Salatschüssel holen, da Felix sich weigerte, Falco in der Wanne zu waschen.

Den Vorschlag, die Gans in die Waschmaschine zu stecken, goutierte sein Sohn überhaupt nicht.

Als Franco und Felix kurz nach acht das Haus verließen, hatte die erste Schulstunde des Jungen längst begonnen. Falco hing währenddessen erschöpft über dem Hahn der Küchenspüle, tropfte ab und erholte sich vom Tintenbad, eine Erholung, die Moll nicht vergönnt war.

Ein Vergleich aller Dienstpläne und elektronischen Anwesenheitsdaten hatte ergeben, dass sich sowohl Oberarzt Schäfer als auch Isabella Sturm zum Tatzeitpunkt im Spital aufgehalten hatten.

„Was tun wir mit diesem Wissen?", fragte Oberhollenzer, der die Mitteilung der Spitalsdirektion in den Händen hielt.

„Sie vor Gokl verheimlichen. Und beiden etwas Druck machen. Am besten im Doppelpack."

„Und am besten gleich."

Oberhollenzer stemmte sich aus seinem Sessel.

Francos Kollege sah zwar ob des überdurchschnittlichen Umfangs seiner Statur älter aus als Franco, war aber ein paar Jahre jünger.

Er blickte Moll kurz an. Für Sekundenbruchteile flackerte in seinen Augen ein belustigter Blick auf, und der Zeiger seines Müdigkeitsdetektors schien bösartig weit auszuschlagen. Ohne weiteren Kommentar, setzte sich Oberhollenzer kurze Zeit später hinter das Steuer des Zivilfahrzeuges.

„Danke", sagte Moll nur und ersparte sich alle weiteren Erklärungen.

Sie beschlossen zuerst einmal auszuloten, ob der Oberarzt vom Verhältnis seiner Frau wusste.

In der Herzklinik herrschte Hochbetrieb. Die beiden Kommissare warteten fast eine Stunde lang auf Schäfer, der an diesem Vormittag acht Eingriffe auf seinem Operationsplan stehen hatte und seit sieben Uhr früh operierte.

Sie nutzten die Zeit, um Primar Kuczinsky aufzusuchen. Seine Vorzimmerdame telefonierte am Handy und fühlte sich von den Kommissaren sichtlich gestört. Widerwillig teilte sie ihnen mit, dass sich ihr Chef momentan in der Forschungsstation aufhielt.

Franco hob fragend die Augenbrauen.

Die Sekretärin unterbrach noch einmal mit rollenden Augen ihr Gespräch.

„Am Ende des Ganges, links. Wenn Sie den Bettenbereich verlassen."

Oberhollenzer atmete hörbar aus, als müsste er einem kleinen Dummerchen das Ein-mal-Eins erklären.

„Schauen wir aus wie Spürhunde oder denken Sie daran, Ihren für uns ganz und gar uninteressanten Körper aus dem Sessel zu erheben und uns zum Primar zu bringen?"

Die Dame erstarrte kurze Zeit mit weit geöffneten Augen. Nach einer knappen Verabschiedung am Telefon begleitete sie die Polizisten wortlos.

Die Forschungsabteilung war überraschend groß und wirkte altbekannt. Menschen in weißen Kitteln beugten sich über weiße Labortische und pipettierten unbekannte Substanzen in Milliliter-Mengen in kleine Plastikröhrchen. Ein Student füllte eine Tabelle mit Zahlen aus und unterbrach seine Schreibarbeit immer wieder, um heftig mit einer Kollegin zu debattieren, als würden einige Daten nicht zusammenpassen.

Andernorts stand jemand über einen Leuchtschirm gebeugt. In einem Gel wurden durch das aggressive Licht von unten blaue Streifenmuster, ähnlich den Barcodes auf Supermarktwaren, sichtbar.

Primar Kuczinsky wirkte in Eile und zeigte sich über die Anwesenheit der beiden Ermittler nicht besonders erfreut. Als er Oberhollenzer und Moll sah, griff er zu seinem Mobiltelefon und rief Direktor Wallner zu sich. „Ich dachte, Sie haben Ihren Mann bereits?“, empfing er die Beamten ohne Begrüßung.

„Natürlich, Herr Primar. Aber wenn wir den Akt nicht korrekt schließen, schickt uns die Staatsanwaltschaft zurück an den Start. Das möchten wir vermeiden“, schleimte Oberhollenzer. „Sonst haben Sie uns noch länger am Hals.“

Die Miene des Arztes hellte sich auf. Sein Ton wechselte auf Dur. „Verstehen Sie mich nicht falsch, aber ich bin auch froh, wenn in meiner Abteilung wieder etwas Ruhe einkehrt. Die Angelegenheit hat doch zu einigen Spekulationen und Verdächtigungen geführt.“

„So? Welcher Art?“, unterbrach Moll den Redefluss.

„Eifersüchteleien, private Unstimmigkeiten etc. Aber die sind ja jetzt durch den Fund des Obdachlosen geklärt.“

„So ist es, Herr Primar", spielte Oberhollenzer wieder den Unterwürfigen. „Ich hoffe, unsere routinemäßige Anwesenheit stört Sie nicht. Es könnte sein, dass wir noch einmal hier vorsprechen müssen, natürlich nur, wenn Sie nichts dagegen haben."

„So lange Sie alles sehr dezent erledigen und keine Unruhe aufkommt, soll es mir Recht sein."

Kuczinsky faltete die Hände vor seinem Bauch und ließ die Daumen umeinander kreisen, als denke er darüber nach, wie er mit den Beamten ein schwieriges Thema besprechen könnte. In diesem Augenblick gesellte sich Wallner zur Dreiergruppe, die in einem Gang zwischen den Labortischen stand.

Wallner grüßte die Kommissare mit einem einfachen Nicken. Sein Gesicht war ausdruckslos wie immer.

Kuczinsky griff den Faden wieder auf.

„Darf ich wissen, worin die offenen Fragen bestehen, meine Herren Chefinspektoren?"

„Wir haben da einen kleinen Restverdacht", sagte Moll emotionslos.

Kuczinsky hob die Augenbrauen und verschränkte die Arme vor seiner Brust.

„Kein Grund zur Beunruhigung", setzte Oberhollenzer in Faserschmeichler-Tonart fort. „Gegen die Frau von Waldegg. Sie ist die einzige aus seinem Umfeld ohne Alibi. Aber alle Sachbeweise sprechen weiterhin für den Obdachlosen als Mörder, der nun ebenfalls die Seiten gewechselt hat."

„Gestorben ist", erklärte Moll, „quasi auf die andere Seite des Styx gereist ist."

„Na, hoffentlich können Sie den Verdacht bald ausräumen, damit die Sache ein für allemal erledigt ist."

Damit wandte sich Kuczinsky einer Reihe von Zahlenkolonnen mit medizinischen Werten zu und begann mit einem grünen und einem gelben Leuchtstift einzelne Daten zu markieren.

Wallner begleitete die beiden Kommissare aus dem Labor hinaus. Während er ihnen die Tür aufhielt, kramte er eine Tablettenpackung aus seiner Tasche. Mit einer Hand drückte er eine Pille durch die Silberfolie. „Sie werden lachen. Es ist das Herz. Ein ACE-Hemmer. 20 Milligramm morgens. Gegen den hohen Blutdruck. Und wenn ich mich schlecht fühle, nehme ich auch zwischendurch noch was."

Wallner atmete schwer, so, als hätten ihn seine paar kurzen Sätze sehr angestrengt. Er steckte die restlichen Tabletten in seine Tasche zurück, routiniert wie ein Kettenraucher seine Zigarettenschachtel.

„Mein Abendessen sind Betablocker. Gegen hohen Puls und hohen Blutdruck, dazu ein Statin gegen die schlechten Cholesterinwerte."

„Sie wirken aber nicht so, als würden Sie nichts anderes essen", bemerkte Oberhollenzer freundlich.

Wallner zeigte zum ersten Mal, dass sein rundliches Gesicht auch einen anderen Ausdruck als die steinerne Miene annehmen konnte. Er lachte kurz und verhalten, fast so, als würde ihm das Heiterkeitsintermezzo Schmerzen machen.

„Ich hoffe, dass die hier", und damit deutete er mit dem Kopf zum Labor zurück, „bald etwas für mein krankes Herz finden."

Schäfer schien kein bisschen müde zu sein, obwohl er seit mehreren Stunden arbeitete. Oberhollenzer, der an diesem Tag Kreide nach Francos Meinung nicht nur gegessen haben musste, sondern sie sich auch intravenös gespritzt hatte, fragte den Arzt mit einem Seitenblick auf den etwas angeschlagenen Moll nach dem Rezept für diese Frische.

„Ich schlafe auch nachts in der Regel nur vier Stunden. Das dürfte genetisch sein."

Der Oberarzt grinste breit und lud die beiden Kommissare in sein gleichermaßen ungustiöses wie mit Papier überladenes Zimmer ein. Es schien eine Kopie des Primarzimmers zu sein, nur eine Klinikfensterbreite kleiner.

„Das heißt, Sie sind auch abends lange in der Klinik?", hakte Moll nach.

„Ja, wenn es sein muss und ich keine anderweitigen Verpflichtungen habe."

„Wo zum Beispiel waren Sie, als Waldegg umgebracht wurde?"

„Wird das ein Verhör?"

Schäfer wirkte belustigt.

„Donnerstag war ich auf jeden Fall bis circa zwanzig Uhr hier. Ich bin mit dem Primar eine klinische Studie durchgegangen, die noch nicht abgeschlossen ist."

„Naja, da hätten Sie ja mal weggehen können. Jeder Mann muss doch mal raus."

„Wenn Sie mir sagen, warum ich einen sich selbst überschätzenden Jungspund um seine Arroganz und sein blödes Leben bringen sollte?"

„Da würde mir schon was einfallen", versuchte Franco kryptisch zu provozieren.

Schäfer lehnte sich zurück und stieß dabei ein paar Magazine von einem Stapel. Die Stille im Raum ließ ihren Aufprall am Boden sehr laut erscheinen. Lange sah der Oberarzt Franco Moll in die Augen.

„Nun gut, wenn Sie Schmutzwäsche waschen wollen …"

Schäfer stand vom Besuchertisch auf und ging zum Schreibtisch, wo er die unterste Lade öffnete. Entgegen dem Chaos im Zimmer herrschte dort Ordnung. Er fand sofort, wonach er gesucht hatte, einen großen mit Luftpolster gefütterten gelben Umschlag.

Wortlos drückte er Franco den Brief in die Hand.

Der junge Kommissar griff vorsichtig in das Kuvert und brachte einen Packen Farbfotos zum Vorschein.

„Ich denke, was Sie mir erzählen wollten, weiß ich schon länger als Sie", bemerkte Schäfer, während er sich eine Zigarette anzündete und den Beamten den Rücken zuwandte.

Oberhollenzer und Moll blätterten die Fotos durch. Sie zeigten ausnahmslos Benno Waldegg und Katrin Schäfer. Einmal umarmten sie sich, und die Zeit schien die Luft anzuhalten, ein andermal saßen sie lachend in einem Restaurant, dann passierten sie hintereinander die Passkontrolle auf einem Flughafen. Auf einem anderen Abzug betraten sie ein Stundenhotel, dessen rote Neonlettern auch am helllichten Tag grell über dem Eingang leuchteten, und schließlich nahm der Anteil von Haut auf den Fotos Überhand. Die Posen wurden kompromisslos eindeutig, mit sehr langer Brennweite fotografiert durch ein Fenster, eine verspiegelte Wand hinter dem Bett verdoppelte die leidenschaftliche Vertiefung von Katrin Schäfer und Benno Waldegg noch, in Großaufnahme, halbnah und wieder groß, immer wieder in unterschiedlichen Formaten, während das Licht auf den Fotos immer schwächer wurde und das Liebespaar schließlich in die Unschärfe abglitt.

Franco stapelte die Fotos wieder übereinander, als sich Schäfer erneut setzte und die Zigarette ausdrückte.

„Das entlastet Sie nicht."

Schäfer schaute sich hilflos um. Nach einem Augenblick fand er ein Heft mit Zündhölzern auf dem Boden unter dem Tisch. Gelassen zündete er sich eine weitere Zigarette an.

„Natürlich nicht. Aber wenn Sie Ihre grauen Zellen einmal kurz anwerfen, dann gebe ich Ihnen eines zu bedenken. Ich bin seit achtzehn Jahren verheiratet. Für meinen Berufsstand eine sehr lange Zeit. Das liegt wohl auch an meinem Desinteresse für's Privatleben. Katrin ist eine hübsche Person, zweifellos. Aber nach so vielen Jahren miteinander – wie soll ich es sagen ... Katrin interessiert mich überhaupt nicht mehr, vor allem nicht im Bett. Sowas sollen Damen erledigen, die davon mehr verstehen als meine Frau. Ich kann mir jede zu welchem Zweck auch immer kaufen."

Er schwieg und zog an seiner Zigarette, wie um den Polizisten die Chance zu einer Frage zu geben. Die beiden kosteten stattdessen das Schweigen aus, um den Arzt zu einer Fortsetzung seines Redeschwalls zu bringen.

„Und jetzt eine Lektion in Sachen Taktik, meine Herren. Nicht Ermittlungstaktik, sondern etwas für den Alltag. Diese Fotos: Das ist ein Trumpf. Mein Trumpf. Vielleicht möchte ich meine Frau ja doch irgendwann einmal ganz aus dem Haus haben und eine neue Haushälterin einstellen. Die Justiz ist bei Scheidungen zwar nicht sonderlich männerfreundlich, aber wenn man solche Fotos vorlegt, dann ist das doch ein guter Grund, die finanziellen Forderungen der untreuen Ehefrau etwas genauer zu betrachten. Also, meine Herren Kommissare, warum sollte ich mir ausgerechnet meinen Trumpf im wahrsten Sinne des Wortes abstechen?“ Schäfer lachte laut.

„Man muss ja nur warten, bis die anderen einen Fehler machen. Und diesen Fehler zu verwerten wissen. Das war doch auch die Taktik von Toni Polster. 88 Minuten auf einem Fleck stehen und die Regenwürmer unter den Sohlen quälen und dann einen Abpraller ins Tor drücken, ohne jemals ins Schwitzen gekommen zu sein.“

Oberarzt Schäfer stand auf, als nähere sich die Unterredung ihrem Ende.

„Und wenn es Sie interessiert, wo ich nach acht Uhr abends am Donnerstag war? Im besten Etablissement der Stadt, mich entspannen. Dort, wo ich auch Ihre Vorgesetzten immer wieder mal treffe.“

Schäfer konnte sich vor Heiterkeit kaum mehr halten. Nach ein paar prustenden von leichtem Raucherhusten durchsetzten Atemzügen platzte schließlich ein lautes Lachen aus ihm heraus.

„Ein interessanter Mann“, bemerkte Oberhollenzer, als sie in der Cafeteria des Spitals Pause machten.

„Ein Sympathieträger“, knurrte Moll.

„Glaubst du ihm?“

„Ja, wenn auch wider Willen. Solche Typen würde ich am liebsten öffentlich demütigen.“

Oberhollenzer nickte gedankenverloren.

„Ja, aber wozu, wenn sie sich nichts zu Schulden kommen lassen? Sie sind ja nur überheblich, unerträglich erfolgreich und wenn schon unlauter, dann so geschickt, dass man sie dafür ohnehin nie kriegt."

„Eben, das macht mich ja so zornig", schloss Franco Moll die Episode mit Oberarzt Schäfer ab und wandte sich einem kleinen Gulasch zu. Das rote Etwas im Teller hatte sein langes Leben offenbar in einem 5-Liter-Blechbehälter verbracht, mit dem einzigen Zweck, Chirurgen in Ausbildung magenkranke Polizisten zum Üben auf den Operationstisch zu bringen.

Isabella Sturm war in keiner guten Verfassung. Ihr Mann hatte sich aus Thailand gemeldet und sie gebeten, alle Formalitäten für eine einvernehmliche Scheidung zu erledigen.

„Ist doch eine Chance", murmelte Franco Moll.

„Ja, aber andererseits habe ich mich sehr an ihn gewöhnt", meinte die sonst so kraftvolle Krankenschwester.

Moll war mit einem Schmerz im Bauch beschäftigt, dessen Herkunft er genau kannte. Schließlich hatte er noch den bitteren Geschmack von Paprika auf der Zunge. Vielleicht brachte Provokation den Fall ein bisschen weiter. Gepeinigt vom Gulasch konnte das jetzt unter Umständen ganz einfach gehen. Er sah die Krankenschwester milde belustigt an.

„Manchen reicht es nicht, in einer Ehe auf den Posten des seelischen Hausmeisters reduziert zu sein. Sich als Gegenleistung mit einer attraktiven Frau schmücken zu können, ist auf Dauer dann doch zu wenig."

Statt einer Antwort hustete Isabella Sturm. Ein durchdringender Raucherhusten, die Kennmelodie der Tabakindustrie. Oberhollenzer war versucht, ihr auf den Rücken zu klopfen – wie einem Kind, das sich verschluckt hat. Aber da er mit seinen kräftigen Händen in seinem Leben schon viel Schaden angerichtet hatte, ließ er es lieber bleiben. Eine Disziplinaranzeige wegen falsch verstandener Hilfe wäre ihm jetzt sehr ungelegen gekommen.

Nur langsam kam die Krankenschwester wieder zu Atem. „Eigene Erfahrungen?“, fragte sie zwischen zwei kurzen Hustern Richtung Franco.

„Nein, Menschenkenntnis“, antwortete Moll ohne jede Ironie.

„Zwei Männer innerhalb kürzester Zeit zu verlieren, ist sicher nicht einfach. Vor allem, wenn der Herzbube, dessen Zweitfrau man ist, eine Drittfrau hat. Wie lange wussten Sie schon von Ihrer Nebenbuhlerin?“

Oberhollenzer hatte sein Projektil ohne jede Vorwarnung auf das Herz von Isabella Sturm abgeschossen. Die aparte Dame, die selbst unter Druck noch viel Lebenslust verkörperte, erstarrte. Es war unwirklich still geworden im Raum. Sturm atmete kaum hörbar.

„Ist keine Schande zu betrügen und betrogen zu werden“, brach Oberhollenzer nach einer angemessenen Einwirkzeit das Eis. „Aber darüber ständig zu lügen, nimmt Sie nicht für uns ein, Frau Sturm. Schließlich waren Sie zum Tatzeitpunkt noch im Haus. Und Frauen sind bekanntermaßen Bestien, wenn sie an der Wand stehen.“

„Erzählen Sie mal“, munterte Moll sie mit väterlichem Ton auf, obwohl er jünger sein musste als die Krankenschwester.

Die Schocktherapie Oberhollenzers zeigte Wirkung. Sturm räusperte sich, sie sah an den Polizisten vorbei, wischte sich über die Augen. Aber da waren keine Tränen.

„Ich habe keine Ahnung, wie lange das neben mir so ging. Seit einem Monat weiß ich davon."

„Und? Wie groß war Ihr Zorn, Frau Sturm?"

Oberhollenzer hatte sich breit vor die Schwester hingestellt und die Arme vor seinem mächtigen Oberkörper verschränkt. Moll ging langsam hinter die Krankenschwester und beobachtete vom Fenster aus.

„Naja …"

Oberhollenzer ließ sie nicht ausreden.

„Sparen Sie sich diese Verkleinerungen. Sie haben uns zwar über Ihr Verhältnis zu Waldegg angelogen, aber mittlerweile wissen wir, dass Sie sehr auf ihn gehofft hatten. Auch auf ein gemeinsames Leben."

Kurz sah sie weg, dann entschloss sich Isabella Sturm, dem Blick des korpulenten Kommissars nicht mehr auszuweichen. „Ja, das hatte ich."

Die leise Stimme schien nicht mehr zu der groß gewachsenen Krankenschwester zu passen.

Scheinbar gelangweilt machte Oberhollenzer mit seiner rechten Hand kreisende Bewegungen, um Sturm zum Weitererzählen anzutreiben.

„Benno hat mir versprochen, sich von seiner Frau zu trennen."

„Wann?"

„Schon bald. Etwa einen Monat, nachdem wir uns näher gekommen sind."

„Das war wann?“

„Da war seine Frau noch schwanger.“

„Wollen Sie mir die gynäkologischen Berechnungen ersparen?“

Oberhollenzer sprach aggressiv laut und fixierte die Krankenschwester mit bedrohlich schmalen Augen.

„Vor etwa sechs Monaten.“

„Und jetzt, wo er zur anderen ins Bettchen gehüpft ist? Wie haben Sie reagiert?“

„Ich habe das getan, was alle … viele Frauen tun. Ihm eine Szene gemacht, sogar geheult, was sonst nicht meine Art ist. Ihn angeschrien, mich wild mit ihm versöhnt.“

„Aber es ging weiter zwischen Schäfers Frau und Benno.“

Sturm holte lange und leise Luft. Und nickte kaum merklich.

„Mit welchen Instrumenten haben Sie eigentlich hier zu tun, Frau Sturm?“

Oberhollenzer blickte sich scheinbar suchend um.

„Sind da auch Skalpelle dabei? Schmale scharfe chirurgische Messer? Oder womit mordet man in Ihrem Fach?“

Erst jetzt merkte Isabella Sturm, worauf Oberhollenzer die ganze Zeit hinauswollte. Der Polizist hingegen ließ sie gar nicht zu Wort kommen, sondern erhöhte den Druck.

„Siebzehn Stiche, da sind schon viele Emotionen dabei. Ein ausgemergelter Obdachloser macht sowas nicht. Das ist ein sehr leidenschaftlicher Mord, wenn Sie mich fragen. So wie er perfekt zu einer enttäuschten Geliebten passt, zu einer Frau wie Ihnen, die plötzlich von der Nummer zwei zur Nummer drei wird und damit immer weiter wegrückt vom Napf und dem Pimmel des Herrn Chirurgen in spe."

Die Krankenschwester verschränkte die Arme fest um ihren Körper, als wollte sie sich einigeln. „Nein, bei allem Zorn, den ich phasenweise auf Benno hatte. Nie und nimmer hätte ich ihn umgebracht."

„Sie haben uns schon einmal angelogen. Warum sollte ich Ihnen jetzt glauben? Auch von der Kraft her wären Sie dazu fähig. Und ziemlich sicher haben Sie auch die anatomischen Kenntnisse, um genau zu wissen, wo Sie mit der Waffe ansetzen müssen."

Oberhollenzer stemmte seine Hände in die Hüften. Er wirkte noch breiter und präsenter als zuvor.

„Lassen Sie das", antwortete Sturm leise, „es gibt fast immer eine Methode, einen Mann herumzukriegen. Aber was soll ich mit jemandem machen, für den ich vielleicht nur eine Übergangslösung war?"

Isabellas Blick glitt ab. Sie kehrte in die Vergangenheit zurück.

„Auch wenn die Gefühle manchmal verheerend sind: ich habe ihn einmal geohrfeigt, aber umbringen nein, unmöglich."

„Wir werden uns die Spurenlage noch einmal ansehen. Sie stehen auf jeden Fall ab nun unter Beobachtung. Wenn Sie vorhaben zu verreisen, dann müssen Sie das melden."

Oberhollenzer brüllte jetzt fast.

„Ist das klar?"

Isabella Sturm nickte. Ihr Leben hatte in den letzten Tagen eine neue Richtung eingeschlagen.

Franco Moll klopfte Oberhollenzer auf die Schulter, als sie zu ihrem Wagen gingen.

„War eine ziemlich überzeugende Vorstellung von dir."

„Von ihr auch. Aber ein bisschen Druck schadet nicht. Wenn sie nichts mit dem Mord zu tun hat, wird sie ab jetzt zumindest kooperativer sein. Krankenschwestern kommen viel herum in einer Abteilung. Die können nicht nur besser Spritzen geben, sie wissen meist auch mehr als die Ärzte. Und sollte einer der Weißkittel in die Sache verwickelt sein, könnte sie uns helfen, weil sie sich selbst entlasten möchte."

Zurück im Büro, fanden Sie auf Ihrem Schreibtisch eine Notiz von Brigadier Gokl vor. Jemand aus dem Spital hatte sich offenbar über die Anwesenheit der beiden Kommissare beschwert. Gokl teilte den Beamten auf seine übliche manierierte Art und Weise aber doch unmissverständlich mit, dass sie die Ärzteschaft in Ruhe zu lassen hätten.

Es hatte zu regnen begonnen. Die Kopfwäsche hob die Stimmung der beiden Kommissare auch nicht. Im Gegenteil: es reizte sie mehr, als sie zugegeben hätten.

Nach der Papierarbeit, die in den letzten Jahren immer umfangreicher geworden war und fast die Hälfte der Dienstzeit der Inspektoren einnahm, beschlossen Moll und Oberhollenzer, den Donnerstag zu beschließen. Sehr gewollt schien ihre Arbeit momentan ohnehin nicht zu sein.

Kurz nach sechzehn Uhr erreichte sie ein Anruf aus der Kriminaltechnik. Die Kollegen hatten das Passwort auf dem Speicher Waldeggs geknackt und Zugang zu den Dokumenten bekommen. Worum es sich bei den Aufzeichnungen handelte, verstanden sie allerdings nicht.

„Medizinisches Kauderwelsch“, kommentierte der junge Anrufer und kündigte an, die Texte in Kürze zu faxen.

Oberhollenzer zog zwei Dosen Bier aus der mittleren Schublade seines Schreibtisches.

„Ein Geheimlager, schau an“, amüsierte sich Franco und fing die Dose auf, die ihm Oberhollenzer zuwarf.

„Für Notfälle. Aber einfach zu knacken.“

Da sie beide Hunger hatten, schnitt Franco zwei große Keile vom Petersbrot ab, das er am Vortag im Büro vergessen hatte. Nachdem er sich erfolgreich mit der Blechlasche geplagt hatte, schäumte ein Teil seines Bieres auf den Schreibtisch.

„Warmes Bier verhindert jegliche Trunksucht.“

„Aber es fördert die Bulimie, weil man sich drauf leicht übergeben kann“, antwortete Oberhollenzer und verzog das Gesicht nach dem ersten Schluck.

„Stell dir vor, die Venus wäre nicht dem Meer, sondern dem Bierschaum entstiegen“, philosophierte Moll.

„Wie die riechen würde. Das wär eine nur zum Anschauen“, griff Oberhollenzer den Faden auf.

„Und Botticelli hätte seine Venus auf einer Blechdose malen müssen. Er wäre sicher der Andy Warhol des fünfzehnten Jahrhunderts geworden.“

Als die bierselige Unterhaltung endgültig in den Nonsens abzudriften drohte, begann das Faxgerät zu rattern. Sehr gemächlich gab der alte Kasten Waldeggs Dokument preis.

Die Kommissare bemühten sich, langsam an ihren Broten kauend, das Schriftstück schon während der Übertragung zu lesen, obwohl es auf dem Kopf stehend aus dem Faxgerät glitt.

Als sie es endlich in den Händen hielten, war das Dokument ähnlich schwer entzifferbar, allerdings aus anderen Gründen. Von einer „stabilen AP“ war da unter anderem die Rede, von einem „stillen Myokardinfarkt“, einem Routineaufenthalt, Teilnahme an einer KP und Exodus. Schließlich enthielten Waldeggs Aufzeichnungen auch noch einen verständlicheren Nachsatz: „Obduziert am 10. März, 5.20 Uhr. Myokard 70% nekrotisch. Offenbar unerwünschte Arzneimittelwirkung in Folge KP.“

„Und?“

Oberhollenzer hatte zu kauen aufgehört und war ratlos.

„Da brauchen wir wohl einen Experten“, antwortete Moll, während er zum Telefon griff und die Nummer von Heinrich Weinmeister wählte. Der Statistiker hob sofort ab.

„Du hast einen siebten Sinn“, meldete sich Heinrich mit weinerlicher Stimme, „jetzt ist alles aus. Sie hat tatsächlich etwas mit diesem Sebastian, will aber noch nicht ausziehen, weil vielleicht alles noch ganz anders wird. Außerdem hasse ich sein Duschgel. Es riecht nach-tierisch, wenn du weißt, was ich meine. So hat das Leben keinen Sinn mehr.“

„Ich gebe deinem Leben wieder Sinn zurück. Wir brauchen hier dringend deine Hilfe, also vergiss die Weibergeschichten. Kannst du medizinische Chiffren lesen?“

Heinrichs Tonlage änderte sich schlagartig, als würde er den Wehleidigkeitsvorhang von seinem Gesicht wegziehen. Seine Stimme wurde fest, der kleine Junge von vorhin war verschwunden.

„Ein bisschen was verstehe ich schon vom Geschäft. Rechnen macht ja nur Spaß, wenn man weiß, wer darauf hereinfällt."

„Gut, dafür wirst du irgendwann büßen müssen", sagte Franco, während er den Hörer mit dem Kopf gegen die Schulter drückte und eilig ein offenes Schuhband zuzubinden begann. „Wir sind in zehn Minuten bei dir. Mein Kollege Oberhollenzer trinkt übrigens auch gern Bier."

Weinmeisters Büro strahlte den Schick einer 60er-Jahre-Schiffskoje aus. Die spiegelnden Resopaloberflächen waren fast schon ekelerregend hässlich. Sie standen in krassem Gegensatz zu Weinmeisters Geschäftserfolg.

Heinrich schien die Gedanken der beiden Polizisten erraten zu haben. „Das ist eine Studierstube hier. Ich brauche Denker. Wer sich vom Interieur abschrecken lässt, der hat die Philosophie in diesen heiligen Hallen nicht begriffen."

Weinmeister ging zu einem unregelmäßig grauschwarz gemusterten Kasten mit abgestoßenen Kanten und durchscheinenden Pressspanplatten. Selbst die Bezeichnung „Methusalem" für das schäbige Möbel wäre noch eine Beschönigung gewesen. Der Griff fehlte, an seiner Stelle lugten zwei Löcher aus dem Holz.

„Mein Tresor", kommentierte der Mathematiker,

während er mit einem Lineal die Tür aufhebelte und drei Dosen Bier aus dem Schrank holte.

„Ist ein bisschen wa…"

„Danke, wir sind lauwarme Cervisia gewöhnt", unterbrach ihn Oberhollenzer und riss ihm eine Blechdose fast aus der Hand.

„Angesichts des Regenwetters gut zum Aufwärmen", meinte Franco und stieß mit den beiden flüchtig an. Nach dem ersten Schluck, der bei Weinmeister und Oberhollenzer sehr lange dauerte, zog der Kommissar das eilig eingesteckte Fax aus der Tasche.

„Aus dem Nachlass eines Mordopfers", sagte Franco beiläufig und erklärte Heinrich kurz die Zusammenhänge.

Weinmeister las das Papier aufmerksam durch. Während er immer wieder an seinem Bier nippte, blätterte er zurück und begann von vorne.

„Wenn er das Dokument verschlüsselt hat, dann muss es wohl wirklich wichtig und nicht für jedermann bestimmt sein", meinte er beiläufig.

Die Aussicht vom Büro im äußeren Nonntal war betörend. Die Spitze des Untersberges lag zwar in den Wolken, aber selbst durch den Nieselregen konnte man den unteren Teil der Seilbahn erkennen. An sonnigen Tagen leuchtete der Schnee herunter. Das ostseitige Fenster wiederum rahmte den Gaisberg ein. Mit dem Sendemast an der Spitze war er so etwas wie der Hausberg der Salzburger – und mit fast 1300 Metern Höhe ein intensiv genutztes Sportgerät quasi im Stadtgebiet. Drachenflieger und Paraglider starteten knapp unterhalb des Gipfels, ein sechs Kilometer langer Rundwanderweg wurde selbst im Winter geräumt und verführte zu idyllischen Spaziergängen im Schnee, Tourengeher und Langläufer arbeiteten sich vom Stadtteil Parsch oder Aigen aus über Forstwege den Gaisberg hinauf. Franco machte spontan Pläne. Er musste in den nächsten Tagen mit Felix auf den Salzburger Hausberg.

Oberhollenzer hatte sich mittlerweile gesetzt und trommelte mit den Fingerkuppen leise auf den Tisch. Weinmeister zu unterbrechen wagte er nicht.

„Ende der Ungeduld“, sagte der Statistiker und holte Franco zurück aus seinen beschaulichen Gaisbergfantasien.

„So wie ich das verstehe, hat euer Mann eine kleine Privatobduktion an dieser Frau Schwab durchgeführt. Er dürfte geahnt haben, dass sie nicht eines natürlichen Todes gestorben ist – ihre Krankengeschichte hat er ansatzweise dokumentiert. Die Patientin litt an einer ganz leichten AP – einer Angina Pectoris – das ist eine geringfügige Verengung von Herzkranzgefäßen. Viele beschreiben die Beschwerden so, als würde jemand auf ihrer Brust sitzen. Aber mit dieser Krankheit kann man leben, sofern sie nicht zu schwer ist. Wenn sich die Gefäße allerdings immer mehr verengen und die Blutversorgung des Herzmuskels schlechter wird, dann kommt es zu einem Infarkt.“

Weinmeister pausierte, weil er vom Fax aufgeblickt und den Blick zweier Schulbuben aufgefangen hatte. Die großen Augen der Polizisten belustigten ihn.

Er hob die Bierdose.

„Trinken wir auf die Fortbildung.“

Die Beamten nippten ohne Kommentar an ihrem Blech.

„Bei Rosa Schwab dürfte es zu einem so genannten

‚stummen' Herzinfarkt gekommen sein. Davon merkt der Patient oft nichts. Diese kleinen Infarkte äußern sich nur durch einen Schmerz in der Schulter oder der Magengegend. Nach ein paar Stunden ist alles wieder vorbei. Am Herzen sind diese Infarkte allerdings sichtbar, als wulstige Narben oder, wenn der Infarkt erst vor kurzem passiert ist, als vergleichsweise helles Muskelgewebe."

„Und an diesem stummen Infarkt ist Schwab gestorben?", versuchte Franco Weinmeisters Redefluss etwas zu bremsen.

„Nein, das lässt sich ziemlich sicher ausschließen. Der Arzt beschreibt das so, dass nur ganz kleine Teile des Herzmuskels durch den Infarkt geschädigt worden sind. Wenn ich das recht verstehe, hat die Medizin selber die Dame auf dem Gewissen."

Weinmeister blätterte um und suchte eine bestimmte Stelle auf dem unansehnlichen und mittlerweile stark zerknitterten Faxpapier.

„Hier ist von einer ‚KP' die Rede – das ist das Kürzel für eine ‚Klinische Prüfung', also aller Wahrscheinlichkeit nach für einen Medikamententest. Nach der ersten Gabe eines Wirkstoffes, den er –‚Corocrean' nennt, dürfte die Patientin verstorben sein. Das kann natürlich ein Zufall sein. Aber Dr. Waldegg hat die tote Frau Schwab offenbar sehr genau untersucht und dabei festgestellt, dass etwa drei Viertel ihres Herzmuskels abgestorben waren. Sein Verdacht: Beim Medikamententest dürfte etwas schiefgelaufen sein. Das heißt, das Medikament hat nekrotisch gewirkt. Das Gewebe zum Absterben gebracht, will ich damit sagen."

Oberhollenzer war den Vermutungen Weinmeisters

mit seinem Denken noch etwas hinterher, Franco reagierte schneller.

„Kommt so etwas oft vor? Dass Versuchspersonen an den Tests sterben?“

„Oft? Schwer zu sagen. Offiziell natürlich so gut wie nie. Tatsächlich laufen klinische Prüfungen üblicherweise so ab, dass man zuerst die Sicherheit eines neuen Wirkstoffes testet. Zum Beispiel an zehn Männern, die sich freiwillig für den Test melden und dafür auch bezahlt werden. Bei dieser Phase eins geht es nur darum zu sehen, ob die neue Arznei sicher und verträglich ist. In der Phase 2 testet man an rund 50 Patienten aus, welche Dosis besonders günstig ist. In Phase 3 sind schon mehr als 100 Patienten involviert, manchmal auch mehrere 1000. Hier muss wirklich der Wirkungsnachweis stattfinden.“

Oberhollenzer kaute am Rand seiner Bierdose.

„Wissen die Patienten eigentlich davon, dass sie Versuchskaninchen sind?“

„In aller Regel schon“, sagte Weinmeister. „Sie müssen zustimmen, bei einer klinischen Prüfung mitzumachen. Meist vergleicht man ja zwei Substanzen miteinander, zum Beispiel einen alten gegen einen neuen Wirkstoff, oder ein neues Therapiekonzept gegen Placebo. Dann wissen weder Patient noch Arzt, wer den Wirkstoff und wer das Placebo bekommt.“

„Doppelblind“, sagte Franco.

„Wer?“, fragte Oberhollenzer geistesabwesend.

„Eine Doppelblindstudie nennt man das“, erklärte Weinmeister.

Oberhollenzer hatte der Einblick in den klinischen Alltag etwas zerrüttet.

„Das heißt aber auch, dass nichts Strafbares vorliegt, wenn man in Folge einer klinischen Studie stirbt?"

„Wenn niemand fahrlässig war und alles nach Vorschrift abgelaufen ist, dann wohl nicht", sinnierte Franco.

Weinmeister lächelte.

„Das ist die menschliche Seite. Ihr vergesst die finanzielle. Von 1000 Wirkstoffen, die entwickelt werden, schafft es nur einer auf den Markt. Sagt zumindest die Industrie. Bewiesen hat das noch keiner, aber als Argument für geschmalzene Medikamentenpreise ist diese Behauptung allemal gut. Und wenn das Präparat in der klinischen Prüfung scheitert, dann sind schon immense Kosten angelaufen. Oft mehrere hundert Millionen Euro. Auch die Tierversuche in den Stadien davor, die Untersuchungen an Zellkulturen etcetera kosten immens viel. Wer in Phase 3 ausscheidet, macht ein Megaminus und keinen Gewinn. Und ein Todesfall im Zuge der Tests ist auf jeden Fall ein Hammer, auch wenn man ihn vertuscht. Selbst wenn das Medikament irgendwann auf den Markt kommt. Falls die Konkurrenz das spitz kriegt, ist der Stoff erledigt. Vor allem wird es ja nicht bei diesem einen Fall bleiben, wenn dann zehn- oder hunderttausende das Zeug schlucken."

„Eins verstehe ich trotzdem nicht", warf Franco ein. „Wenn es das Präparat bis Stufe 3 schafft, warum stirbt dann plötzlich jemand daran, während die Tests davor ja funktioniert haben müssen?"

Weinmeister dachte nach. Nicht aus sachlichen Gründen, sondern weil er überlegte, wie er den Beamten die nicht ganz einfache Materie beibringen sollte.

„Da gibt's mehrere Möglichkeiten. Entweder der Wirkstoff war verunreinigt. Das halte ich für wenig wahrscheinlich. So was machen keine Quacksalber, sondern Vollprofis. Oder das Präparat wirkt bei Menschen mit einer sehr speziellen Genausstattung toxisch. Giftig, meine ich. Aber dazu müsste ich wissen, zu welcher Klasse der Wirkstoff gehört. Oder aber es gab Wechselwirkungen mit einem anderen Medikament. In der Mixtur kann aus zwei guten Präparaten ein Killer werden. Es gibt viele Gründe. Habe ich mir zumindest bei meinen vielen medizinischen Fortbildungen sagen lassen."

Franco und Oberhollenzer sahen einander an. Sie hatten nun einen weiteren Toten, aber keine Leiche. Sie hatten eine vermutliche Todesursache, die ihnen ein anderer Toter hinterlassen hatte, aber nichts, womit der Fall klarer geworden wäre. Oberhollenzer zögerte keinen Augenblick, seine Ratlosigkeit einzugestehen.

„Was würden Sie jetzt an unserer Stelle machen?", versuchte er Weinmeister als Kompass zu nutzen.

„Zuerst würde ich mir die Krankengeschichte besorgen. Wenn die Version des neugierigen toten Arztes und die im Totenschein bzw. in der Krankenakte sehr weit auseinander klaffen, dann wisst ihr ja selber, was zu tun ist."

„Ich glaube, ich nehme zwei Wochen Urlaub", sagte Oberhollenzer tonlos und warf seine Bierdose in einen Papierkorb.

„Blech gehört dort hinein".

Streng deutete Weinmeister auf einen blauen Eimer, der ob seines Inhalts für Aluminiumfreaks eine wahre Fundgrube gewesen wäre.

Oberhollenzer gehorchte ohne Widerrede und holte die leere Dose kommentarlos aus dem Papierkorb. Er war zu sehr mit der neuen Wendung beschäftigt, um zu rebellieren.

„Und diese Medikamententests: Werden die irgendwie kontrolliert? Was ich damit sagen will: Wo erfahren wir, welches Medikament eigentlich geprüft wurde?“, sinnierte Franco.

„Dazu gibt's eine zentrale EU-weite Stelle in London, die EMEA, die Europäisches Arzneimittelagentur; hierzulande muss die klinische Prüfung nur noch gemeldet werden. Wird sie nicht innerhalb von fünf Wochen untersagt, können die Ärzte beginnen.“

Die Polizisten nickten. Franco blickte auf den Gaisberg. Ein Spaziergang dort oben schien in weite Ferne zu rücken.

„Schau nicht so verzweifelt“, sagte Weinmeister. „Ich besorge dir die Unterlagen über diesen Test. Brauche mich nur in eine Datenbank einzuloggen. Dann weiß ich, wer den Test unternommen hat und wozu.“

Franco drückte Weinmeister seine leere Bierdose in die Hand und verabschiedete sich mit einem Nicken. Stumm trotteten die beiden Beamten aus dem Büro.

Während die Kommissare den Raum verließen, sackte Weinmeister plötzlich wieder in sich zusammen, als wäre er innerhalb von Sekunden vom Experten zum kleinen Buben mutiert. Im Büro schien er der unumschränkte Herrscher im Reich der Zahlen und Bestimmungen zu sein, in der großen Außenwelt nur ein unkundiger Statist. Er ging Franco mit ein paar schnellen Schritten nach und hielt ihn verschämt zurück. Seine Stimme wirkte jetzt schwach.

„Kann ich ein paar Tage bei dir wohnen?“

Franco nickte. „Klar. Ist mir sogar ganz recht. Ich

brauche ohnehin einen Babysitter für Felix. Außerdem kann Felix gut mit Kindern."

„Was meinst du damit?", fragte Weinmeister verwirrt.

Statt einer Antwort grinste Franco und hob wortlos die Hand zum Gruß. Mit schnellen Schritten versuchte er seinen ob eines anderen Themas irritierten Kollegen einzuholen.

Schweigend wendeten Oberhollenzer und Moll ihr Auto und fuhren Richtung Nonntaler Brücke zurück. Erst als sie vor der Erhardkirche nahe Francos Wohnung hielten, begann Oberhollenzer mit einem langen Seufzer ins kriminalistische Leben zurückzukehren.

„Ich hab momentan keine Idee. War's also doch einer der Ärzte? Oder sieht's momentan nur danach aus? Und warum kann ein Arzt ohne Auftrag einen Toten obduzieren? Wenn ich morgen dort unten in der Prosektur lande, filetiert mich dann auch jemand, weil ihm das einen Vorteil bringt?"

Franco schüttelte den Kopf. Nicht um Oberhollenzers Fragen zu verneinen, sondern aus Ratlosigkeit.

„Wie sollen wir denn die neue Entwicklung vor Gokl verheimlichen? Immerhin hätten wir einen Ansatz zu einem neuen Motiv."

Oberhollenzer stellte den Motor ab, während Franco den Faden weiter spann.

„Ja, aber keine Beweise. Nur das kryptische Geschreibsel eines über seine berufliche Zukunft enttäuschten Jungspunds, dem Selbstüberschätzung und Unverfrorenheit gleichermaßen nicht fremd waren."

Oberhollenzer nickte anerkennend.

„Das war jetzt druckreif."

Zynismus konnte Franco jetzt überhaupt nicht brauchen.

Regen tröpfelte einschläfernd auf die Fensterscheibe. Es schien, als sei der Salzburger Schnürlregen aus seiner Winterpause zurückgekehrt. Der Scheibenwischer jammerte über das Glas.

„Irgendwie müssen wir an die Krankengeschichte von Rosa Schwab kommen, ohne richterlichen Auftrag", dachte Oberhollenzer laut nach. „Wenn sich die Todesursache dort drinnen fundamental von der Version Waldeggs unterscheidet, dann können wir weitermachen. Mit richterlicher Genehmigung."

„Gut, da fiele mir schon jemand ein. Aber ein gutes Gefühl habe ich nicht bei dieser Geschichte. Ich wünschte, der Haubenkarli hätte Waldegg umgebracht", fügte Moll hinzu.

Oberhollenzer startete den Wagen und gab Moll zum Abschied die Hand.

„Du musst auch sehr verzweifelt sein."

Obwohl der Regen gerade eine Art Sprinttraining begonnen hatte und wie um seine wiedererstarkte Potenz zu testen in mächtigen Tropfen herunterprasselte, ging Franco Moll nicht gleich in seine Wohnung. Er lief dicht an den Fassaden entlang hundert Meter zurück zu einem der wenigen verbliebenen Greißler.

Es war kurz vor sechs. Die Verkäuferin begann, Früchte aus den zwei niedrigen Glasauslagen zu räumen. Der Laden mutierte mit dem touristischen Jahreskreis.

Glich er im Winter einem klassischen Gemischtwarenladen, verwandelte er sich zum Beginn der Saison, um Ostern herum, zumindest äußerlich immer mehr in ein Souvenirgeschäft, mit Mozarttalern und Mozartkugeln in einem roten Kartonaufsteller bei der Tür. Daneben stapelten sich teils vergilbte Salzburgführer, und aus einer Glasvitrine lugten Emailschilder mit den Motiven von Festung, Dom oder Mozartdenkmal hervor. Obst und Gemüse wurden zu Zeiten des touristischen Hochamtes aus der Auslage weiter zurück ins Geschäft verbannt. Der Tourismus fraß das alltägliche Leben auf.

Wie in Trance kaufte Franco dreißig Eier und eine Flasche Weinessig sowie Schinken und Nutella für Felix und lief mit gesenktem Kopf heim.

Ohne Felix wirkte die Wohnung leblos. Franco ging in das Zimmer seines Sohnes und setzte sich auf einen alten Sessel. Er vermisste den Kleinen und fühlte sich völlig wirr. Erst als er mit den Einkäufen in seinen Händen aufstand, merkte er, dass Felix sein Bett nicht gemacht hatte. Es war eine unausgesprochene Übereinkunft. Der Kleine kümmerte sich selber um sein Zimmer. Nur alle zwei bis drei Monate räumten sie gemeinsam auf, eine Art unumgängliche Notaktion, um das Zimmer nicht verkommen zu lassen. Svetlana, die Putzfee, kam nur einmal pro Woche. Franco wusste nicht einmal, wie sie mit Nachnamen hieß, so sehr traute er ihr. Ohne Groll auf die Vergesslichkeit seines Jungen, machte Franco das Bett und glitt abschließend mit der Hand über die Decke, als würde er dem Jungen über das Haar streichen.

Noch in der nassen Jacke setzte er in der Küche einen großen Topf mit zwei Litern Wasser auf. Er goss einen Achtelliter Weinessig zu und drehte die Hitze zurück, als erste Bläschen vom Topfboden aufstiegen. Daneben schlug Franco ein Ei in eine Kaffeetasse und warf die Schalen in die leere Spüle. Vorsichtig ließ er das Ei in den leicht kochenden Sud hineingleiten. Mit zwei Löffeln versuchte er das Eiweiß zum Dotter zu drücken. Das Resultat war deprimierend.

Als viereinhalb Minuten später die Zeitschaltuhr läutete, sah das verlorene Ei aus wie eine zerrupfte Fledermaus, noch dazu eine, die nach sehr wenig schmeckte und nicht ausreichend gar war. Franco goss Essig nach und schöpfte braunen Schaum ab. Er reduzierte die Hitze so, dass das Essigwasser gerade nicht kochte. Aber auch das nächste pochierte Ei war kein Modell für ein Kochbuch. Er schreckte es in eiskaltem Wasser ab und kostete es. Mit viel Salz und Pfeffer näherte es sich nach fünf Minuten Garzeit der Kategorie „essbar". Die Köche seiner üppigen Kochbuchsammlung gaben höchst unterschiedlich Auskunft über verlorene Eier.

Fünfzig Minuten oder zehn Eier später nahmen die Kochobjekte endlich eine rundere Gestalt an. Franco hatte begonnen, mit einem Kochlöffel einen Wirbel im Wasser zu erzeugen und die rohen Eier in den Strudel gleiten zu lassen. Mit dem angenehmen Nebeneffekt, dass sie sich nicht mehr im ganzen Wasser undefiniert ausbreiteten.

Als Felix gegen halb acht endlich auftauchte, erfasste er den Ernst der Lage sofort.

„Verzweifelt? Oder hast du ganz intensiv über etwas nachdenken müssen?"

„Volltreffer", antwortete Franco und nahm seinen Sohn mit einem Arm hoch. Mit dem anderen hob er das letzte Stück in der Versuchsserie „pochierte Eier“ aus dem Sud.

„Da werden wir aber schlecht träumen“, kommentierte Felix. Er hatte zuvor nur die zahllosen Schalen in der Spüle bemerkt und erst jetzt den dazugehörigen Inhalt gesehen.

Felix deckte für beide den Tisch, während Franco mit Hilfe von tiefgefrorenem Dill an einer Sauce bastelte. Kurz bevor sie sich zu Tisch setzen wollten, läutete es an der Tür.

Zu Francos Missfallen öffnete sein Sohn ohne jeden Argwohn sofort.

„Da ist ein Mann für dich.“

Der Mann in der Tür trug in der einen Hand eine alte Reisetasche aus Plastik, in der anderen eine Bierkiste. Er sah aus wie ein großer Junge mit ein paar Kilos zu viel, der eben in einen Wolkenbruch geraten war.

„Ich bin mit dem Taxi hergefahren, habe mich aber im Haus geirrt“, sagte Weinmeister.

Belustigt über seinen Zustand, hielt ihm Franco die Tür ganz auf.

„Die Form passt zum Inhalt. Willkommen in der WG der enttäuschten Männer.“

„Von wem ist denn der Kleine enttäuscht?“

„Er ist ja auch verlassen worden, von seiner Mutter.“

„Was sind das für Zeiten ... Andere Kinder werden von den Vätern verlassen“, antwortete Weinmeister und zwängte sich mit seinem großen Gepäck durch die Tür.

„Siehst du“, griff Franco den Faden amüsiert auf, „das ist bereits der Anfang deiner Therapie.“

Weinmeister zog seine Mundwinkel nach oben. Er sah ein, dass er seine versteckte Weinerlichkeit eben selber zu dem degradiert hatte, was sie war: unnütz. Felix rührte in der Zwischenzeit die Sauce um und betonte gegenüber Weinmeister, dass er es sei, der diesen Haushalt zusammenhalte. Franco musste ihm schweren Herzens Recht geben. Ohne seinen Sohn hätte er sein Wohnzimmer wahrscheinlich in das „Lethe“ ausgelagert, so wie zu Studienzeiten und auch noch am Beginn seiner Polizistenkarriere, bevor er nach nicht zu wenigen Kurzzeitbeziehungen Eva kennen gelernt und gedacht hatte, das sei es nun für immer und ewig.

Felix wies Weinmeister auch in sein Zimmer ein, ein dunkles „Besenkammerl“, wie man hierzulande sagte, aber groß genug, um einem abgedankten Liebhaber samt Sporttasche mit einem männlich kargen hygienischen Überlebenspack Zuflucht zu geben.

Als Franco Moll und Heinrich Weinmeister gegen Mitternacht, nach pochierten Eiern in Dillsauce samt viel Flüssigkeit, den Tag beschlossen, zeigte die Bierkiste starke Anzeichen akuter Karies – die Löcher hielten sich mit den Restflaschen fast die Waage.

Freitag gegen neun Uhr läutete in Rosa Schwabs Wohnung die alte Türglocke. Maria Droste sah einen schlanken jungen Mann in einem eng geschnittenen leicht taillierten schwarzen Sakko an der Gartentür stehen. Er schien ihr sofort vertrauenswürdig.

Da sie vergessen hatte, wie man die Türe automatisch öffnet, ging sie selber über eine kurze Steinbrücke zum Gartentor am Festungsaufgang und hielt es ihm schüchtern auf.

Der dunkelhaarige Mann mit den lachenden Augen zeigte ihr unaufgefordert seinen Ausweis. Es war ein Kriminalpolizist namens Franco Moll.

„Ich komme mit dem Ausräumen nicht weiter", entschuldigte Maria Droste die Unordnung in der Wohnung, um sich gleich zu rechtfertigen, warum sie sich überhaupt in Rosa Schwabs Domizil aufhielt.

Franco hatte den Eindruck, dass die hellblonde Frau dankbar war für Gesellschaft, und ließ sie erzählen, von der Abmachung, dass die Überlebende die Wohnung der Verstorbenen auflösen sollte, bis hin zur engen Freundschaft, die die beiden Frauen zuletzt nur mehr über Briefe ausgelebt hatten.

Maria Droste war über den Tod ihrer Gefährtin gleichermaßen überrascht wie erschüttert. Rosa hatte auch in ihrem letzten Brief nichts von gesundheitlichen Problemen erwähnt. Sie war zu einer Routineuntersuchung in die Klinik gegangen und hatte nur bemerkt, dass sie, um ein neues Supermedikament zu erhalten, eine ungewöhnlich lange Untersuchung absolvieren sowie eine Reihe von Unterschriften leisten hatte müssen. Nach deren Zweck hatte sie aus Erschöpfung nicht mehr gefragt.

Erst eine halbe Stunde später kam Droste auf die Idee, sich bei Franco nach dem Grund seines Besuchs zu erkundigen. Der Kommissar vermied es, Maria Droste Details über den vermuteten unnatürlichen Tod und den Zusammenhang mit einem Mord zu erzählen. Er gab vor, einen möglichen medizinischen Kunstfehler zu untersuchen und verschwieg, dass Rosa Schwab möglicherweise mit Unterschrift aber ohne ihr Wissen zu einem Versuchskaninchen geworden war.

Während Franco die Gemütlichkeit der Wohnung lobte, begann er sich umzusehen.

In einem kleinen blauen Plastikkorb, der wie ein

Wäschekorb für Puppenhäuser wirkte, fand der Kommissar mehr als ein Dutzend Medikamente.

Maria Droste bemerkte sein Zögern vor der Arzneisammlung. „Ja, so ist das, wenn man alt wird. Dann steht irgendwo in der Küche oder im Wohnzimmer so ein hässliches Ding herum, gefüllt mit unaussprechlichen Tabletten, die dem Tag Struktur geben. Am Morgen nimmt man ein Stück von diesen, zwei von jenen. Mittags dann drei vor und drei nach dem Essen sowie ein paar Tropfen, und abends die ganze Batterie vor und zurück. Das ist der Tageszyklus des Alters."

„Wenn's hilft", sagte Franco mit einem Lächeln. „Ganz umsonst wird die Pharmaindustrie ja auch nicht arbeiten."

„Vor allem nicht gratis", versuchte Droste ein Wortspiel. „Ich denke, es ist wie in der Werbung. Man weiß, dass nur die Hälfte wirkt, aber man weiß nie, welche ..."

Sie lachte und erzählte dem jungen Mann, dass sie lange Zeit als Mädchen-für-alles in einem Werbebüro gearbeitet hatte. Dann war die Agentur von einer überdrehten Bande von ‚Kindern' übernommen und sie vorzeitig in den Ruhestand geschickt worden.

Franco verließ Schwabs Wohnung bald darauf und versprach, die charmante alte Frau in den nächsten Tagen noch einmal zu besuchen. Den Medikamentenkorb nahm er mit.

Oberhollenzer saß mit hängendem Kopf im Büro.

Franco stellte die Arzneikiste auf seinen Schreibtisch. „Kein Erfolg?"

Oberhollenzer schüttelte den Kopf. „Ich habe die Sturm fast zum Heulen gebracht, aber sie behauptet steif und fest, die Krankengeschichte Schwabs sei nicht auffindbar. Weder auf Papier, noch im Computer."

„Wenn sie das dem Primar steckt, haben wir ein nachhaltiges Problem."

„Sie aber auch."

Der gedrungene Kommissar nahm ungläubig ein paar der Fläschchen aus Francos pharmakologischen Mitbringseln in die Hand.

„Laut Totenschein ist Rosa Schwab übrigens an altersbedingtem Herzversagen gestorben."

Oberhollenzer lehnte sich zurück und verschränkte die Hände hinter seinem Kopf und machte sich keine Mühe, seine Ratlosigkeit zu verbergen.

„Wie sollen wir weitermachen?"

Das Läuten des Telefons befreite Franco von der Unmöglichkeit, die Frage seines Kollegen vernünftig zu beantworten.

„Ein ‚bedenklicher' in der Schmidingerstraße", erklärte Franco, noch während er auflegte. „Fahren wir beide hin?"

Sein korpulenter Kollege nickte.

„Klar, ich verständige die Szifkovits, du den Juristen."

Drei Stunden später war wenigstens dieser Fall bereit, ad acta gelegt zu werden. Routinemäßig erledigten die Kriminalbeamten manchmal ein halbes Dutzend so genannter „bedenklicher Todesfälle" pro Woche. Sie versuchten die letzten Minuten von Menschen zu rekonstruieren, die erst nach Monaten gefunden wurden oder deren Todesumstände auf den ersten Blick nicht leicht nachzuvollziehen waren.

Zusammen mit den Kriminalbeamten hatte Szifkovits die Tote in der Schmidingerstraße entkleidet und noch an Ort und Stelle untersucht. Die Wohnung war von innen zweifach versperrt und auch alle Fenster geschlossen gewesen. Erst Leichengeruch im Treppenhaus hatte einen Nachbarn daran erinnert, dass er die Vierzigjährige schon wochenlang nicht mehr gesehen hatte.

Auf dem Küchentisch der verwahrlosten Wohnung fanden die Kriminalisten jede Menge leerer Flaschen, vor allem Likör und billigsten Rum.

Die Gerichtsmedizinerin entdeckte eine schwere Schläfenwunde, die sich die Frau bei einem Sturz zugezogen hatte. Nach kurzer Zeit fand Oberhollenzer das dazugehörige, blutverschmierte Kücheneck, auf das die schwer alkoholkranke Frau gestürzt war.

Durch das feuchte Wetter hatte sich die Tote bereits stark verändert, einzelne Hautteile waren von Schimmelpilzen besiedelt, andere schwarz-blau verfärbt. Einem lebenden Menschen glich der vom langen Verwesen deformierte Körper am Boden nur noch entfernt.

Unter den Papieren in der Wohnung fanden die Beamten eine fast sechs Monate alte Überweisung in die Psychiatrie, um die manisch-depressive Patientin stationär medikamentös richtig einzustellen. Der Überweisung war die Frau nie gefolgt, wie ein kurzer Anruf in der Klinik bestätigte. Kassenbelege in leeren Plastiksäcken zeigten, dass sich die Frau fast nur von Brot und Alkohol ernährt hatte.

Wenn Oberhollenzer und Moll zu derart schicksalhaften Todesfällen gerufen wurden, verglichen sie die fremden Lebenschancen unwillkürlich mit den eigenen. Vielfach war das Ergebnis des Vergleichs zutiefst deprimierend, wenn sie sich die Chancen- und Aussichtlosigkeit von Menschen eingestehen mussten, die wie in einem letzten Schrei nach Aufmerksamkeit und Zuwendung als „Fall" vor ihnen lagen.

An diesem Freitagvormittag jedoch absorbierten sie die unklaren Umstände dreier anderer Todesfälle so sehr, dass die Professionalität von keinerlei Anteilnahme gestört wurde und sie die unmittelbare Todesursache rasch und ohne Umwege klärten.

Auch der Polizeijurist schloss Fremdverschulden relativ bald aus. Er war ganz und gar nicht unglücklich, den trostlos wirkenden Wohnblöcken am nördlichen Stadtrand Salzburgs bald wieder den Rücken kehren zu können.

Die Schmidingerstraße sammelte viel Unglück und menschliches Strandgut. Wer dort wohnte, den hatte die Stadt mehr oder weniger ausgestoßen. Die Wohnadresse Schmidingerstraße war ein soziales Verdikt, das kaum mehr Aussichten auf einen respektablen Arbeitsplatz bot. Für Wohlhabende war der Mikroplanet Salzburg eine Kugel, für jene ohne finanzielles Netz eine Scheibe. Hier war deren Rand. Wer unsicheren Schritts stürzte, der fiel nicht weich auf gepflegten Rasen, sondern von der Kante ins Nichts.

Im Büro wartete ein Fax auf Oberhollenzer und Moll. Weinmeister hatte in der Datenbank der Europäischen

Arzneimittelbehörde recherchiert und die Firma hinter dem klinischen Versuch gefunden. Es war ein englisches Unternehmen namens COROSYN PLC, das den neuen Wirkstoff testen ließ.

„Und was tun wir jetzt mit dem Wissen?"

Oberhollenzer hielt das Papier ratlos in der Hand.

„Montag bekommen wir einen Praktikanten. Den setzen wir darauf an, die Leute hinter der Firma herauszufinden. Es wird ja so etwas wie ein englisches Handelsregister geben."

Franco nahm Oberhollenzer das Papier aus der Hand. Weinmeister hatte die Datenbank auch nach Hinweisen auf Probleme mit dem Wirkstoff „Corocrean" durchsucht. Aber bei der europäischen Arzneimittelbehörde war keine einzige Komplikation gemeldet worden. Die Substanz diente offenbar dazu, geschädigtes Herzgewebe neu aufzubauen. Im Fall von Rosa Schwab hatte sie das genaue Gegenteil erreicht.

Franco schöpfte wieder Hoffnung, mit dem Fall Waldegg – Schwab – Haubenkarli weiterzukommen. Wenn es denn ein einziger Fall war und nicht eine Häufung von Zufälligkeiten. Mitten drin in komplizierten Ermittlungen konnten Selbstzweifel die kriminalistische Arbeit stark bremsen. Der Kommissar beschloss, weiter an einen Zusammenhang zu glauben. Eine bessere Hypothese hatten sie nicht.

„Wenn die Krankenhausärzte die Todesursache wissentlich falsch angegeben haben im Totenschein, dann haben wir auf jeden Fall ein Vergehen, das wir vor den Richter bringen können", dachte Franco laut nach.

„Dazu müssten wir aber erst mal beweisen, dass Schwab an etwas ganz anderem gestorben ist."

Franco gefiel die Vorstellung nicht, aber er sprach aus, was er sich schon seit einem Tag dachte.

„Wir lassen sie exhumieren!"

„Ausgraben?"

Oberhollenzer schaute entgeistert drein und machte aus seinen Bedenken keinen Hehl.

„Gokl sagt dazu nie und nimmer ja."

Franco grinste.

„Wir warten einfach einen günstigen Zeitpunkt ab. Wenn er gerade nicht im Dienst oder erreichbar ist."

Die Aussicht, Gokl eins auszuwischen, stimmte Oberhollenzer freundlich.

Moll wollte die Arbeitswoche mit etwas Angenehmem beschließen. Er ließ sich von Oberhollenzer hinter dem Neutor absetzen, in der Nähe einer Villa, die er zuletzt vor fünf Tagen besucht hatte.

Oberhollenzer grinste frech.

„Ermittlungen oder Neigungen?"

„Du sagtest doch, wir sollten Alexandra Waldegg auf den Zahn fühlen. Schließlich profitiert sie am meisten vom Tod ihres Mannes."

„Ich merke buchstäblich, wie sehr du an diese Theorie glaubst. Fühle ihr nicht allzu sehr irgendwo hin."

Oberhollenzer ließ den Motor zweimal wie ein PS-verliebter Jungspund höhnisch aufheulen und fuhr, als Franco die Tür eben zuschlagen wollte, mit einem Kavalierstart los. Die Autotür fiel von selber ins Schloss.

In einem kleinen Kiosk nahe am Straßentunnel durch den Festungsberg kaufte Franco einen Sechserträger Bier und ging dann zu Waldeggs Villa.

Die Gartentür stand offen.

Die Klingel am Haus war mit einem Zettel überklebt. BITTE NICHT LÄUTEN, SONDERN AM FENSTER KLOPFEN. BABY SCHLÄFT.

Franco probierte zuerst den Weg nach links, dorthin wo er die Küche in Erinnerung hatte.

Die Fensterscheibe war beschlagen, ließ aber dennoch einen milchigen Durchblick. Am Herd dampfte ein Topf, offenbar das Wasser für Pasta, daneben eine undefinierbare rote Sauce in einer Pfanne. Der Küchentisch war für zwei gedeckt. Eine entkorkte Flasche Rotwein wartete auf die Gäste.

Leise trommelte Franco gegen die Scheibe. Und wartete. Einige Sekunden später versuchte er noch einmal auf sich aufmerksam zu machen. Nichts rührte sich.

Franco schlich vorbei an der imposanten Eingangstür auf die andere Seite des Hauses. Was er dort in einem großen mit Teppichen ausgelegten Salon sah, trug nicht zu seinem Seelenfrieden bei.

Die hübsche Alexandra Waldegg stand wortlos und mit geschlossenen Augen an einen Mann gelehnt, der sie umarmt hielt, als müsste er sie vor allem Unheil in der Welt schützen. Vom Tröster sah der Kommissar nur den Rücken.

Das Bild des Paares war so voller Innigkeit, dass Franco eine trockene Kehle bekam, fast Beklemmungszustände. Die Umarmung schien derartig perfekt, dass sie alle Sehnsüchte verkörperte, die sich irgendwo in einem Menschen versteckten, um bei passender Gelegenheit schmerzhaft akut zu werden. Franco wollte wegschauen und musste gleichzeitig zwanghaft hinsehen. Er konnte sich nicht losreißen, als hätte die Verschmelzung der beiden eine unwiderstehliche emotionale Gravitationskraft. Mann und Frau in Perfektion, in völliger Ruhe.

Erst als die Bierflaschen in seinem Sixpack leise aneinanderschlugen und klingelten, merkte Franco, dass er zitterte. Er wusste nicht, ob vor Wut, Scham oder Sehnsucht. Vorsichtig, ohne Geräusche zu verursachen, schlich er aus dem Vorgarten. Kaum auf dem Gehsteig und zurück im Lärm der Straße, wich die Beklemmung einem stürmischen Zorn. Am liebsten hätte er gegen das Gartentor getreten.

Er ging mit schnellen aggressiven Schritten weg von Waldeggs Villa. Hundert Meter später wurden Polizist und zorniger Mann wieder eins. Franco scholt sich, dass er aus einer Verdächtigen eine Herzensangelegenheit gemacht hatte, und kehrte um.

Schräg gegenüber der Villa setzte er sich mit Blick auf das Grundstück an die Bar eines schäbigen Cafés. Eine amerikanische One-Man-Band probierte eben ihre Instrumente auf einer handtuchgroßen Bühne aus und sang im Stile schnulziger Straßenmusikanten Fetzen von Balladen dazu. Haar und Bart wiesen den Musiker als mit marginalem Budget reisenden Globetrotter aus. Er würde wahrscheinlich für nicht viel mehr als ein warmes Essen abends den Raum beschallen.

Der Kaffee war entgegen allen Erwartungen erstklassig. Zumindest der Magen erhielt etwas Trost.

Dass Alexandra Waldegg, die Frau mit dem Baby und dem toten Mann, einen Geliebten haben könnte, das hätte Franco nie für möglich gehalten. Er vertraute viel auf seine Menschenkenntnis, musste sich aber hin und wieder eingestehen, dass Emotionen ihm den Blick nachhaltig verstellen konnten. War er früher, noch vor seiner Zeit als Kriminalbeamter, anderen gegenüber zu misstrauisch gewesen, so hatte er während des kurzen Studiums seine fast chronischen Zweifel zunehmend gegen einen massiven General-Vertrauensvorschuss eingetauscht. Mit durchschlagendem Erfolg. Er hatte sich ungefragter Bekanntschaften kaum mehr erwehren können.

Erst mit seiner kriminalistischen Arbeit waren die Zweifel wieder stärker in den Vordergrund getreten. Zu viele Menschen „von der Straße“, vor allem Männer, hatten hinter dem freundlichen Antlitz des lieben Nachbarn ein zweites Gesicht und sich schließlich als Prügler und Kinderschänder, als Betrüger und Vergewaltiger, als Familientyrannen und krankhaft eifersüchtige Mörder entpuppt.

Die Waldegg, wie er sie jetzt bei sich nannte, hatte ihn mit ihrem Charme völlig arglos gemacht. Sie wirkte so zutiefst unberechnend auf ihn. Franco schüttelte den Kopf, ohne es zu merken. Offenbar hatte sie gespürt, dass seine Antennen durchaus empfangsbereit waren für ihre Ausstrahlung.

Eineinhalb Stunden wartete Franco, bis der fremde Mann, von dem er bisher nur den Rücken gesehen hatte, aus der Villa Waldegg kam. Der Kommissar hatte vorsorglich jeden Kaffee sofort bei der Bestellung bezahlt. Er griff ohne nachzudenken nach einem Bierdeckel und hetzte aus dem Lokal.

Der Fremde erinnerte ihn an jemanden, den er entfernt kannte. Franco wusste aber nicht, an wen.

Nahe der Villa stieg der etwa ein Meter fünfundsiebzig große Mann in einen schwarzen Audi. Franco blieb gerade noch Zeit, sich die Autonummer auf dem Bierdeckel zu notieren und den schicken Anzug des Unbekannten zu bemerken.

Deprimiert trottete er Richtung Zentrum zum Neutor. Erst jetzt merkte er, dass er noch immer das Bier mit sich herumtrug. Es war im wahrsten Sinne des Wortes zwecklos geworden. Einige Passanten hatten den attraktiven schlanken Mann mit seinem alkoholischen Ballast belustigt gemustert.

Franco schenkte die Packung einem der Bettler am Eingang zur Fußgängerpassage neben dem Neutor, dem Straßentunnel durch den Mönchsberg. Die „Sitzungen“, wie sie ihre Akquisitionsarbeit nannten, waren nach einem genauen „Stundenplan“ aufgeteilt. Wer aufpasste, kannte bald auch die Dienstzeiten der einzelnen Obdachlosen.

Der Heimweg zu Fuß wirkte wie eine Schnelltherapie. Die Dinge würden schon werden. Auch die unausgesprochene Sehnsucht nach einer verlässlichen Gefährtin und ständigen Geliebten würde irgendwann ihr Ziel finden. Franco hatte genug von den belanglosen Intermezzi. Selbst als Kommissar durfte man sich eine kindliche Restromantik bewahren. Oder auch nicht.

Am Samstag leistete es sich Franco, vergleichsweise spät aufzustehen. Weinmeister und Felix hatten sich schon am Abend zuvor verbrüdert, was den Bierkonsum Heinrichs erheblich drosselte. Felix ernannte ihn innerhalb kürzester Zeit zum Professor, weil Weinmeister dem Kleinen erzählt hatte, dass er ab und zu an einer Hochschule unterrichtete. Felix wusste zwar nicht, was eine Hochschule war, aber für Volksschüler wie ihn konnte sie nicht sein.

Um halb neun saßen Heinrich Weinmeister und Felix Moll schon beim Frühstück. Sie hatten für Franco gedeckt und nahmen ihn wohlwollend, wenn auch eher am Rande, zur Kenntnis. Franco genoss es, für seinen Sohn nicht die beredte Tischdame spielen zu müssen. Stattdessen konnte er ihn einmal als Zuschauer beim Frühstücken beobachten. Er war überrascht, wie gewandt der Kleine alles erledigte. Selbst als er die Hälfte seines Kakaos ausschüttete, weil er Weinmeister heftig mit den Armen gestikulierend die neuesten Kunststücke von Julians Kaninchen erzählte, holte er schnell ein Tuch und setzte das Frühstück ohne viel Aufhebens fort.

Felix war notgedrungen selbständiger geworden. Was sich bei Franco immer in einem gewissen Schuldgefühl äußerte, seinen Sohn als Alleinerzieher zu vernachlässigen. Warum sollte es ihm anders gehen als den Millionen Frauen, die Kinder allein und wahrscheinlich mit wenig Geld groß zogen.

Später klingelte Francos Mobiltelefon. Laura lud die ganze Männerwohngemeinschaft zu einem Vorfrühlingsgrillen in ihren Garten ein.

Felix wollte den Vormittag mit Weinmeister verbringen. Franco nutzte die Zeit, wieder einmal einzukaufen und unter anderem die Vorräte im Haus zu ergänzen.

Am Universitätsplatz vor der Kollegienkirche hatte sich die Zahl der Marktstände im Vergleich zu den letzten Monaten deutlich erhöht. Das warme Wetter ließ die Salzburger zum althergebrachten Samstagsritual zurückkehren, sich vormittags am Grünmarkt wie auf einem südlichen Corso sehen zu lassen und Grünzeug zu stark überhöhten Preisen einzukaufen. An der Passage vor dem Ritzer Bogen stellten viele Besucher erschöpft ihre schweren Einkaufskörbe ab und aßen heiße Frankfurter Würstel. Nebenbei erörterten die Traditionsbewussten die neuesten Angriffe der modernen Architektur auf die Bausubstanz des alten Salzburgs, auch wenn es in Salzburg kaum so etwas wie moderne Architektur gab. An der Rückseite des Mozart-Geburtshauses brach wieder die Zeit von Prosecco und Canapés an.

Der Grünmarkt war ein Theater, das sich während der Woche etwas gedämpft, am Wochenende dafür umso lauter inszenierte. Regisseure und Schauspieler waren ein und dieselben Personen. Bäcker verkauften neben Gemüseständen, mattweiße moderne Fahrläden platzierten sich neben klassischen, mit grün-weißen Planen bedeckten hölzernen Marktständen. Aussteiger veredelten Oliven und füllten sie mit Anchovis, Schafkäse oder Orangenmus. Selbst Kärntner Fleischer priesen ihre Hartwürste samstags in der Mozartstadt an.

Am Wochenende vereinnahmte der Markt auch die Philharmonikergasse, die den Universitätsplatz mit dem Festspielhaus verband. Landwirte aus dem Salzburger Umland verkauften Eier oder Honig. Die besonders Bauernschlauen deckten sich zuvor bei Diskontläden mit Frischware ein und boten die Waren dann als

„Direkt vom Erzeuger" auf ihren oft nur aus Kisten gezimmerten Ständen an. Alte Weiblein, die Siebenbürgerinnen, hatten feine ländliche Blumensträuße gebunden, die man in keinem noch so noblen Salzburger Blumenladen fand.

Wer über den Grünmarkt spazierte, erlebte ein barockes Sinnenfest, obwohl sich der Marktbetrieb auf eine Länge von drei- oder vierhundert Meter beschränkte. Der Grünmarkt war der bürgerliche Gegenpart zur Schranne, dem donnerstäglichen Volksmarkt vor der Andräkirche auf der gegenüberliegenden Seite der Salzach. Wie oft in Salzburg zahlte man bei den malerischen Einkäufen im Freien den Handelswert plus den barocken Aufschlag, der sich aus historischen Glücksfällen weit in der Vergangenheit speiste. Unterschiedlichste Erzbischöfe hatten ihre städtischen Visionen mit Hilfe italienischer Architekten umgesetzt und die Südländer Plätze und Paläste bauen lassen. Die Stadt Salzburg ernährte sich vielfach aus der Vergangenheit, es kannibalisierte quasi seine Geschichte und hielt die Historie für eine Leistung der Gegenwart.

Franco verstaute seine Einkäufe in einem kleinen grauen Rucksack, den er über die rechte Schulter hängen ließ. Zwei Weißbrotstangen lugten wie Kleinkinder im Huckepack neugierig in die Luft, eine ganze Batterie Oliven verbarg sich bereits im Dunkel der Tasche. Fisch und Lammkoteletts komplettierten den Marktbesuch. Für Laura kaufte Franco darüber hinaus noch eine Staude namens „Tränendes Herz", die bereits Ende April voll blühen sollte. Die ersten rosa Blüten zeigten sich schon.

Vor dem Blumenstand plauderte er kurz mit einem

ehemaligen Studienkollegen, brach das Gespräch aber rasch ab, als er Alexandra Waldegg mit einem Kinderwagen näher kommen sah.

Es war bereits nach elf, und er musste, wenn auch widerwillig, noch ein Spezialgeschäft aufsuchen.

Als Franco gegen zwölf Richtung Alt-Liefering abbog, war es, als wollte der Frühling all seine wiedererstarkten Muskeln spielen lassen und ausprobieren, wie viel Sonne er übers Land verteilen und welche Winkel er mit frischem Licht ausleuchten konnte.

Weinmeister, Felix und Franco kamen zur selben Zeit vor Lauras Gartenwohnung an. Felix riss Francos Autotür auf und fiel ihm sofort um den Hals. Er war bester Laune, zog aber plötzlich die Nase hoch.

„Seit wann riecht es so komisch in unserem Auto?"

„Ja es stinkt wirklich abscheulich. Aber unser Auto ist seit neuestem ein fahrbarer Stall."

Franco stieg aus und holte eine große Weidenkiste von der Rückbank.

Etwas begann darin zu scharren.

„Nein", strahlte Felix, „das gibt's nicht."

Der Junge öffnete die Korbtür und holte ein schwarzes Zwergkaninchen aus dem Käfig. Wie eine Trophäe hob er es über seinen Kopf, um es so besser von allen Seiten betrachten zu können. Das phlegmatische Tier legte die Ohren ängstlich an.

Weinmeister hüstelte verlegen.

Als sich Franco umdrehte, sah er, dass Heinrich einen grauweißen Plastikkäfig in der Hand hielt.

„Jetzt habe ich ein Kaninchenpaar", jubelte Felix

und drückte das schwarze Kaninchen an seine Brust. Er ließ sich von Weinmeister das zweite Kaninchen in den Arm legen und stürmte durch das offene Gartentor am Haus vorbei direkt auf Lauras Terrasse.

Die beiden Männer standen betreten auf dem Parkplatz vor dem Haus und hielten ihre leeren Käfige in den Händen.

„Männchen oder Weibchen?“ fragte Franco.

„Männchen“, sagte Weinmeister kleinlaut.

„Meines auch“, sagte Franco.

Heinrich nickte und trottete kurze Zeit später mit Franco dem Jungen nach, den sie schon von weitem aufgeregt erzählen hörten.

Laura bewohnte das untere Geschoß eines alten Holzhauses. Eine große Linde thronte mitten im Garten, statt den üblichen Thujen hatten die Hausbesitzer unterschiedlichste Sträucher als Gartenbegrenzung angepflanzt. Ein Teil von ihnen öffnete eben die ersten Knospen. Man fühlte sich sofort wie in einem grünen Zimmer, auch wenn die Gartenbeete noch darauf warteten, neuerlich in Besitz genommen zu werden. Alt-Liefering war dörflich, und doch in der Stadt, eine grüne Zone mit kleinen Bauernhöfen und sehr weitläufig verbaut.

Laura kannte Weinmeister nur flüchtig, scherzte aber sofort mit ihm. Ob dazu auch Heinrichs beiger Anzug beitrug, bezweifelte Franco. Der Stoff des Anzugs war im Stile internationaler Zeitungen bedruckt, eine Seite von El País überlappte sich mit Le Monde und dem Guardian, daneben fand sich ein Ausschnitt von der Titelseite der Gazzetta dello Sport. Erst jetzt, nach dem ersten Hasenschock, merkte Franco, in welchem Outfit sein Freund hier aufgetaucht war. Zu spät, um an der schrillen Garderobe etwas zu ändern.

Franco selber trug ein kurzes dunkelrotes T-Shirt zu Jeans. Beim Grillen ging es nie ohne ‚Kollateralschäden' ab. Grillsaucen und Fettreste nutzten immer ihre Chance, sich mit Textilien zu paaren.

Laura umarmte ihren Bruder und schickte die beiden Männer sofort in einen Schuppen, um die Gartenmöbel zu reaktivieren.

Wenig später lungerten die drei Erwachsenen in schweren Korbsesseln auf der Holzterrasse und genossen die Sonne, zusammen mit Campari, den Franco immer als „Lauswasser" titulierte. Wie in einem Ritual versuchte ihm Laura daraufhin sein Glas zu entreißen, wogegen sich Franco heftig wehren musste. Manchmal artete der Streit in eine Balgerei aus, wie man sie eher bei 17-jährigen Verliebten erwartet hätte.

Aller Kritik am knalligen Farbstoff zum Trotz war das Glas mit dem bitteren roten Getränk in der Hand eine Metapher für Entspannung, weshalb Franco den Drink sehr genoss.

Felix jagte zwischen den beiden Kaninchen umher. Sie schienen ebenso aufgeregt wie er und ließen sich im Gras kaum unter Kontrolle bringen. Weinmeister dirigierte den Jungen zu Löwenzahnblättern, weil Felix nicht wusste, womit er die Kaninchen füttern sollte.

Laura war leicht irritiert, welch Stadtkind ihr Neffe geworden war. „Willst du nicht mal ins Grüne ziehen, raus aus deiner balkonlosen Stadtenklave? Als nächstes wird Felix fragen, woher die Milch kommt. Dann lasse ich dich entmündigen", drohte sie ihrem Bruder.

„Ach lass, er ist ein kleiner Stadtindianer, aber durchaus ausbaufähig. Felix kann kochen und mit dem Taxi fahren – und unglücklich scheint er auch nicht."

Für Franco gehörte es zu den großen nichtkäuflichen Luxusdingen, seinem Sohn zuzusehen, wenn der Kleine von einem Spiel oder einer Beschäftigung völlig absorbiert wurde und alles um sich herum vergaß. Der blonde Junge wusste kaum, wie er seine Aufmerksamkeit zwischen den beiden Tieren aufteilen sollte. Vor allem wenn sie in entgegengesetzter Richtung weghoppelten, kam er mit der Betreuung und der Freude über die neuen Schützlinge kaum mehr zu Rande.

Als ihm die Kaninchen schließlich aus der Hand fraßen, beruhigte sich die wilde Jagd auf der Wiese ein wenig. Die Kaninchen legten die Ohren an und widmeten sich ihrem Stoffwechsel. Felix saß wie ein Tierpfleger auf einem kleinen Holzschemel dazwischen.

Franco musste zugeben, dass es sich gelohnt hatte, dem Wunsch seines Kindes nachzugeben. Aber ob sich die neuen Mitbewohner dauerhaft bewähren würden, musste sich erst noch zeigen.

Weinmeister und Laura lachten in der Ferne. Erst als irgendwo Blech schepperte, merkte der junge Polizist, dass er eingeschlafen war. Peinlich, aber es störte niemanden.

Heinrich hatte beim Heranschleppen des Grillers den Rost verloren. Das Metall war laut auf eine steinerne Wegeinfassung gepoltert. Kaum schlug Franco die Augen auf, rief Weinmeister ihn schon zu Hilfe.

„Weißt du, beim Verzehren von Lebensmitteln bin ich kompetenter als bei ihrer Zubereitung."

Weinmeister legte den Rost zurück auf den Grill und holte ein Feuerzeug aus der Tasche. Nachdem er es entzündet und zehn Sekunden wie erstarrt in der Hand gehalten hatte, steckte er es wieder ein.

„Ja, hierzulande braucht man zum Grillen auch Holzkohle“, sagte Franco und stemmte sich aus dem Sessel, in dem er gern noch längere Zeit herumgelungert hätte.

Zwei Stunden später klopfte sich Weinmeister zufrieden auf den Wanst und legte den letzten Rosmarinspieß auf einen Resteteller.

„Sehr respektabel“, meinte er mit einem Nicken zu Franco und Laura.

Im Sitzen zapfte er sich ein weiteres Bier aus dem blechernen Fünf-Liter-Fass, das neben den Salaten auf dem Terrassentisch stand.

Weinmeisters Kaninchen war schwarz-weiß. Es glich einem mutierten Dalmatiner und lief immer wieder zu ein und demselben Busch im Garten, an dessen Knospen es zu knappern begann. Felix steckte es schließlich unter eine ausgediente Obstkiste, um seine kalten Käsekrainer fertig zu essen. Das zweite Tier war nach dem Essen völlig phlegmatisch geworden und hoppelte alle paar Minuten eine Körperlänge weit, um wieder ermattet nieder zu sinken.

Weinmeister hob das Glas. „Mit deiner Zustimmung, lieber Felix, taufe ich den schwarz-weißen Teufel auf den Namen ‚Knabbersbusch‘.“

Felix versuchte höflich zu lächeln und widmete sich sofort wieder seinen Würsten.

Laura und Franco fanden die Idee weitaus origineller und gratulierten zum neuen Familienmitglied.

Weinmeister stand auf, um das Kaninchen mit Bier zu taufen. Laura sprang dazwischen.

„Halt, aber die Idee mit dem Taufen ist gut. Hat eigentlich schon jemand den Tieren Wasser gegeben?"

Felix ließ sein Essen stehen und füllte einen Blumenuntersatz aus Ton bis zum Rand.

Als es gegen vier bereits recht kühl wurde, hatte das zweite Kaninchen den Namen „Mümmel" erhalten – ein Wunsch von Felix. Wenig später schlief der Junge erschöpft auf einem Ledersofa in der Wohnung ein, und im Garten war außer den beiden Kaninchen, die konsterniert unter einer Holzkiste hervorlugten, niemand mehr nüchtern.

Die nächste Holzkiste, die auf Oberhollenzer und Moll wartete, diente weniger idyllischen Zwecken. Sie hatte ohne jegliche Innenausstattung und Schmuck 499 Euro gekostet, war aus Kiefer und enthielt die sterblichen Überreste von Rosa Schwab. Vor allem: Sie steckte noch mehr als zwei Meter unter der Erde und sollte im Laufe der Woche, wenn die Gelegenheit günstig und Brigadier Gokl nicht im Wege war, das Geheimnis von Schwabs Herz preisgeben.

Montag Vormittag ließ Franco aus einem zentralen Register zuerst den Besitzer jenes Autos abfragen, mit dem Alexandra Waldeggs Besucher von der Villa weggefahren war. Der Wagen gehörte zu einem Mann namens Peter Meinhardt. Er wohnte im noblen Stadtteil Anif und war mit 36 Jahren kaum älter als Franco.

Moll beschloss, im Laufe der nächsten Tage eine besonders schlechte Stimmung zu nutzen, um Alexandra Waldegg mit ihrer Rolle als zunehmend Verdächtige vertraut zu machen.

„Was ist, wenn Rosa Schwab eingeäschert wurde?"

Oberhollenzers Frage detonierte so überraschend wie eine unverdächtige Paketbombe.

„Dann müssen wir den Fall wohl oder übel abschließen."

Franco dachte kurz nach.

„Mit Gokls Widerstand können wir uns im Krankenhaus kaum mehr frei bewegen. Oder siehst du andere Chancen?"

Oberhollenzer, wieder in Pinzgauer Tracht, schüttelte den Kopf.

„Heute sollte sich doch ein Praktikant bei uns vorstellen? Das wäre gleich eine Eröffnungsaufgabe für ihn – die Hintermänner der englischen Firma und Rosa Schwabs Bestattungsart herauszufinden."

Wie sie Gokl ausschalten konnten, um die Exhumierung zu veranlassen, war ihnen jedoch noch unklar.

„Was ist mit deiner Schwester, Franco? Die ist doch Journalistin. Können wir unseren eitlen Gokl mit ein bisschen medialem Druck in die richtige Richtung lenken?"

„Wenn er dabei etwas zu gewinnen hat, sicher."

Franco suchte nach den letzten Ausgaben der Polizeizeitschrift „Öffentliche Sicherheit". Eine fand er zusammengeknüllt unter Oberhollenzers Schreibtisch. Sein Kollege hatte das Magazin dazu benutzt, Unebenheiten im Boden auszugleichen und es unter ein Bein seines wackeligen Arbeitsplatzes gestopft. Oberhollenzers knielange Lederhose mit den weißen Wollstrümpfen samt braunem Lodenrock rochen etwas muffig, wie Franco feststellte, während er das Tischbein aufhob und das Magazin hervorzerrte.

Nach kurzem Durchblättern fand Moll, wonach er gesucht hatte. Einen Artikel über unentdeckte Mordfälle. In Deutschland, so hatte eine Reporterin erhoben, wurden jährlich rund 2.400 Tötungsopfer als „natürlicher Todesfall“ bestattet, weil sogar Hals-Nasen-Ohren-Ärzte Totenscheine ausstellen durften und die Ärzte sich selten die Mühe machten, genau hinzusehen. Die deutsche Justiz wurde so nicht einmal auf jeden zweiten Mordfall aufmerksam.

„Wenn wir das einem Kollegen von Laura stecken, dann wird der sicher nachfragen, ob bei uns ein Mörder auch eine Halbe-Halbe-Chance hat, unentdeckt davonzukommen.“

Die Idee machte beiden Vergnügen.

Nach einem kurzen Telefonat wusste Franco, dass seine Schwester in dieser Woche Chefin-vom-Dienst war und damit die Verantwortung für die Nachrichten im Radio trug. Moll steckte eine Kopie des Zeitungsausschnitts ins Faxgerät und ließ die zwei Seiten durchlaufen, während er sich die nächsten Schritte dieses Spiels-über-die Bande laut überlegte.

„Auf die Radiogeschichte wird auch das Fernsehen aufspringen. Gokl wird es sich nicht nehmen lassen, das Interview selbst zu geben, und dann haben wir ihn. Dann kann er nicht mehr raus und muss der Exhumierung zustimmen.“

Gegen halb zehn ging ohne Klopfen die Bürotür auf. Gokl kam mit einem blondgelockten Engelswesen herein. Es konnte kaum älter als 17 Jahre sein.

„Meine Herren, ihre neue Praktikantin."

Franco schlug hastig die zerknitterte „Öffentliche Sicherheit" zu und warf sie in den Papierkorb, während er sich Gokl und der blonden Erscheinung zuwandte.

„Willkommen, aber was sollen wir mit Kindern in unserer Abteilung?"

Statt einer Antwort drehte sich Gokl zu seiner Begleiterin.

„Die Herren bellen zwar heftig, aber sie beißen nicht. Meine Chefinspektoren sind durch den Umgang mit Blut etwas verroht, wie Fleischer in Schlachthöfen. Sie werden schon mit ihnen zu Recht kommen."

Damit ließ er das Mädchen im Büro von Oberhollenzer und Moll zurück. Mit fester Stimme stellte es sich als Martina Pelegrini vor.

„Im Übrigen bin ich älter als ich aussehe und Polizeischülerin."

Sie lächelte. Es war nicht das erste Mal, dass man sie ob ihres jugendlichen Aussehens unterschätzte.

„Wie alt?", fragte Oberhollenzer.

„Das herauszufinden, wird Ihnen als Chefinspektor sicher nicht schwer fallen."

Oberhollenzer gefiel die Antwort. Er räumte den kleinen Tisch ab, auf dem die beiden Männer ihre Kaffeeutensilien zwischengelagert hatten, von der klassischen Familienkaffeemaschine samt verstreut herumliegenden Papierfiltern bis hin zu Bohnen, Mühle und Kaffeepulverresten, die irgendwann ihr Ziel verfehlt hatten. Der bullige Polizist deponierte alles auf dem Boden. Jetzt erst zeigte sich, dass der Tisch schon seit

Monaten kein Putztuch mehr gesehen hatte. Oberhollenzer löste das Problem selber und schrubbte die Flecken rasch weg.

„Sympathisch, ein Mann, der zupacken kann", bemerkte die Praktikantin.

„Ab jetzt sind Sie dran", antwortete Oberhollenzer und stellte den Tisch zum Fenster. „Mit Blick auf den Untersberg, Fräulein."

„Frau", korrigierte Pelegrini und sah die beiden Inspektoren angriffslustig an.

„Wie heißt denn der Kinderschänder?", fragte Oberhollenzer. „Den nehmen wir sofort fest."

„Fräulein gibt's keins", präzisierte die blonde Erscheinung.

„Freut uns, dass Sie nicht so zerbrechlich sind, Frau Pelegrini." Franco streckte ihr die Hand entgegen und gab gleich die Recherchen an sie weiter, die sich die beiden Polizisten für den vermeintlich männlichen Praktikanten aufgespart hatten.

Da Fräulein Pelegrini, wie die beiden Inspektoren sie untereinander nannten, nicht weiter überraschend Computer und Telefon brauchte, überließ Oberhollenzer ihr seinen Schreibtisch. Die beiden Inspektoren räumten das Büro und gingen zu einer LAGE-Besprechung in das gleichnamige Polizeibeisl.

Wirt Bruno war in Normalverfassung, also schlecht gelaunt. Hätte er gelacht und nicht mürrisch durch sein Lokal geblickt, wären Moll und Oberhollenzer voller Sorge gewesen, dass es ihm wirklich schlecht gehe.

Zwei Espressi und ein weiteres Telefongespräch mit Laura brauchten die beiden Chefinspektoren für die Planung ihrer nächsten Züge, um auch gegen den

Widerstand Gokls zu einem lebenden Mörder zu kommen. Hinter den drei Toten konnte nur eine einzige Geschichte stecken, aber möglicherweise eine Gruppe an Tätern. Der gewaltsame Tod des Obdachlosen mit einem brutalen Halsschnitt passte von der Machart so gar nicht zum hochemotionalen Mord am jungen Arzt.

Zweifel blieben dennoch.

Vielleicht waren die Zusammenhänge zwischen den drei Toten nur zufällig. Vielleicht war Alexandra Waldegg verschlagener als sie wirkte. Und vielleicht stimmten Benno Waldeggs Angaben über den Tod von Rosa Schwab gar nicht. Letzteres ließ sich möglicherweise schon in nächster Zeit be- oder widerlegen, vorausgesetzt, die alte Frau ruhte nicht schon reduziert auf eine Handvoll Asche im Urnengrab.

Fräulein Pelegrini konnte zumindest diese Zweifel schnell ausräumen. Sie hatte bei der Verwaltung am Kommunalfriedhof nachgefragt. Schwab war nicht eingeäschert worden. Als Moll und Oberhollenzer ins Büro zurückkamen, lag ein Zettel mit der Nummer des Erdgrabes auf Francos Schreibtisch.

Nach mehreren Telefonaten in tadellosem Englisch, die Oberhollenzer und Moll mithörten, trudelten per Fax die Handelsregisterdaten zu COROSYN PLC ein. Die Firma war erst Mitte des vorangegangenen Jahres gegründet worden und nannte als Zweck die Durchführung klinischer Studien zur Vorbereitung von Arzneimittelzulassungen. 85% von COROSYN gehörten einer großen Arzneimittelfirma, der Rest einem Unternehmen namens GLOBALHEART INC, das seinen Sitz in der Slowakei hatte.

Ein Steuersparmodell, wie die Beamten vermuteten.

Die Slowakei hatte mit dem Beitritt zur Europäischen Union eine niedrige Unternehmensbesteuerung eingeführt, die viele Großbetriebe anlockte, nicht nur die Automultis im Umfeld von Bratislava.

Fräulein Pelegrini wollte wissen, wozu ihre Recherchen dienten. Oberhollenzer und Moll sahen sich an und waren wortlos einer Meinung. Sie würden ihr nicht die ganze Wahrheit erzählen. Noch wussten sie nicht, ob Gokl das blonde Wesen nicht als Informantin in ihr Büro gesetzt hatte. Zu kurzfristig hatten sie von der Idee ihres Vorgesetzten erfahren, ihnen eine Praktikantin anzuvertrauen.

Oberhollenzer erzählte ihr eine Version, die den Waldeggschen Mordfall aussparte.

„Dann wollen Sie wahrscheinlich auch wissen, wer hinter GLOBALHEART steckt, oder?“, schloss Fräulein Pelegrini.

„Ja, natürlich wüssten wir gern, wer daran Interesse haben könnte, Schwabs wahre Todesursache zu vertuschen“, antwortete der wuchtigere der beiden Polizisten.

Franco suchte den Regionalsender auf dem alten Büroradio, ein Gerät, auf dessen Glasfront Sender von Radio Luxemburg bis Radio Monte Carlo im Stil der 60er Jahre aufgedruckt waren. Die Geschichte der unentdeckten Morde aus dem Polizeimagazin hatte es in die Schlagzeilen geschafft. Was nicht weiter verwunderte, da die Nachrichten in den letzten Jahren immer kürzer geworden waren. In den sieben Sendeminuten fand kaum mehr etwas Platz, das nicht schon in den Schlagzeilen angekündigt worden wäre.

Die Reporterin hatte Gokl via Telefon erreicht,

offenbar erst kurz vor der Sendung. Sie las ihren Text live im Studio und versprach sich, etwas atemlos, mehrmals. Bei Gokls Interviewausschnitten glaubte man wiederholt das helle Plopp von Tennisbällen zu vernehmen. Der Brigadier erklärte aber mit großer Überzeugung, wenn auch ohne Fakten, dass Medizin und Polizei hierzulande „ungeklärten Todesfällen" gegenüber viel sensibler seien als in einigen Nachbarländern, über die er nicht urteilen wolle.

Fräulein Pelegrini lauschte mit großer Andacht, Moll und Oberhollenzer gaben vor, den Bericht nur mit einem Ohr zu verfolgen, grinsten einander aber nach dem Beitrag an.

Fräulein Pelegrini drehte sich zu den beiden Polizisten um. „In Deutschland werden angeblich nur 10% aller Todesfälle obduziert, bei uns mehr als ein Drittel. Aber wenn man im Krankenhaus an einem Kunstfehler stirbt, stehen die Chancen auch hierzulande ziemlich schlecht."

Oberhollenzer zog fragend eine Augenbraue hoch.

Fräulein Pelegrini setzte atemlos zu einer Erklärung an, wie eine Musterschülerin, die endlich die Chance hat, ihren Lehrer zu belehren.

„Möglicherweise stellt der Pathologe den Totenschein ohne Untersuchung aus, weil ihm der behandelnde Arzt eine plausible Todesursache nennen kann – zum Beispiel viele Risikofaktoren, die zu Herzversagen geführt haben. Zumindest gibt es im Krankenhaus keinen unabhängigen Gutachter, der die Leichen untersucht. Ich kenne da auch nur die Zahlen aus Deutschland. Aber die gehen dort davon aus, dass 60% aller Todesursachen in den Totenscheinen falsch sind."

„Womit wir beim Thema wären“, unterbrach Franco den Redefluss der Praktikantin. „Deshalb würden wir ja gern wissen, wie es um das Herz von Rosa Schwab steht.“

Fräulein Pelegrini hörte nicht mehr zu. Während Oberhollenzer an ihrem Tisch saß und nachdachte, begann sie an seinem Computer heftig nach slowakischen Telefonnummern zu suchen.

Oberhollenzer brauchte nach dem Mittagessen drei Schnäpse, so schwer lag ihm Brunos Mittagsmahl angeblich im Magen. Mit ekelverzerrtem Gesicht steckte er seinen Flachmann in die Trachtenjoppe zurück.

„Ich hab mich schon immer gefragt, wozu Trachten gut sind“, sagte das Fräulein Pelegrini.

„Sie sind Schnapsbehälter, Fräulein Pelegrini.“

Die junge Frau wollte zu einem Protest ansetzen, Oberhollenzer redete aber so vehement weiter, dass sie die unpassende Anrede über sich ergehen ließ.

„Sie sind Schnapsbehälter, da haben Sie natürlich Recht. Urbane Menschen finden an allen Ecken und Enden alkoholischen Nachschub, der rustikale Mensch muss sich dezentral organisieren und Maßnahmen zur Selbstversorgung treffen.“

Oberhollenzer wandte sich scheinbar gelangweilt ab. Er schien im Augenblick keine Lust auf Widerrede zu haben.

Die Praktikantin rollte mit den Augen und drehte sich zurück an ihren Arbeitsplatz.

Gegen drei kam der erwartete Anruf von Laura. Noch während des kurzen Gesprächs mit seiner

Schwester nickte Franco Oberhollenzer auffordernd zu, der daraufhin sein Mobiltelefon packte.

„Jetzt ist ein guter Zeitpunkt, mit unserem Chef ein ernstes Wörtlein zu reden.“ Damit verschwand Oberhollenzer Richtung Gang. Er hatte einen besseren Draht zu Gokl als Moll.

Manchmal amüsierte Franco das blasierte Getue seines Vorgesetzten zwar, aber da sich dessen Funktion auf die Überwachung der Abteilung beschränkte und in keiner Weise auf die Förderung der Mitarbeiter und ihrer Arbeit ausgerichtet war, sah er Gokl zunehmend als Bremsklotz, als einen jener Typen, die Ermittlungen immer wieder unnötig erschwerten. Gokl agierte nach anderen Spielregeln als seine Beamten. Während den Indianern, wie Franco die „Arbeiter“ in der Behörde nannte, eingetrichtert wurde, dass sich Leistung bezahlt mache, versuchte Gokl das Verhältnis seiner Abteilung zur Politik zu kontrollieren und seine Rückhand zu verbessern.

Oberhollenzer hatte das Gespräch auf dem Gang sehr laut geführt, so, als müsse er enorme Übertragungsschwierigkeiten überschreien.

„Welch Zufall“, versuchte Oberhollenzer ernst zu sein, als er ins Büro zurückkam. „Ich hab unseren Vorgesetzten mitten in einem Fernsehinterview gestört. Die Reporter haben unser Gespräch jetzt auf Band, weil ich angeblich so laut war. Peinlich, peinlich.

Moll wollte etwas Anderes hören. „Und?“

Oberhollenzer schmunzelte.

„Wir können die Exhumierung beantragen.“

Gokl war am Dienstag gut gelaunt. Er hatte sich am Vorabend im Lokalsender wieder einmal als kompetenter Hüter von Recht und Ordnung profiliert. Deshalb maßregelte er seine Beamten nicht einmal wegen der Eile, mit der sie noch Montagnachmittag die richterliche Genehmigung für die Exhumierung Rosa Schwabs eingeholt und mit der Friedhofsverwaltung einen Termin vereinbart hatten. Sie wussten nicht, ob Gokl seine Meinung nicht bald wieder ändern würde, wenn die Öffentlichkeit den Fernsehbeitrag vergessen hatte. Und das würde spätestens heute Abend bei der nächsten Ausgabe des lokalen Nachrichtenmagazins der Fall sein. Schließlich hatten Nachrichten die Halbwertszeit einer Leberkäsesemmel.

„Keine übereilten Schlussfolgerungen, meine Herren", rief Gokl seinen Beamten nur nach, als sie das Gebäude verließen und ihrem Chef zufällig über den Weg liefen.

Die beiden Polizisten nahmen Fräulein Pelegrini mit zum Kommunalfriedhof. Franco sah seinen Kollegen am Steuer in sich hinein grinsen. Er wusste, dass Oberhollenzer sich vornahm und heftig daran arbeiten würde, der Praktikantin die latente Grässlichkeit ihres Berufes zu zeigen. Da Rosa Schwab erst vor knapp drei Wochen verstorben war, ersparte sich die Gerichtsmedizinerin Sandra Szifkovits den Weg zum Friedhof. Die Leiche würde noch weitgehend intakt, wenn auch nicht mehr ansehnlich sein.

Das Polizisten-Trio parkte am Nebeneingang des Kommunalfriedhofs im Stadtteil Morzg, direkt vor dem Krematorium in der Gneiser Straße.

„Ist das ein Scherz, dass wir die Alte wieder ausgraben sollen?", meinte einer der zwei Totengräber, die vor dem Verwaltungsgebäude auf die Beamten warteten.

Franco schüttelte den Kopf und stellte sich und seine Kollegen vor.

„Dachte nur, weil heute erster April ist", murmelte der Totengräber mürrisch.

Schweigend ging die Truppe hinter den beiden Arbeitern her. Wasser tropfte von den Bäumen. Es hatte erst kurz zuvor genieselt. Bei Sonnenschein schien der Waldfriedhof wie eine Erholungsoase am Rande der Stadt. 20.000 Gräber verteilten sich zwischen einer Unzahl von Laub- und Nadelbäumen über 25 Hektar, und hätten die Toten den Ausblick genießen können, sie hätten im Süden ein idyllisches Panorama von Bergzügen gesehen. Jetzt hingegen präsentierte sich der Kommunalfriedhof in malerischer Tristesse unter einem wolkenverhangenen düsteren Himmel.

Auf einzelnen Gräbern brannten Lichter in roten Plastikbechern. Eine Katze lief ruhig einen Kiesweg entlang, als gehörte dies zu ihrer täglichen Routine. Frauen in braunen Mänteln gingen langsam zu den Gräbern ihrer längst verblichenen Männer.

Fräulein Pelegrini bemerkte, dass die Arbeiter keinerlei Werkzeug mit sich trugen.

Oberhollenzer zuckte mit den Schultern, niemand wollte reden.

Nach fünf Minuten Gehzeit machten die Totengräber vor einem schmucklosen offenen Grab Halt. Ein Holzkreuz lag neben einem Erdhaufen, daneben Schaufeln.

„Der Sarg liegt zweifünfzig tief", sagte der zweite Totengräber. „Wir haben mit dem Friedhofsbagger schon mal bis auf einssechzig ausgehoben. Den Rest müssen wir mit Muskelkraft erledigen. Haben aber vor der Jause schon ein bisschen hinuntergearbeitet.“ Damit packten die Totengräber Lederhandschuhe aus. Ein Mann sprang samt Schaufel ins Grab, der andere stand auf seinen Spaten gestützt am Rand der Grube. Er kontrollierte das Brett, mit dem der Erdhaufen daran gehindert wurde, ins Grab zurückzurutschen, und stampfte mit seinem Stiefel fest auf zwei Verankerungen, die den Holzpfosten hielten.

Langsam wurde die Erdschicht über dem Sarg dünner. Der regnerische Tag dämpfte alle Geräusche. Kaum hörbar fielen die Brocken, die der Totengräber aus dem Grab warf, auf den Berg Erde.

Vom Eingang her näherte sich in Schritttempo ein Leichenwagen. Er reversierte und hielt knapp vor dem offenen Grab. Einer der zwei schwarz gekleideten Angestellten des beauftragten Bestattungsinstituts grüßte mit einem Nicken und ging dann ein Stück weg, um eine Zigarette zu rauchen. Der Fahrer blieb im Auto und hörte Radio. Ein fröhlicher Engländer riss im Jugendsender Witze, seine Assistentin lachte mit hoher Stimme dazu.

Dumpf schlug die Schaufel des Totengräbers auf Holz. Er warf sie aus dem Grab neben den Erdhaufen, stieg aus der Grube und überließ seinem Kollegen den Rest der Arbeit.

Vorsichtig trug der Mann im Grab die Erde auf dem Sarg ab. Aus Angst, die billige Holzkiste darunter könnte einbrechen, stand er breitbeinig auf den seitlichen Erdwällen in der Grube. Langsam arbeitete sich der Totengräber vorwärts und schälte das Behältnis, in dem Rosa Schwab ihre letzte Ruhe finden hätte sollen, mit kleinen Spatenstichen aus der lehmigen Erde.

Fräulein Pelegrini trat einen Schritt zurück, als die Holzoberfläche sichtbar wurde. Franco sah das bleiche Mädchen kurz an, sagte aber nichts.

Eine halbe Stunde später versenkten die Totengräber den erdigen Sarg in einer Zinkwanne, die die Leichenbestatter aus ihrem Wagen geholt hatten. Leise schlossen die beiden Bestatter den Deckel und ließen den sterilen Transportsarg auf einer Schiene in das schwarze Auto laufen.

„Gerichtsmedizin, richtig?", fragte der noch sehr junge Fahrer, der braungebrannt und mit modischem Haarschnitt wie das blühende Leben aussah.

Franco nickte.

„Richten Sie Dr. Szifkovits aus, sie soll warten, bis wir da sind."

Als das Trio die Stufen ins Souterrain der Gerichtsmedizin hinunterstieg, lag bereits ein Hauch von Ameisensäure in der Luft. Es war der Geruch des konservierten Todes.

Fräulein Pelegrini rümpfte die Nase.

„Formalin", sagte Franco.

Oberhollenzer wandte sich der Praktikantin zu.

„Haben Sie nie im Wald gespielt?"

Fräulein Pelegrini schüttelte den Kopf.

„Im zehnten Bezirk in Wien gibt es keinen Wald."

„Armes Favoritener Kind", scherzte der korpulente Polizist. „Wenn Sie neben einem großen Ameisenhaufen stehen, dann riecht es dort auch oft stechend. Das ist genau dieser Geruch, allerdings noch etwas konzentrierter. Die Leichen oder Teile davon baden nur in einer 35%igen Lösung."

Franco hielt die Tür zur Gerichtsmedizin auf.

„Nach dieser kleinen theoretischen Fortbildung schauen wir uns die Praxis an."

Szifkovits hatte bereits einen Mundschutz umgebunden. Grußlos regte sie an, die Polizisten sollten bei der Tür stehen bleiben.

„Das hat sich bei Exhumierungen bewährt, glauben Sie mir." Durch den Mundschutz klang ihr Kichern etwas abartig.

Der hölzerne Sargdeckel lag auf einer Plastikplane, weit weg vom chromglänzenden Untersuchungstisch.

Drei vermummte Helfer verschwanden bis zu den Ellbogen im Zinksarg, der auf einem Untergestell mit Rädern ruhte. Sie zählten bis drei und hievten die Leiche auf den Tisch. Die Tote war weitaus größer als die Polizisten vermutet hatten.

Szifkovits drehte die kreisrunde Lampe über dem Seziertisch so, dass die Polizisten das Gesicht der Toten im Gegenlicht nicht sehen konnten. Franco schien es, als wäre Fräulein Pelegrini noch bleicher geworden.

Mit großen Scheren schnitten die Assistenten die Kleidung von der Leiche und hoben die äußeren Lagen unter Anleitung der Gerichtsmedizinerin vorsichtig ab. Der Körper war an einigen Stellen aufgedunsen und schwarz, an anderen hatte sich dünner grün-grauer Schimmel breit gemacht. Die Farbe der Leiche erinnerte nur mehr entfernt an Haut. Die Hände schienen hingegen wie gegerbtes Leder, wenn auch sehr dunkel. Der Tod hatte die kleine Frau innerhalb von nur drei Wochen völlig deformiert.

Sandra Szifkovits nahm ein Stück Bluse vom Brustkorb der Toten. Darunter wurde eine grobe Naht sichtbar, die den Oberkörper der Leiche wie ein Reißverschluss zusammenzuhalten schien. Die T-förmige Naht lief in Halbmondform um den vorderen Teil des Halses und das Brustbein entlang abwärts bis zum Nabel.

Als die Gerichtsmedizinerin das Licht der OP-Lampe auf das Gesicht der Toten richtete und gleichzeitig in ein Diktiergerät zu sprechen begann, hatte Oberhollenzer genug.

„Ich geh' eine rauchen."

Fräulein Pelegrini rief ihm nach.

„Ich brauch jetzt auch einen ‚Tschick'."

Und war ebenfalls verschwunden.

Szifkovits nahm die Szene beifällig mit Kopfnicken zur Kenntnis. Sie inspizierte die Leiche von Kopf bis Fuß und ließ sie dann von den Assistenten auf den Bauch drehen.

„Äußerlich ist nichts wirklich ungewöhnlich", sagte sie in Richtung Franco, ohne den Blick von der Toten zu lassen. „Das ist halt der übliche Pathologenschnitt, den Sie vorhin gesehen haben."

Als der Körper wieder auf dem Rücken lag, griff die Gerichtsmedizinerin nach dem chirurgischen Besteck auf einem Beistelltisch.

Sie nahm eine Verbandschere und begann schnell und bestimmt die groben Nähte im Oberkörper der Toten aufzuschneiden. Erst als sie die Haut über dem Brustkorb wie Fensterflügel nach außen zu klappen begann und darunter die angesägten Rippen zum Vorschein kamen, verabschiedete sich auch Franco.

Fräulein Pelegrini und Oberhollenzer standen vor dem Eingang und hielten kleine Colaflaschen in der Hand.

„Jetzt weiß ich, wie Menschen zu Rauchern werden“, versuchte Moll sich wieder ins Leben zurückzuscherzen.

„Ich bin ja wirklich neugierig“, antwortete Oberhollenzer und reichte Franco seine Flasche, „aber alles muss ich auch nicht wissen.“

„Rauchen Sie wirklich?“, wandte sich Franco nach einem Schluck an das Mädchen.

„Keine Zigaretten“, sagte Fräulein Pelegrini. Und grinste bleich und breit.

Der Nachmittag im Büro war sehr ruhig. Die Strapazen des Vormittags hatten die Polizisten unkommunikativ gemacht. Der einzig wichtige Anruf war für Fräulein Pelegrini. Von der Niederlassung der österreichischen Handelskammer in Bratislava erfuhr sie die Namen der Männer hinter GLOBALHEART INC. Geschäftsführer war ein Salzburger namens Peter Bruckmann. Er hatte die Firma vor drei Jahren eintragen lassen.

„Peter Bruckmann ist ein Steuerberater mit einer eigenen Kanzlei“, erklärte Fräulein Pelegrini, nachdem sie kurz im Internet gesucht hatte. „Sein Büro hat er in der Augustinergasse hinter dem Müllner Bräu.“

„Da werden wir wohl einen Termin ausmachen“, sagte Oberhollenzer, der beim Wort „Müllner Bräu“ wieder auflebte. „Wann sperrt denn das Bräu auf? Um vier? Dann machen Sie uns doch für morgen, halb vier, einen Termin bei Bruckmann, Fräulein Pelegrini!“

„Ich bin zwar nicht Ihre Sekretärin, aber entgegenkommend, Herrlein Chefinspektor.“

Damit beugte sich Martina Pelegrini über ihre Tastatur.

Beiden Kommissaren war klar, dass der Steuerberater bestenfalls als Strohmann an der Spitze der Firma stand und im Auftrag eines Kunden handelte.

Gegen drei begann Franco unruhig auf den Tisch zu trommeln. Szifkovits hatte versprochen, so bald wie möglich einen telefonischen Vorbericht der Obduktion an der exhumierten Leiche zu geben. Vom Zustand des Herzens hing ab, ob die Kommissare im Umfeld der Ärzteschaft nach einem möglichen Täter suchen sollten.

Der Anruf kam erst knapp vor vier.

„Ich habe die Aufzeichnungen, die Sie beim toten Arzt gefunden haben, genau studiert“, sagte die Gerichtsmedizinerin. „Die Gefäße, die zum Herzen führen, waren nicht mehr im besten Zustand. Die stabile Angina Pectoris ist damit sehr wahrscheinlich richtig diagnostiziert. Wir haben nur ein Problem.“

Sie zögerte, als wüsste sie nicht, wie sie es einem Laien erklären sollte.

„Die Leiche hat kein Herz mehr.“

Es klang wie Donnergrollen und blechernes Scheppern zugleich. Oberhollenzer hatte mit der Faust auf den Tisch geschlagen, nachdem Franco ihm entgeistert vom Ergebnis der Obduktion berichtet hatte.

„Sollen wir jetzt in ganz Salzburg nach dem Herzen einer alten Frau suchen? Vielleicht hat es ja irgendein findiger Junge an einen Hund verfüttert, um alle Spuren aus der Welt zu schaffen. Oder es verbrannt oder was auch immer.“

Franco deutete ihm mit der Hand, er möge sich beruhigen.

„Gehen wir das Ganze noch einmal logisch durch, okay?“

Benno Waldegg hatte das Herz in seinen Aufzeichnungen beschrieben. Sehr wahrscheinlich war die alte Frau vorher von keinem Pathologen untersucht worden. Zumindest hatte Waldegg nichts davon berichtet.

Oberhollenzer und Moll verglichen das Datum des Totenscheins mit jenem der Obduktion. Waldegg hatte die Frau einen Tag nach ihrem Tod seziert. Was ungewöhnlich war, da Leichen normalerweise sehr schnell nach der offiziellen Freigabe von den Bestattern abgeholt werden mussten. Vielleicht ein Zufall, vielleicht auch Instinkt Waldeggs, der gewusst hatte, dass mit Schwabs Tod etwas nicht stimmte.

Fräulein Pelegrini löste dieses Rätsel recht bald. Über die Friedhofsverwaltung machte sie den Bestatter ausfindig, der ihr wiederum anhand seiner Arbeitspläne sagen konnte, dass er Rosa Schwab am 10. März gegen 8 Uhr früh abgeholt hatte. Aufgrund eines Irrtums später als geplant, wie der Bestatter entschuldigend hinzufügte.

Moll lehnte sich zurück und verschränkte die Hände hinter seinem Kopf. „Waldegg hatte ein dreistündiges Zeitfenster für seine private Autopsie. Ich nehme an, dass er um halb sieben oder spätestens sieben Dienstbeginn hatte. Er muss also sehr schnell gewesen sein, auch um nicht erwischt zu werden.“

Oberhollenzer atmete tief durch und schien wieder etwas ruhiger.

„Du meinst, er hat das Herz abgezweigt?“

Franco nickte.

„Bevor wir keine bessere Theorie haben, sollten wir von dieser Möglichkeit ausgehen."

Moll begann seine Notizen durchzublättern. Hin und wieder sprach er mit sich selber. Seine beiden Kollegen lächelten sich komplizenhaft an.

„Da gab's doch auch noch einen Einbruch in die Spinde, erinnerst du dich?", fragte Franco, ohne von seiner Mitschrift aufzusehen. „Auch der von Waldegg wurde aufgebrochen. Das war kein Zufall. Wenn du mich fragst, haben die kein Geld und keine Handies gesucht, sondern das Herz von Rosa Schwab."

„Und hoffentlich nicht gefunden. Oder würdest du ein gestohlenes Herz in deinem Spind aufbewahren?"

Oberhollenzer hob fragend die Augenbrauen und wartete auf Francos Reaktion.

Moll schüttelte den Kopf.

„Wenn er tatsächlich so blöd war, das Herz im Spind zu lagern … darüber sollten wir besser nicht nachdenken."

Franco war nervös. Und etwas gereizter als sonst. Daheim, in der Wohnung unter der Südflanke des Festungsbergs, versuchte er seine Unruhe zu verbergen. Am liebsten wäre er allein gewesen und hätte Felix nach dem Essen ins Bett oder spielen geschickt. Andererseits tat dem neuen Mitbewohner Weinmeister das Familienleben gut. Heinrich hatte seinen Alkoholkonsum eingeschränkt und sogar gekocht.

Franco musste sich um nichts kümmern, nicht einmal um das Telefonkabel, das eines der Kaninchen angeknabbert hatte. Heinrich ersetzte es ohne viel Aufhebens durch ein neues. Und er war hilfsbereit und verständnisvoll wie eine Frau aus einem Groschenroman. Er ließ Franco in Ruhe, versuchte auch nicht die Tagesreste mit ihm zu besprechen, sondern widmete sich dem lustigen Jungen.

Felix beeilte sich seinem Vater zu versprechen, die Tiere am nächsten Tag „auf Urlaub" zu seiner Tante in den Garten zu bringen. Sie würden Reisekaninchen werden, die zusammen mit einer Niederlassung beim alten Viktor Moll zwischen drei Wohnungen pendeln sollten.

Felix war jedenfalls bester Laune. Das Loch, das Knabbersbusch in seine Couch gefressen hatte, deckte er, gestärkt von Heinrichs komplizenhaftem Einverständnis, mit einem Polster zu.

Als Franco den Jungen gegen neun zum Zähneputzen schickte, blieb Weinmeister im Gang zum Badezimmer vor dem rot leuchtenden Acrylherz stehen. Moll hörte ihn tief seufzen.

Franco fühlte sich auch am nächsten Tag noch fahrig. Ein Morgen wie Gewitter in der Seele. Wo immer die sitzen mochte. Etwas in ihm bebte und verhinderte klare Gedanken.

Als die Haustür hinter ihm ins Schloss fiel und er einen schwarzen Audi über die alte Nonntaler Straße fahren sah, wusste er zumindest, womit er den Tag beginnen würde.

„Dr. Benno und Dr. Alexandra Waldegg" – das goldene Hausschild, das er vor knapp zwei Wochen zum erstem Mal gesehen hatte, das Hausschild, auf dem der Mann zuerst angeführt war und sogar eine alphabetische Reihung übergangen hatte – es schien ihm wie eine gutbürgerliche Staffage, die nicht informierte, sondern verdeckte.

Franco begrüßte die Psychologin diesmal mit Titel und schlug eine Einladung zum Kaffee eher brüsk aus.

„Moll heute ganz in Moll", schmunzelte Alexandra Waldegg.

Der Kommissar reagierte nicht auf die Bemerkung.

„Wie gut kennen Sie sich mit Menschen aus?", fragte er, noch während er mit ihr in die Wohnküche ging.

Die Psychologin schien über die Frage überrascht und zögerte.

„So gut wie andere auch."

„Sie müssten es doch gewohnt sein, Ihr Gegenüber in die von Ihnen gewünschte Richtung zu steuern", setzte Franco bewusst uncharmant nach.

Alexandra Waldegg setzte sich und begann nachdenklich die Haare um ihren Zeigefinger zu wickeln.

„Da haben Sie ein falsches Bild von meiner Arbeit. Das ist das Klischee. Ich bringe Patienten nur dazu, sich ihrer Stärken und Widersprüche bewusst zu werden. Ich versuche sie dort zu korrigieren, wo sie mit ihrem Leidensdruck nicht zurechtkommen. Aber das sind professionelle Methoden, die man in jedem Fachbuch nachlesen kann. Mit Manipulation im engeren Sinn hat das wenig zu tun."

Ruhig fügte sie hinzu.

„Das ist Arbeit, nicht Laienschauspiel."

„Halten Sie es für möglich, dass Sie mir einiges verschwiegen haben?", fragte Franco ohne Pause.

Die junge Frau sah ihn irritiert an. Sie schüttelte den Kopf. „Ich dachte, ich hätte Ihnen mehr gesagt, als Sie sonst von fremden Menschen erfahren, mit denen Sie an einem Tisch sitzen und Bier trinken."

Ihre Antwort verebbte ohne erkennbaren Widerhall in Francos Kopf.

„Wie lange geht das schon zwischen Ihnen und Peter Meinhardt?"

Bei Alexandra Waldegg schien eine Sekunde lang der Atem auszusetzen. Starr und aufrecht wie eine Steinplastik saß sie vor dem Holztisch, dessen zweiter Platz verwaist wirkte. Dann sackte sie zusammen und antwortete leise.

„32 Jahre."

Hilflos sah sie sich im Raum um.

„Peter ist mein Bruder."

Der Raum hatte jegliche Temperatur verloren. Er schien Sekunden lang aus der Zeit genommen. Dann drehte sich Franco um. Noch mitten in der Bewegung merkte er, dass dies nur ein Fluchtimpuls war. Beschämt wandte er sich zu Alexandra zurück.

Sie sah ihn nun unverwandt an.

„Jetzt hätte ich doch gern einen Kaffee", sagte der junge Kommissar und fühlte sich wie ein 17-jähriger Heißsporn, der bei einer lächerlichen und peinlichen Mutprobe ertappt worden war.

Kurze Zeit später hatte sich die Unruhe in ihm gelegt. Sie schien ihn geradezu fluchtartig verlassen zu haben. Ein Seitenblick auf Alexandra Waldegg zeigte ihm, dass der Unruheparasit eine neue Wohnstätte gefunden hatte. Der Blick der Psychologin irrte ziellos umher. Sie konnte dem Besucher kaum mehr in die

Augen sehen, als störe er ihre Zeitrechnung, und wenn, dann streifte ihn Alexandras Aufmerksamkeit nur.

Franco bemühte sich, nicht ohne Schuldgefühl, die junge Frau nach dem unerfreulichen Gespräch vom Beben in ihrem Inneren zu befreien. Er erzählte ihr wie als Wiedergutmachung, was in den letzten Tagen passiert war und welche Aufzeichnungen Benno Waldegg hinterlassen hatte.

Alexandra schien nicht wirklich überrascht.

„So etwas passt zu ihm. Benno konnte nicht verlieren. Damit hat er sich gegen ein K.o. aufgelehnt. Wenn Sie mich fragen, dann hat er das Herz als Druckmittel irgendwo in Sicherheit gebracht."

„Denken Sie, er hat das Herz hier im Haus deponiert?"

„So wie Sie mir das geschildert haben, würde mich das wundern, Herr Kommissar. Ich habe ihn zwischen dem 10. März und seinem Tod am 12. nur zweimal kurz abends gesehen. Er war energievoll wie immer und nicht wirklich ansprechbar. Ein Zeichen, dass ihn etwas sehr beschäftigte. Dass er etwas zu lösen hatte."

„Darf ich trotzdem in seinem Büro nachsehen?"

Alexandra Waldegg nickte.

Schweigend gingen sie nebeneinander über eine Holztreppe in den ersten Stock. Die Treppe war so perfekt gebaut, dass sie keinen Ton von sich gab, nicht einmal den leisesten Knarrer.

Der Büroraum glich eher einer technischen Lagerhalle als einem Schreibzimmer. Es war das Spielzimmer eines Buben, der unterschiedlichste Hi-Tech-Neuerungen ausprobiert und gleich wieder weggeworfen hatte, kleine Wunderdinge, die selten das konnten, was sie versprachen – Mobiltelefone mit zig Funktionen oder HiFi-Geräte wie aus einem Messekatalog, Laserpointer, die der junge Arzt von Pharmafirmen bekommen hatte, oder nur halb ausgepackte DVDs. Verschiedentlich raschelte noch Verpackungsmaterial unter Francos Füßen. Waldegg schien seiner Hi-Tech-Geräte mitten im Spiel überdrüssig geworden zu sein.

Moll war nicht klar, wonach er suchen sollte und in welchen Behältnissen man gestohlene Herzen lagerte. Manchmal wusste man ja nicht einmal, wo man das eigene Herz hatte. Er öffnete alle Schachteln und Laden, jedes Etui und jeden Karton.

In einem schmalen Spalt zwischen Regal und Wand fand er einen silbernen Alukoffer. Trotz eines Zahlenschlosses ließ sich der Behälter sofort öffnen. Waldegg hatte darin eine Fotoausrüstung aufbewahrt.

Aus reiner Neugier drückte Franco den Ein-Schalter der Digitalkamera und betrachtete das letzte Bild. Es zeigte Details eines Paares beim Sex – verschränkte Körper ohne Kopf, manchmal leicht unscharf in Schwarz-Weiß, aber trotzdem mehr als deutlich. Die langen Haare der Frau waren nur mehr am Fotorand zu sehen, reflektiert von der verspiegelten Wand hinter dem Bett. Die Fingernägel, die sich an die Hüfte des Mannes drückten, wirkten kurz und sehr hell lackiert.

Auf dem nächsten Foto sah Franco eine üppige Frau vom Bett aufstehen. Erst beim Zoomen des Gesichtes erkannte er Isabella Sturm. Sie erschien ihm viel jünger, viel agiler als im Spital, aggressiv erotisch und gleichzeitig erwartungsvoll unterwürfig.

Franco hörte Alexandra Waldegg näher kommen und schaltete die Kamera sofort aus.

„Darf ich den Apparat mitnehmen?“

„Natürlich, ich hab eine eigene.“

Die junge Frau lächelte jetzt wieder, wenn auch ein bisschen gedrückt.

Zehn Minuten später gab Franco seine Suche auf. Er hatte das Spielzimmer gründlich inspiziert und die Witwe ohne großen Erfolg nach anderen „Aufbewahrungsstätten“ ihres Mannes gefragt, aber nichts gefunden, was mit der medizinischen Tätigkeit von Benno Waldegg in Zusammenhang stand, ausgenommen eine Reihe von Fachbüchern in einem Edelstahlregal.

Als Franco mit dem Alukoffer die Villa verließ, fragte ihn Alexandra Waldegg, wann er denn wiederkommen werde, um sie zu verdächtigen. Es klang nur halb wie ein Scherz.

Franco Moll beschloss, Maria Droste über die Exhumierung zu verständigen. Er stellte sein Auto, nicht ohne Groll über die überzogenen Preise, am Gebührenparkplatz in der Kaigasse ab. Wie aus einem finsteren Loch stieg er über die am unteren Ende enge sonnenlose Nonnbergstiege der Helligkeit unter der Festung entgegen.

Maria Droste freute sich überschwänglich über den Besuch. Sie setzte sofort Kaffee auf und entschuldigte sich im Vorhinein, dass sie selber keinen trinken würde, weil sie sonst noch aufgeregter werde.

Franco wollte sie davor bewahren, unerwartet vor einem geöffneten Grab zu stehen.

Die alte Dame hatte sich vorgenommen, erst kurz vor ihrer Abreise Rosas letzte Ruhestätte zu besuchen. Sie fühle sich noch nicht stark genug dazu. Man werde durch die Friedhofsgänge immer wieder auf die eigene Endlichkeit zurückgeworfen.

Seit sie bei einem Seniorennachmittag eines Pfarrers gewesen war, lag ihr das Thema überhaupt nicht mehr. Der „feinfühlige" Seelsorger hatte an die Pensionisten Papiermaßbänder aus einem Möbelhaus ausgeteilt. Die Männer mussten die Streifen bei 75 durchtrennen, die Frauen bei 80, und den kurzen Rest wegwerfen.

Das lange Stück würde genau der durchschnittlichen Lebenserwartung entsprechen, hatte der Pfarrer doziert.

Als nächstes hatten die alten Leute auch noch ihr eigenes Lebensalter vom papierenen Maßband abreißen müssen. Letztendlich hätten sie mit winzigen Papierfetzen dagesessen, ratlos und deprimiert. Im Brustton der Überzeugung, seinem Publikum das „Tempus Fugit“ beigebracht zu haben, hätte der Pfarrer dann erklärt, dieser Rest wäre das, was den alten Leuten im Schnitt noch an Lebenszeit bliebe. Manche hätten nur mehr ein oder zwei Zentimeter in ihren Händen gehalten, zutiefst lächerliches Konfetti mit immenser Bedeutung. Sie hätten es zwischen ihre Finger geklemmt, als gehe es jetzt tatsächlich um alles und als müsse man nur stark genug daran festhalten, um sein Leben nicht zu verlieren.

Ein 83-jähriger Mann habe wie scheintot dagesessen, die Hände auf den Knien. Papier sei ihm bei der Übung ja keines übrig geblieben. Und als einer Frau ihre letzten eineinhalb Papierjahre aus der Hand fielen und sie beim Bücken vom Sessel kippte und sich die Hand brach, sei der Seniorennachmittag im Pfarramt endgültig gelaufen gewesen.

Jetzt lächelte Maria Droste über die Szene. Der Schock saß trotzdem tief. Ihr Leben sei in der Welt des Pfarrers nur mehr „so lang". Dabei spreizte sie Daumen und Zeigefinger rund fünf Zentimeter auseinander, als würde sie Franco die Dimensionen eines sehr kleinen Objekts vor Augen führen wollen.

Ohne Zittern goss Droste Kaffee in eine Schale aus Lilienporzellan. Stolz stellte sie danach vor Franco eine Esterhazy-Schnitte hin, die sie – auf Verdacht, wie sie sagte – in der Früh von einem Café geholt hatte. Eine Idee, die ihr beim täglichen Morgenspaziergang durch die Stadt gekommen sei.

Während Franco zum zweiten Mal frühstückte, erzählte ihm Maria Droste von ihrem Leben in Hamburg. Und dass alte Männer viel älter seien als ältere Frauen und so ungern reisen würden. Alleine mache es ihr auch keinen Spaß. Und mit Frauen desselben Alters sei es schwierig, weil die über ihr Leben nur mehr jammern würden, was sie überhaupt nicht verstehe. Statt sich zu freuen, dass man so alt geworden sei.

Worauf Franco erklärte, dass sie in ihrem Fall noch gar nicht von „alt" reden könne. Was Maria Droste geschmeichelt dementierte, nicht ohne dabei wie eine flirtende 17-jährige mit den Augen zu zwinkern.

Später kramte sie die Fotoalben von Rosa Schwab aus einem alten Sekretär hervor. Der Ledereinband war brüchig. Franco sah eine hübsche junge Frau wie in einem Zeitraffer immer älter werden und trotzdem den Mut in ihren Augen nie verlieren. Es tat gut, ein lebendiges Bild zu einer Toten zu haben, deren Herz man verzweifelt suchte.

Als Franco eben die Kameraausrüstung Waldeggs am Schreibtisch abstellte, läutete das Telefon. Gokl ließ ihn über die Vorzimmerdame zum Rapport vorladen.

Es würde also Schwierigkeiten geben. Ohne Eile zog Franco wieder sein Ledersakko an und stieg in den dritten Stock hinauf.

Der Brigadier saß im schweren Ledersessel vor dem Fenster. Durch das Gegenlicht konnte Franco kaum seine Züge ausmachen.

„Erzählen Sie mal von Ihrer Herzenssache. Nachdem wir das alte Weiblein schon ausgebuddelt haben, möchte ich auch wissen, was dabei heraus gekommen ist."

Francos Wiedergabe der Ereignisse samt herzloser Leiche schien Gokl nicht sehr zu befriedigen. Die mögliche Verbindung mit einem klinischen Versuch ließ Moll aus.

„Und was machen wir jetzt? Tun, als wäre nichts gewesen und die Dame wieder eingraben?"

Der junge Kommissar richtete sich in seinem Sessel auf. „Es ist sehr wahrscheinlich, dass der Tod von Waldegg und das fehlende Herz zusammenhängen."

Gokl strich sich wiederholt mit Mittelfinger und Daumen über die Lippen. „Das klingt für mich ein wenig nach Horrorgeschichte. Kann es sein, dass Sie durch Ihre lebhafte Phantasie etwas überreagieren?"

Franco reagierte ohne Zögern.

„Nein. So viele Zufälle gibt es kaum. Eine verschwundene Krankenakte, ein verschwundenes Herz, und genau jener, der das Herz zuletzt gesehen hat, verstirbt bald darauf unter den Messerstichen eines offenbar Rasenden. Glauben Sie da noch an Zufälle?"

Gokl antwortete nicht.

Franco setzte nach.

„Stellen Sie sich vor, die Presse bekommt davon Wind. Sie haben ja kürzlich erst im Fernsehen gesagt, dass alle Leben gleich viel wert sind."

„Aber Rosa Schwab ist nicht mehr am Leben. Sie ist eine Leiche", antwortete Gokl schnell, wie um Franco zu stoppen. Gleichzeitig hatte die Erwähnung der Medien den Brigadier etwas verunsichert.

„Wie wollen Sie weiter vorgehen?"

„Das Herz im Umfeld von Benno Waldegg finden. Und wenn wir es haben, können wir die Theorie des Kunstfehlers nachprüfen."

„Wer hat Rosa Schwab behandelt?"

Franco hatte keine Ahnung. Er log einfach.

„Vermutlich ein Arzt in Ausbildung."

Gokl atmete hörbar auf.

„Sie wissen ja, die Qualität der medizinischen Versorgung in Stadt und Land wollen wir durch unsere Ermittlungen auf gar keinen Fall in Misskredit bringen. Ich wünsche außerdem einen überschaubaren zeitlichen Rahmen für diese Herzensangelegenheit. Wenn Sie das Objekt nicht bald finden, … Sie wissen schon, was ich meine."

Franco nickte.

Donnerstag früh sah Oberhollenzer erbärmlich aus. „Verkatert" schien ein Hilfsausdruck für den Zustand des Pinzgauer Kollegen zu sein. Er trug Tennisbälle unter den Augen. Sein Gesicht hatte sich über Nacht in eine feine Furchenlandschaft verwandelt.

Oberhollenzer schüttelte den Kopf.

„Unglaublich, was in diese Kleine hineingeht."

Franco setzte ein Fragegesicht auf.

„Bier", erklärte Oberhollenzer. „Unmengen an Bier. Fräulein Pelegrini ist eine geborene Säuferin. Ein unglaublicher Stoffwechsel. Wenn wir sie an die Pharma-Industrie verkaufen, gibt's bald eine Anti-Katerpille auf dem Markt. Jede Wette."

Die Nachbesprechung im Müllner Bräu hatte von halb fünf bis zur klösterlichen Sperrstunde um halb elf gedauert. „Normalerweise ärgert es mich, dass die Pfaffen so früh zusperren. Gestern war's meine Rettung. Die hätte mich doch glatt noch unter den Tisch getrunken", schüttelte Oberhollenzer fassungslos, aber sehr vorsichtig den Kopf.

Wie um den bedienten Kollegen noch mehr zu demütigen, kam Fräulein Pelegrini quietschvergnügt ins Büro, mit einem sonnenhellen „Guten Morgen" und einem mehr als freundlichen Lächeln.

Oberhollenzer sah sie respektvoll an. Er nickte, und hielt sich daraufhin sofort den Kopf, als hätte er ihn unter heftigen Schmerzen gegen eine imaginäre Steinwand gestoßen.

„Fräulein Pelegrini, du kannst heute meinen Schreibtisch haben. Ich finde, es wird Zeit, dass du den Ernstfall probst", stammelte der korpulente Kommissar, während er sich mit großer Anstrengung aus seinem Sessel erhob. Er schleppte sich zu Pelegrinis Fenstertisch, setzte sich und stützte den Kopf in die Hände.

„Hat wohl keine gute Nacht gehabt, der Inspektor", sagte Martina Pelegrini, während sie sich setzte.

„Die Nacht war schon okay. Aber das davor war anstrengend."

„Sollte ich etwas wissen?“, fragte Franco, dem das neue „Du“ zwischen den beiden nicht entgangen war.

Oberhollenzer und Fräulein Pelegrini schüttelten synchron den Kopf.

„Was heißt das jetzt? Dass ich nichts wissen soll oder dass es nichts zu wissen gibt?“

„Letzteres“, antwortete Fräulein Pelegrini und füllte die Filterkaffeemaschine mit Pulver und Wasser.

„Habt ihr eigentlich auch ermittelt oder nur den Bierumsatz in die Höhe getrieben?“

Beim Anblick der betriebsbereiten Kaffeemaschine wurde Oberhollenzer wieder handlungsfähig.

„Doch, das hätte ich fast vergessen. Der Steuerberater hat anfangs auf stur geschaltet. Es gebe keine Verpflichtung, seine Klienten zu nennen. Und dass es dafür eine richterliche Genehmigung brauche. Glücklicherweise musste ich zwischendurch mal das Zimmer verlassen. Fräulein Pelegrini hat die Zeit genutzt und den Namen hinter der Firma rausbekommen. Unglaublich, wozu Pinkeln gut sein kann.“

Die Kaffeemaschine begann zu röcheln.

„Es ist tatsächlich jemand aus dem Spital. Sein Name: Alfons Wallner.“

„Der kaufmännische Direktor im Herzspital?“

Oberhollenzer und Fräulein Pelegrini nickten im Gleichtakt.

Franco hatte sofort wieder Wallners rundes Gesicht vor Augen. „Der hat doch selber Herzprobleme und schluckt Tabletten in Großportionen.“

Der kleine dicke Mann, der kaum gesprochen hatte und sein Schweigen nur brach, um zwischen Tür und Angel vor dem Forschungslabor von seinen Beschwerden zu berichten, hatte also doch noch andere Interessen als Betablocker und Lipidsenker.

„Wie haben Sie das eigentlich gemacht, Fräulein Pelegrini, dass Ihnen der Steuerberater den Namen genannt hat?"

Die junge Frau schmunzelte.

„Ihr seid doch alle so berechenbar. Wenn man ein bisschen an die Eitelkeit appelliert und euch das Gefühl gibt, Alphamännchen zu sein, dann tut ihr doch alles, was man will. Wie die Affen."

„Ich nicht", antwortete Franco, ohne nachzudenken. „Ich tue dann immer das Gegenteil. Das ist leider genauso schwachsinnig."

Alfons Wallner wegen seiner Beteiligung an einer Pharmafirma zur Rede zu stellen, wäre zum gegenwärtigen Zeitpunkt unnütz gewesen. Sie war nicht explizit verboten. Und ihn auf mögliche Probleme bei der klinischen Prüfung anzusprechen, hätte auch keinen Sinn gemacht, zumal das Herz, mit dem man Vorwürfe beweisen hätte können, verschwunden war. Ohne Herz, das Benno Waldegg hoffentlich irgendwo deponiert hatte, würden die Ermittlungen nicht weiterkommen.

Die Kriminaltechniker hatten zwar noch winzige Spuren blauer Fasern am Rücken von Waldeggs Arbeitsmantel gefunden, aber die waren nicht zuzuordnen. Sie würden erst in den nächsten Tagen, nach zeitraubenden Vergleichen mit Mustern, sagen können, welche Art Faser der Mörder – vermutlich, als er Waldegg von hinten umklammert hielt – auf dessen Arztkittel hinterlassen hatte.

Nach drei Tassen Kaffee war Oberhollenzer wieder Herr seiner selbst. Er schloss Waldeggs Fotokamera an das Fernsehgerät im Büro an und ließ die Bildserie durchlaufen.

Der junge Arzt hatte sich offenbar beim Sex gern selbst beobachtet. Auf Schnappschüsse des Genitalbereichs folgten Fotos von Isabella Sturm, einmal ergeben obszön, ein andermal neben gerahmten Fotos an der Wand verschämt in eine Ecke gedrückt, dann verschwitzt und mit geschlossenen Augen auf einer Ledercouch, später nackt und abwartend gegen eine blaue Küchenfront gelehnt. Links daneben war noch ein Teil einer Espressomaschine zu erkennen, rechts oben eine Mikrowelle, versenkt in einem Hängeschrank. Auf dem nächsten Foto beugte sich Sturm über einen Tisch vor dem Fenster, dahinter waren sehr unscharf Konturen von Menschen zu sehen, die über einen kleinen Platz gingen. Danach wieder Penetrationsfotos, Geschlechtsteile in unterschiedlichsten Perspektiven und Formaten, schließlich Katrin Schäfer, entspannt grinsend und nackt unter jenem Mantel, den sie auch zur Beerdigung getragen hatte. Es waren Fotos aus einem Mittelklassehotel mit dem offenbar unverzichtbaren Poster eines Aquarells an der Wand. Ein andermal lag Schäfer vor einer braungrün gemusterten Tapete lachend in einem Fauteuil und hatte die Beine links und rechts über die Lehnen gelegt.

„Mich turnt das nicht an“, sagte Fräulein Pelegrini. „Was sollen wir damit anfangen?“

Franco zog die Schultern hoch. „Keine Ahnung. Vielleicht ist da irgendwas drin, was für uns mal wichtig ist. Ganz ohne Eindruck sind die Fotos ja nicht.“

„Ich weiß nicht." Martina Pelegrini schüttelte den Kopf. „Aber sich selbst beim Sex fotografieren. Das lenkt doch ab, oder?"

„Keine Ahnung. Aber strafbar ist es nicht", sagte Franco.

Das Telefon läutete lange in Weinmeisters Büro. Erst beim siebten oder achten Klingelzeichen hob eine Frau ab, die so wirkte, als hätte man sie eben bei einer schwierigen Kalkulation gestört.

In knappen Worten erklärte sie Franco, dass sich Heinrich Weinmeister frei genommen hatte, um am Nachmittag mit dem Sohn eines Freundes die Aquarien im „Haus der Natur" zu besuchen.

Es war nur ein Anflug von Eifersucht. Aber Franco spürte sie ganz deutlich. Weinmeister kümmerte sich mehr um Felix als er, der Vater. Und Felix wollte diese Aufmerksamkeit.

Eine Stunde später sah Franco seinen Sohn und Weinmeister miteinander kochen, einträchtig wie ein altes Paar. Ihm wurde klar, dass es höchste Zeit war, diesen Fall abzuschließen und wieder nach Hause zurückzukehren, wo er momentan nur seinen Körper zwischenlagerte, aber wo er nicht mit ganzem Herzen wohnte. Heinrich und Felix nahmen ihn kaum zur Kenntnis. Sie ertrugen ihn selbstverständlich wie ein Familienmitglied, von dem augenblicklich nicht viel zu erwarten war.

Felix plauderte fast ohne Unterlass. Er erzählte Heinrich von den Wörtern, die er wieder verdreht hatte. Weinmeister nickte verständnisvoll. Felix fand es lustig, dass die Buchstaben beim Lesen manchmal herumtanzten. Wenn er nur nicht immer schlechte Noten auf die Diktate bekommen würde. Ein Wort konnte er noch immer nicht richtig schreiben, obwohl er es schon oft gelesen hatte, „Fabrik". Es misslang immer. Behauptete zumindest seine Lehrerin. Er, Felix, finde ja, er habe es deutlich genug geschrieben, so dass es jeder erkenne.

„Machst du eigentlich deine Aufgabenblätter, Felix?", schaltete sich Franco in die Unterhaltung ein.

Felix wandte sich, während er redete, kurz zu seinem Vater um, nickte heftig, und drehte sich gleich wieder zurück zu Weinmeister.

Franco wurde ärgerlich und forderte laut eine Antwort von Felix ein.

Der Kleine legte den Schäler aus der Hand, mit dem er eben noch Kartoffeln zugespitzt hatte. Er setzte sich zu Franco auf den Schoß und umarmte ihn.

„Weißt du, ich brauche keine Mutter. Ich hab ja dich und Heinrich. Aber du brauchst eine Frau."

Dann küsste er Franco auf die Wange und ging zur Küche zurück.

„Heinrich geht es ohne Frau übrigens viel besser", sagte Felix wie in einer Nebenbemerkung. „Aber das gilt eben nicht für alle."

Franco konnte Heinrichs Gesicht nicht sehen, weil der sich schnell abgewandt hatte. Er wusste aber, dass das Riesenbaby dort im Eck zwischen den Gemüseresten mit dem Lachen kämpfte.

Er, Franco Moll, war überflüssig, zweifellos. Er war daheim, aber nicht da. Sein Junge las ihm die Leviten, als wäre er, der Vater, der Kleine. Irgendwann würde ihn Felix dafür büßen lassen, dass Franco ihn zwang, schon mit seinen acht Jahren so erwachsen und verständnisvoll zu sein. Wieder einmal hatte der Polizist sich von seiner Arbeit bis zur Blindheit absorbieren lassen. Nein, er konnte nicht mehr länger zögerlich dahinarbeiten. Er musste den Fall schnell zu Ende bringen, sonst würde er mangels Präsenz daheim überflüssig werden.

Moll packte die Notizen aus, die er sich in den letzten zweieinhalb Wochen gemacht hatte. Beide Mordopfer, Benno Waldegg und Haubenkarli, waren nicht dort umgebracht worden, wo man sie gefunden hatte. Man hatte sie finden sollen. Aber das war schon die einzige Ähnlichkeit.

Ging man von den Fotos aus, die sie in Waldeggs Kamera entdeckt hatten, schienen Isabella Sturm und Katrin Schäfer zwei völlig gegensätzliche Typen zu sein. Die eine, Schäfer, sehr verspielt und lustig, Isabella Sturm hingegen immer mit einem gewissen Ernst, der selbst in der größten Intimität nicht wich. Katrin Schäfer war eine Frau, die vielleicht um ein paar aufregende Stunden trauerte, aber nicht um mehr. Isabella Sturm jedoch …

Sie hatte gelogen, als sie ihre Beziehung zu Waldegg heruntergespielt hatte, ihre Treffen in Hotels oder auf Kongressen. Sie war ihm völlig verfallen gewesen. Und Waldegg, der junge Wilde, hatte genau das nicht gewollt: den Retter einer Frau spielen. Er hatte sie vielleicht begehrt, aber als unabhängige Gespielin. Und je näher sie ihm gerückt war, umso mehr hatte er sich entfernt. Katrin Schäfer war die Antwort auf diesen Druck gewesen – eine leichte Affäre, von der nichts zurückblieb, außer ein paar Bildern in einer Digitalkamera, Bilder zukunftslosen Begehrens.

Isabella Sturm war der Schlüssel zu Waldeggs Tod. Aber noch war ihm nicht klar, welche Tür sie aufsperren würde.

Franco Moll raufte sich die Haare.

Wenn er bloß nicht zu viel hineinprojizierte.

Am nächsten Morgen schien Franco die Antwort zu haben. Als hätte er die Nacht über unbewusst mit sich räsoniert, wusste er beim Aufwachen, wo er das Herz suchen musste.

„Bald bin ich wieder ganz daheim", rief er Felix zu, während er im Stehen eine Tasse Kaffee trank und seinem Sohn eine bequeme Jacke von der Garderobe aus zuwarf.

„Ist schon okay", sagte Felix. „Ich werde sehr gut betreut."

Der Junge fasste Heinrich und Franco bei den Händen. Erst als sie zu Dritt nebeneinander nicht durch die Eingangstür kamen, ließ er beide Männer los und hüpfte vor Weinmeister und Moll die Treppe hinunter.

Obwohl er das Gefühl hatte, nun endlich weiterzukommen, bestand Franco darauf, Felix selbst in die Schule zu bringen.

Als Oberhollenzer mit Martina Pelegrini ins Büro kam, saß Franco vor dem Fernseher und studierte ein Bild, die unbekleidete Isabella Sturm lasziv gegen die blaue Küchenfront gelehnt.

„Oho, stören wir?", fragte Oberhollenzer zur Begrüßung. „Hat der junge frauenlose Kommissar endlich wieder Gefallen gefunden an nackter Haut?"

Franco drehte sich nicht einmal um zu seinem Kollegen. Stattdessen imitierte er mit Fingern und Daumen ein nervöses Plappermaul.

„Erinnerst du dich? Sturm hat doch behauptet, sie sei mit Waldegg nur in Hotels abgestiegen. In Hotelzimmern gibt es keine Küchen, vor allem nicht mit Mikrowelle und Espressomaschine."

Er suchte eine weitere Aufnahme.

„Und hier: Familienfotos in der Ecke. Das ist ganz klar eine Wohnung. Sie hatten ein Liebesnest. Sturm ist keine, die sich auf Dauer mit zweistündigen Aufenthalten in Stundenhotels begnügt."

„Drei", sagte Martina Pelegrini, „normalerweise darf man drei Stunden bleiben."

„21 Jahre und schon Erfahrung mit Stundenhotels? Fräulein Pelegrini, unterschätzen wir dich vielleicht?" Oberhollenzer hatte sein schmutzigstes Grinsen aufgesetzt.

Martina Pelegrini lief rot an.

Franco unterbrach sie mit einer Handbewegung.

„Hier spielt die Musik. Und zwar eine ganz ernste."

Er deutete wieder auf das Nacktbild.

„Ja und? Die Sturm hat ihn trotzdem nicht umgebracht, wenn du mich fragst". Oberhollenzer schüttelte den Kopf.

„Aber sie war so in ihn verknallt, dass sie alles für ihn getan hätte."

Franco sprach atemlos. Endlich schien eine entscheidende Tür aufzugehen.

„Sturm hat auch das Herz. Jede Wette. Heimtragen

konnte sie es nicht. Ihr Mann hatte möglicherweise zu viel Zeit zum Herumstöbern, was weiß man. In der Klinik wollte Waldegg es nicht lassen. Und einer Freundin ein Herz vorbeizubringen, nach dem Motto ‚kann ich das mal bei dir lassen', das geht auch nicht. Die hätte gefragt und wäre neugierig gewesen. Das Liebesnest ist der einzige Ort, wo es Sinn machen würde, ein Herz zu verstecken. Vielleicht haben sie irgendwo eine Einzimmerwohung angemietet."

„Und warum hat sie uns das Herz nicht gegeben?"

„Wahrscheinlich, weil es ihr nutzen kann. Sie hat irgendjemanden in der Klinik in der Hand. Eine Art Trostpreis, nachdem sie ihre Zukunft in Gestalt eines Mannes verloren hat."

Pelegrini lehnte sich über Francos Schulter und deutete auf die Fernbedienung vor ihm.

„Können Sie das Bild suchen, auf dem man im Hintergrund einen Platz sieht?"

Franco drückte auf den Cursor an der Fernbedienung. Die Fotos wechselten nur zögerlich. Sie bauten sich durch das schnelle Weiterschalten immer nur halb am Fernsehschirm auf.

Eine halbe Minute später erschien Sturm endlich vor einem unscharfen Hintergrund, der an einen Platz erinnerte. Nach und nach formte sich aus groben Quadraten ein immer feineres Bild.

Die Kommissare gingen alle Salzburger Plätze durch, die ihnen in den Sinn kamen. Aber wann immer einer aus dem Trio einen Verdacht äußerte, fanden die anderen zwingende Gegenargumente. Sie deuteten große färbige Rechtecke als Neonschilder bekannter Geschäfte und verwarfen die Vermutung gleich wieder, weil sie sich an die falsche Farbe erinnerten, oder sie glaubten Hinweise im Bild zu finden wie einen Fahrradständer, der zum Zeitpunkt der Aufnahme, Anfang März, noch gar nicht aufgebaut gewesen sein konnte. Erst als Franco das Datum am Monitor der Kamera genauer studierte, entdeckte er einen Notenschlüssel auf dem Display.

„Sagt, gibt's Kameras, die zu einem Standbild auch den Ton aufnehmen?"

Oberhollenzer hob abwehrend die Hände.

„Ich kaufe immer nur Wegwerfkameras, wenn ich Urlaub mache."

Fräulein Pelegrini warf ihm einen strafenden Blick zu.

„Du bist nicht nur ein Ökoschw..." Sie verharrte kurz und holte von sich selbst überrascht Luft, „...sünder, sondern auch ein digitaler Analphabet, Herr Oberhollenzer."

Martina Pelegrini nahm Franco die Kamera aus der Hand, aktivierte ein Menu am Display und fand darin einen Play-Knopf.

Wie auf einer akustischen Postkarte hörte man vier Sekunden lang im Hintergrund Verkehrslärm, der abzubiegen schien, eine gedämpft knisternde Wohnung, sowie die Aufforderung „Wieder umdrehen".

Besser als durch diesen Befehl hätte man das Autoritätsgefälle zwischen dem Fotografen und seinem Objekt nicht verdeutlichen können. Die Aufforderung porträtierte in ihrer zweifelsfreien Bestimmtheit wie ein Künstler mit sparsamen Strichen den Mikrokosmos zweier Menschen. In diesem Paaruniversum gab es den weiblichen Widerspruch nicht einmal als Denkfigur.

„Manche haben's gern, wenn sie gehorchen müssen“, sagte Oberhollenzer ohne jeden zynischen Unterton. Worauf er wieder einen bösen Blick der Praktikantin erntete.

„Da kannst du so pikiert schauen, wie du willst, Fräulein Pelegrini. Es gibt auch Staatsanwälte, die in Lederknebeln vor einer Frau herumkriechen. Soll ich dich mit einem bekannt machen oder nimmst du endlich den unerträglichen Sauberfrau-Blick aus deinem Gesicht?“

Oberhollenzer wirkte ernsthaft wütend.

„Sorry, manchmal vergesse ich mich“, sagte die Praktikantin und schien ihre moralischen Anwandlungen tatsächlich zu bereuen.

Franco hatte das Geplänkel der beiden kaum wahrgenommen. Er glaubte, den Ton der städtischen Verkehrskulisse aus der Kamera gut zu kennen. Dennoch fand er jetzt, nachdem er blitzartig das Gefühl gehabt hatte, den Ort des Geräuschs benennen zu können, das richtige Wort nicht mehr. Es war wie bei der ersten Brise eines Parfüms: Entweder man wusste seinen Namen schlagartig, bevor man darüber nachdachte, bevor das Bewusstsein sich mit dem Geruch beschäftigte, oder es war vorbei. Dann konnte man nur noch mit vielen Tricks versuchen, sich zum puren wortlosen Erstlingseindruck zurückzutasten.

Der junge Chefinspektor drückte seiner noch jüngeren Kollegin die Digitalkamera in die Hand und holte sich Kaffee aus der Maschine, die seit Pelegrinis Ankunft am Boden stand.

Franco Moll hatte dem Primar den poppigen blauen Frotteeschreiber noch immer nicht zurückgegeben.

Er konnte ihn sicher entbehren. Neben der Tasse begann er Blumen auf eine leere Notizbuchseite zu zeichnen. Es sollte ihm helfen, wegzukommen von den Wörtern.

Oberhollenzer ersparte sich diesmal eine böse Bemerkung. Nicht einmal seine vierjährigen Nichten und Neffen zeichneten so schlecht wie Franco.

„Ich weiß, Oberhollenzer", sagte Franco, ohne von seinen kindlichen Strichzeichnungen aufzublicken, „ich leide ja selber unter meiner graphischen Unfähigkeit. Aber es ist auch Therapie. Neurotiker fragt auch keiner, ob sie zeichnen können. Sie tun es einfach."

Oberhollenzer klopfte ihm väterlich auf die Schulter.

„Ich hoffe", sagte er langsam, „es geht dir bald wieder besser."

Fräulein Pelegrini spielte die Tonaufnahme im Hintergrund immer wieder ab.

„Die meisten Plätze in Salzburg sind doch verkehrsfrei, oder?", fragte die jugendliche Polizistin.

Franco nickte. Und als wäre er bei seiner imaginären Wanderung durch Salzburg endlich auf dem nur verschwommen erkennbaren Platz angekommen, sagte er, „Platzl. Es ist das Platzl an der Staatsbrücke. Am Eingang der Linzergasse."

Er ließ den Kugelschreiber fallen und nahm einen großen Schluck Kaffee.

„Dort biegt der ganze Verkehr von der Staatsbrücke in die Schwarzstraße ein. Die Linzergasse ist ja verkehrsberuhigt."

Für Oberhollenzer klang die Erklärung plausibel. Trotzdem schüttelte er den Kopf.

„Wir werden dort nicht jede Wohnung auf den Kopf stellen können. Sonst haben wir morgen einen TV-Termin, einen unangenehmen. Wahrscheinlich unseren letzten, wegen Überschreitung unserer Befugnisse. Den nimmt uns Gokl sicher nicht ab. Wir suchen Frau Sturm höchstpersönlich auf. Die wird uns ihr Herz schon öffnen. Dafür sorge ich mit Feinfühligkeit."

Damit löste er das Verbindungskabel zwischen Kamera und Fernsehgerät. Auf dem Bildschirm fiel ein heller Stern in sich zusammen, dann flimmerte es nur mehr in schwarzen und weißen Miniflocken.

Mit einem diabolischen Grinsen drückte Oberhollenzer der Praktikantin den Fotoapparat in die Hand.

„Mach mir bitte einen großen, schönen farbigen DIN-A4-Ausdruck dieses aufreizenden Fotos, Fräulein Pelegrini. Und vielleicht noch ein paar weitere mit der unbekleideten Frau Sturm als Fleißaufgabe einer engagierten Jungpolizistin. In deiner unendlichen digitalen Weisheit ist das für dich weitaus weniger schwierig als für mich."

Die Angesprochene lächelte verlegen und ging mit der Kamera aus dem Zimmer.

Isabella Sturm sah das Trio, bevor sie von den Beamten entdeckt wurde. Dass die Polizisten nun auch von einer Beamtin begleitet wurden, alarmierte sie. Sie bog augenblicklich in ein Krankenzimmer ab und hoffte, die Gruppe würde ins Primarzimmer durchgehen.

Die Kriminalisten sahen die Leute am Gang nur im Gegenlicht als dunkle Figuren ohne Gesicht. Oberhollenzer blieb aber nicht verborgen, dass sich da jemand unüblich schnell davongemacht hatte. Und die attraktiven Umrisse passten durchaus zur gesuchten Frau. Ohne zu klopfen, öffnete er die Krankenzimmertür, hinter der die Schattenfigur verschwunden war. Isabella Sturm stand am Fußende eines Bettes und studierte eine Fieberkurve. Als sich die Tür öffnete, blickte sie erschrocken auf. Oberhollenzer winkte sie wortlos mit dem Zeigefinger hinaus auf den Gang.

„Gehen wir besser an einen ruhigen Ort“, sagte Franco und ließ Sturm den Vortritt.

Sie nickte und ging schweigend voran. Fast am Ende des Ganges hielt sie den Beamten eine Tür auf. Das Einzelzimmer war leer, das Bett gemacht. An einem Haken hing ein Bademantel, der nicht zum Spitalsinventar gehörte. Auf einem kleinen Beistelltisch standen Rosen.

„Schon gestorben?“, fragte Oberhollenzer.

Sturm schüttelte den Kopf.

„Wenn es wärmer wird und der Frühling durchschlägt, kommen besonders viele Ältere zu uns. Aber das hier, das ist ein Sonderklassezimmer für privat Versicherte. Die Dame wird gerade operiert. Am Herzen.“

„Womit wir beim Thema wären.“

Oberhollenzer klatschte einmal fest in die Hände, als freue er sich insgeheim auf eine Sondervorstellung.

Sturm schüttelte ungläubig den Kopf.

„Warum sind Sie nur immer so brutal zu mir?“

„Ich, brutal? Frau Sturm, die Brutalität ist ganz auf Ihrer Seite. In der Schanzlgasse werden Sie bald darüber nachdenken können.“

„Warum sollte ausgerechnet ich ins Gefängnis?"

„Leichenfledderei, nennt man das landläufig, was Sie unterstützt haben."

Die Krankenschwester sah Oberhollenzer fest an.

„Trinken Sie im Dienst?"

Oberhollenzers linke Hand hielt sich in der Innentasche seines Sakkos fest, um nicht zuschlagen zu müssen.

„Vögeln Sie im Dienst?"

Er zog einen gefalteten Zettel aus der Innentasche seines Sakkos, öffnete ihn und hielt ihn Isabella Sturm mit einer Hand vor das Gesicht.

Nach einer Schrecksekunde griff Sturm blitzschnell nach dem Foto. Oberhollenzer zog es ebenso schnell weg. Die Hand der Krankenschwester fuhr ins Leere.

„Wo haben Sie das her?", keuchte sie.

„Von einem Hobbyfotografen", sagte Oberhollenzer. „Er hat es geliebt, seine Affären digital zu verewigen."

„Das ist nicht strafbar, oder?"

Der Brustkorb der Krankenschwester hob sich heftig und schnell.

„Aber unangenehm ist so ein Aushang im Spital schon."

„Das würden Sie nicht tun", sagte Sturm gepresst.

„Ich? Ich hab da keine Hemmungen", antwortete Oberhollenzer und grinste bösartig.

Die Krankenschwester starrte ungläubig auf den Ausdruck, den der wuchtige Polizist in der Trachtenjacke noch immer in der Hand hielt und mit einem abartigen Zug um den Mund detailliert zu studieren schien.

Franco fand, dass ihr Gleichgewicht nun genug erschüttert war. Er ging zwei Schritt zur Seite und stellte sich vor seinen Kollegen. Oberhollenze wusste, dass sein Kollege jetzt die vertrauliche Tour übernehmen würde.

„Von Ihrer Seite war doch weitaus mehr Herz dabei als von seiner, nicht wahr?"

Isabella Sturm hatte ihren Atem wieder unter Kontrolle. Sie sah zur jungen Polizistin und suchte in deren Augen einen Anhaltspunkt für das Gespräch oder einen Funken von Solidarität.

Sie entdeckte nichts.

Als ihr Blick zu Franco zurückkehrte, nickte sie.

„Sie hätten alles für ihn getan, was er wollte."

Die Krankenschwester steckte die Hände in die Taschen ihres makellos weißen Mantels und nickte wieder.

„Deswegen haben Sie auch das Herz versteckt. In der Wohnung am Platzl, richtig?"

Oberhollenzer hatte erwartet, Sturm würde jetzt in Tränen ausbrechen und die arme gedemütigte Frau geben. Nichts von dem passierte. Isabella Sturms Blick glitt wie in einem bedächtigen Kameraschwenk langsam von einem zum anderen.

Als sie die drei Besucher durch hatte, setzte sie sich auf das Bett. Sie wirkte wund wie ein gehetztes Tier, dem nach einer langen Jagd schließlich die Beine einknickten.

Oberhollenzer wäre gern noch einmal über diese scheinbar so starke Frau hergefallen. Aus irgendeinem Grund provozierte ihn Isabella Sturm, selbst wenn sie ihn nicht ansah und nur schwieg.

Die rothaarige Frau gab ihm keinen Anlass mehr, seine dunklen Seiten an die Oberfläche zu bringen.

„Warum wollen Sie das Herz haben?"

„Das sollten Sie doch besser wissen."

Franco sprach leise. Er versuchte sich ihrer gedrückten Stimmlage anzupassen.

„Nein, ich habe keine Ahnung. Ich wollte es nach Bennos Tod herausfinden. Es hat irgendetwas mit der Arbeit im Herzspital zu tun. Aber da ich nicht einmal weiß, wem es zu Lebzeiten gehörte, bin ich auf Zufälle angewiesen gewesen. Die haben sich aber nicht eingestellt. Ich nehme an, es gehörte dieser Frau Schwab, nach deren Krankengeschichte sie mich gefragt haben. Aber es sind weder handschriftliche Anamneseblätter zu finden, noch habe ich eine elektronische Krankengeschichte entdeckt."

Oberhollenzer und Martina Pelegrini hielten sich im Hintergrund. Franco hatte den Ton der Krankenschwester getroffen und wollte die Verbindung so lange wie möglich aufrechterhalten.

„Und warum haben Sie uns nichts erzählt von diesem Herz?"

„Benno ist mit einem braunen Zylinder aus Karton in unserer gemeinsamen Wohnung aufgetaucht. Er meinte, er brauche das Gewebe darin für Forschungszwecke und müsse es einige Tage kühlen. Ich habe mich gar nicht darum gekümmert. Ich wusste zu diesem Zeitpunkt nicht einmal, dass er ein ganzes Herz in Formalin in die Wohnung mitgenommen hatte."

„Und als Sie den Karton schließlich öffneten?"

„Da habe ich überlegt, ob das Herz etwas mit seinem Tod zu tun haben könnte. Immerhin ist er im

Spital gestorben. Andererseits: die Theorie vom Obdachlosen, mit dem er in Streit geraten ist ... Das war auch plausibel. Wenn Benno schlecht gelaunt war, hat er alle und jeden schlecht behandelt. Er konnte bis aufs Blut provozieren und hatte keinerlei Scheu, andere zu demütigen. Aber als dann der Obdachlose auch noch umgebracht wurde, da war ich mir sicher – so viele Zufälle gibt es nicht."

Sie schwieg und sah zu Boden.

„Wollten Sie Kapital aus dem Herz schlagen?"

„Wie denn? Dazu hätte ich die Geschichte hinter dem Herz kennen müssen."

„Sie haben keinen Verdacht?"

Isabella Sturm schien zu überlegen, ob sie nicken oder verneinen sollte. Sie entschied sich, weiter zu sprechen. „Keinen konkreten. Aber ich nehme an, es geht um irgendetwas, das man ausprobiert hat. Bei uns passiert das ständig. Wir bekommen Prämien, wenn wir uns bei den Patienten für die Teilnahme an klinischen Versuchen engagieren. Aber was dann genau passiert – das erfahren wir ganz selten. Dieses Wissen behalten sich die Herren Ärzte vor."

Die Krankenschwester bemühte sich wieder um Haltung. Sie richtete sich auf und sah Moll an.

„Und Sie? Haben Sie einen Verdacht?"

Franco nickte.

„Einen vagen. Aber wir werden mehr wissen, wenn Sie uns das Herz jetzt geben. Mit ‚jetzt' meine ich: sofort."

Isabella Sturm stand auf, als wäre sie in den paar Minuten im Zimmer zu einer anderen geworden. Zu einer alten gedemütigten Frau, die sich nur mehr zögerlich vorwärts bewegen konnte. Während sie ihre Kleidung wechselte, wachte Martina Pelegrini vor dem Umkleideraum des weiblichen Klinikpersonals. Franco verständigte die Gerichtsmedizinerin, Sandra Szifkovits.

Das Schuhgeschäft am Platzl in der Verlängerung der Staatsbrücke bot seine Waren bereits am Gehsteig vor den Schaufenstern an. Ein Zeichen, dass man dem Frühling endlich traute und nicht mit einem plötzlichen Wolkenbruch rechnete.

Radfahrer schossen wie immer mit überhöhter Geschwindigkeit die Linzergasse herunter, beschimpften die Autofahrer, die mit Ausnahmegenehmigungen in der engen Häuserschlucht unterwegs waren, und manövrierten ihr Gefährt dann gefährlich nah an die Fußgänger auf dem Zebrastreifen heran und über die Schwarzstraße zur Staatsbrücke hinüber.

Oberhollenzer parkte das Dienstauto in einer Parkverbotszone und legte eine Ausnahmegenehmigung in die Windschutzscheibe. Die Gerichtsmedizinerin kam nur zwei Minuten später mit einem Taxi an. Sie begrüßte alle mit Handschlag und schien bester Laune.

Isabella Sturm hatte sich wieder gefasst. Sie ging mit festen Schritten und begleitet von Martina Pelegrini auf ein Haus unmittelbar am Eingang zur Steingasse zu. Der Rest der Gruppe schlenderte ohne Hast nach.

Rechts neben einem stylischen Lokal, das Fertigkaffee nach amerikanischem Vorbild in vielerlei Aromen in SMALL, MEDIUM und LARGE verkaufte und in Pappbechern servierte, betrat die Krankenschwester einen schmalen muffigen Hauseingang. Auf dem Klingelbrett fanden sich nur fünf Namen inklusive Café.

„Ein kleines Haus. Kein idealer Ort, wenn man sich als Paar verstecken will“, sagte Franco zu Isabella Sturm.

„Das ist die Wohnung einer Freundin. Sie ist ein Jahr lang in den USA und kommt erst im August zurück.“

Schweigend stieg die Gruppe in den dritten Stock hinauf. Das Schloss der Wohnungstür ließ sich nicht sofort aufsperren. Oberhollenzer nahm Isabella Sturm wortlos den Schlüssel aus der Hand und bemühte sich, dabei nicht all zu grob zu sein.

Sturm nickte dankend, als die Tür aufging.

„Nette Herzkammer“, sagte Szifkovits und lachte als einzige über ihre Bemerkung.

Die Zweizimmerwohnung war in einer Mischung aus dunklen Holzmöbeln in sehr modernem schnörkellosen Design und auffälligen Accessoires aus Hartplastik eingerichtet.

„So eine Kombination hätte ich nicht gewagt“, sagte Pelegrini, „aber das ist toll.“

„Du bist ja noch am Lernen, Fräulein Pelegrini“, rächte sich Oberhollenzer ein weiteres Mal für die vormittäglichen Verbalattacken der Kollegin.

Sturm ging mit Szifkovits umgehend in die Küche. Mit abgewandtem Gesicht öffnete sie den Kühlschrank. Er war, bis auf einen Glaszylinder im Flaschenfach der Tür, leer. In diesem Glas schwamm ein rotgelber Fleischbrocken, faustgroß und etwas deformiert. Er erinnerte an einen Kegel, der unwuchtig geworden war und sich an einer Seite ausbeulte.

Das Gesicht der Gerichtsmedizinerin wurde vom Licht aus dem Kühlschrank gelblich angestrahlt. Szifkovits nahm den Glaszylinder vorsichtig aus dem Fach und betrachtete ihn mit gehobenen Augenbrauen.

Die angespannten Beamten hatten nicht gemerkt, dass Isabella Sturm in der Zwischenzeit den braunen Kartonzylinder holte. Sie stellte ihn in der Küche auf die Arbeitsplatte und kehrte, ohne den Glaszylinder mit dem ungewöhnlichen Inhalt anzusehen, zurück ins Wohnschlafzimmer. Dort ging sie ans Fenster und blieb bewegungslos vor den Gardinen stehen.

Szifkovits hielt den Beamten das Herz entgegen.

„Hier sehen sie die kleinen Narben von ein paar stummen Herzinfarkten. Das reicht aber nicht aus, um daran zu sterben."

Die couragierte Ärztin drehte das Herz. Eine große gelbliche Fläche wurde sichtbar.

„Aber das hier, das ist ungewöhnlich. Das sieht mehr nach einer Entzündung aus als nach einem akuten Infarkt. Außerdem die Größe …"

Sie studierte das Gewebe im Glas noch kurz schweigend und deponierte das Herz dann vorsichtig in der Schutzhülle aus Karton.

„Meine Herren, danke für die Aufmerksamkeit. Ich habe zu arbeiten. Rechnen Sie nicht vor Montag früh mit einem Ergebnis. Don't call me, I call You."

Die Gerichtsmedizinerin drückte das Herz an den Oberkörper und verschwand ohne weitere Verabschiedung aus der Wohnung.

Das Wochenende bescherte Franco 48 Stunden zusätzliche Wirrnisse.

Sie begannen Freitag am späten Nachmittag. Felix war um 17.00 Uhr noch immer nicht daheim, obwohl ihn sein Urgroßvater, Viktor Moll, um 13.30 Uhr abholen und in die Wohnung bringen hätte sollen.

Ein Anruf bei Viktor bestätigte Francos Vermutung. Der alte Mann hatte Felix vergessen. Anders als viele seiner Klassenkameraden besaß der Moll-Sprössling kein Mobiltelefon. In diesem Augenblick bereute Franco seine Sturheit.

Er lief vor zur Volksschule Nonntal, paradoxerweise ein Schulkomplex nahe dem Gefangenenhaus in der Schanzlgasse. Die leise Hoffnung, Felix könnte mit stoischer Ruhe auf seinen Großvater warten, erfüllte sich nicht. Auch in der Josef-Preis-Allee im Umfeld der Schule war von Felix keine Spur zu finden. Freitag am späten Nachmittag wirkte das Schulviertel ausgestorben. Im Laufschritt hetzte Franco zur Wohnung zurück, die nicht mehr als dreihundert Meter entfernt lag. Felix war noch immer nicht da. Der Junge besaß zwar einen Schlüssel, aber er hielt sich sehr ungern allein in der Wohnung auf – nicht aus Angst, sondern weil er Gesellschaft gern hatte und jede Chance nutzte, nicht allein zu sein.

Franco telefonierte alle Freunde durch, bei denen sein Sohn seines Wissens nach jemals daheim gewesen war, und sei es nur, um gemeinsam die Hausaufgaben zu machen. Auch der achte Anruf brachte keine Spur von Felix. Verzweifelt suchte Franco in seinem Notizbuch nach weiteren Telefonnummern, die mit Felix irgendwie in Verbindung stehen konnten.

Zwanzig Minuten vor sechs läutete Molls eigenes Telefon. Am Display schien der Name „Viktor Moll“ auf. Franco hob rasch ab.

„Hab ein bisschen länger gebraucht“, sagte Felix, als wäre nichts gewesen, „aber jetzt bin ich beim Tick-Tack-Opa. Tut mir leid, dass ich ihn so lange unbeaufsichtigt gelassen habe", bemerkte der Kleine altklug. „Holst du mich dann ab?“

Felix hatte an der Bushaltestelle mehr als eine halbe Stunde lang auf Viktor Moll gewartet. Als niemand kam, vermutete er, der alte Mann brauche vielleicht Hilfe, und stieg in einen Obus der Linie 5. Aber anstatt am Äußeren Stein in die Linie Richtung Salzachsee zu wechseln, fuhr er bis zum Bahnhof weiter und erwischte beim Umsteigen den falschen Bus. Am Ende seiner Irrfahrten stieg er am Hanuschplatz aus und kaufte sich beim Fischgeschäft einen Fischburger. Der Fußmarsch entlang der Salzach zur Lehener Brücke und dann weiter zum Tick-Tack-Opa dauerte noch einmal eine gute halbe Stunde.

„Typisch Mann“, sagte Franco nach der ausführlichen Erzählung der städtischen Irrfahrt, „nach dem Weg zu fragen, scheint bei uns genetisch nicht vorgesehen zu sein.“

„Hab ich vergessen“, sagt Felix und legte auf.

Erleichtert und erschöpft von der Sorge stieg Franco Moll ins Auto und holte Felix heim.

Auch Weinmeister hatte sein Weg in die Irre geführt. Er war Freitag kurz in seine eigene Wohnung zurückgekehrt, um sich Wäsche zu holen. Zu seiner Überraschung fand er die Wohnung halb leer. Linda hatte ihre Sachen eilig mitgenommen und ihm nur einen Zettel hinterlassen: „Ich brauche meine Freiheit. Ruf mich nicht an."

Mit Francos Hilfe übertrug Heinrich die zwei Sätze in Männerdeutsch und war daraufhin wieder sehr deprimiert. So saß der Kommissar Freitagabend mit einem Mann am Tisch, der kaum sprach und immer wieder den Kopf schüttelte, als führten zwei Seelen in ihm ein Gespräch miteinander.

Der andere, weitaus kleinere Mann hingegen roch beängstigend nach Fisch und Frittierfett, sprach dafür beinahe ohne Unterlass und schilderte seine Reise durch die Stadt Salzburg so, dass die Irrfahrten des Odysseus dagegen wie ein harmloser Waldspaziergang erschienen.

Samstag früh begann mit einem rituellen Gejammere von Felix, weil er sich wieder mit seiner Mutter treffen musste. Moll ließ sich auf keine Diskussion ein, worauf Heinrich ihm anbot, Felix bis zum Treffpunkt zu begleiten. Zum Abschied hängte Franco seinem Sohn den blauen Stein um den Hals, den er zwei Wochen zuvor von seiner Mutter bekommen hatte.

Obwohl der Junge keine Gelegenheit ausließ, sich von ihr zu distanzieren, war Felix insgeheim doch jedes Mal froh, dass sie ihn sehen wollte und einen Tag mit ihm verbrachte – einen Tag, den Franco ungestört für Systemerhaltungstägigkeiten in der Wohnung nutzen konnte. Glücklicherweise tauchte auch Heinrich den ganzen Tag nicht auf.

Felix und Weinmeister kamen gegen acht Uhr abends gemeinsam zurück. Auch Heinrich hatte jetzt einen Stein um seinen Hals hängen, ein gelbes Ungetüm, das widrige kosmische Kräfte im Allgemeinen und irdische Verwicklungen im Besonderen abwehren sollte.

„Ich habe Heinrich gleich zu Mama mitgenommen“, erklärte Felix, „weil sie sich so gut verstanden haben. Am Vormittag waren wir im Zoo, und dann sind wir auf den Gaisberg gefahren und haben oben auf einer Alm gegessen. Die hat aber gar nicht wie eine Alm ausgeschaut, sondern wie ein normales Restaurant. Und es hat auch so geschmeckt. Danach waren Heinrich und deine Frau so müde, dass sie sich hinlegen mussten.“

„Müde?“

„Ja, deine Frau hat leise zu Heinrich gesagt, dass sie mit ihm ins Bett gehen möchte.“

Franco schluckte. Heinrich räusperte sich und wurde knallrot.

„Und was hast du währenddessen gemacht, Felix?“, fragte Franco mit einem Seitenblick auf Weinmeister.

„Ferngesehen. Was ich halt bei dir nicht darf. Aber so müde waren sie eh nicht. Das war nicht einmal eine halbe Wickie-Folge lang und Heinrich ist schon wieder bei mir gesessen.“

„Es war nichts, ehrlich. Mir war ‚Wickie und die starken Männer‘ auch lieber“, beeilte sich Weinmeister einzuwerfen und hob beschwichtigend die Hände in Richtung Franco. „Mehr kann ich dazu nicht sagen. Alles andere ist peinlich für mich. Aber ich habe mich geschmeichelt gefühlt, dass eine Frau etwas von mir will. Kannst mich ruhig einen Liebesversager nennen. Jetzt versage ich auch schon auf dieser Ebene …“

„Mach dir nichts draus“, sagte Felix, „ich kann manchmal auch nicht schlafen, obwohl ich müde bin.“

Franco schüttelte den Kopf. Im Grunde war es ihm egal, mit wem seine Exfrau jetzt Verhältnisse einging. Eva war nicht mehr die Frau, die er gekannt und mit der er gelebt hatte. Dass ihr Äußeres noch an die Eva von früher erinnerte, machte die Lösung von den Erinnerungen freilich schwieriger, aber nicht unmöglich. Und wenn es eine fein aufflackernde Eifersucht gab, dann war es jene auf die Eva von damals, mit der Franco das Glück kurz gepachtet hatte, eine Eva, die sich selbst durch eine andere ersetzt hatte, also auf eine Frau, die nicht mehr existierte. Ja, so konnte man das argumentieren. Aber es zu glauben, war schon schwieriger. Wenn nur das Gefühlsleben so einfach zu überzeugen gewesen wäre.

Bis Sonntagabend ging Heinrich seinem Herbergsvater Moll aus dem Weg. Ab dann nannte ihn Franco nur mehr „Faxe“. Irgendwie machte es ihn glücklich, dass sein Sohn jetzt die gleichen Fernsehserien sah, die auch zu seiner Kindheit gehörten. „Wickie“ zählte nach wie vor zu seinen Favoriten.

Heinrich schien sichtlich erleichtert, dass das Eis wieder gebrochen war. Er rieb sich wie Wickie beim Nachdenken kurz links und rechts die Nase und öffnete den Mund, als wolle er etwas sagen, beließ es dann aber bei der Absicht.

Wenig später hörte Franco seinen Sohn Felix im Bad mit Weinmeister sprechen.

„Faxe? Wer das ist? Einer von Wickies starken Freunden. Ein wirklich gutmütiger Dicker mit treuherzigen Augen.“

„Aha“, antwortete Weinmeister etwas verunsichert. Nach einer kurzen Pause fügte Felix hinzu.

„Und der absolut dümmste Mann von ganz Flake.“

„Sie hatten Recht. Dieses Herz birgt wirklich einige Rätsel. Ich denke, dass wir zumindest einen Teil davon lösen konnten.“

Franco hörte Sandra Szifkovits via Telefon in ihren Unterlagen blättern. Der Kommissar nützte die Pause, um den blauen Kugelschreiber aus seinem Sakko zu holen und sein Notizbuch aufzuschlagen.

„Angina Pectoris: diese Diagnose stimmte“, setzte die Medizinerin fort. „Die Frau hatte tatsächlich verengte Herzkranzgefäße, allerdings nichts Lebensbedrohliches. Von den stummen Herzinfarkten habe ich Ihnen ja schon am Freitag erzählt. Wirklich erstaunlich war etwas Anderes: Die jüngst abgestorbenen Teile des Herzmuskels sind einer Autoimmunreaktion zum Opfer gefallen – sprich: das Immunsystem hat sich gegen das eigene Gewebe gerichtet, und zwar ganz selektiv gegen den Herzmuskel. Zweifel gibt's zumindest in dieser Hinsicht keine. Ich habe einen Immunologen aus München hinzugezogen. Wir fanden allerdings keinen Grund, warum bei einer 88-jährigen spontan so eine Reaktion auftreten sollte. Der Auslöser muss von außen kommen. Tödlich war diese Immunreaktion auf jeden Fall. Aber fragen Sie mich nicht, was dahinter steckt. Sowas finden wir vielleicht in Monaten raus.“

„Ich mag Ihre Schonungslosigkeit.“

Franco malte ein paar Fragezeichen über einzelne

Notizen. Gleichzeitig hatte er das Gefühl, sie wüssten nun genug, um mit dem Hebel an der richtigen Stelle die letzten Unbekannten in diesem Fall ans Licht zu bringen.

Für Szifkovits war der Kurzbericht beendet.

„Ich denke, Sie sollten Details über den klinischen Versuch herausfinden. Dann tun wir uns leichter."

Eine sehr junge und sehr schlanke Frau zog erschrocken den Arm von Alfons Wallners Kopf zurück, als Oberhollenzer und Moll ohne anzuklopfen das Direktionszimmer in der Herzklinik betraten. Oder besser: stürmten. Sie hatten sich für die Panzerstrategie entschieden, einfach mit voller Energie alles überfahren, was sich jetzt noch in den Weg stellte.
Die junge Frau schickten sie, ohne zu grüßen, mit einem Wink aus dem Raum.

Franco nannte Wallner in aller Kürze die wichtigsten Fakten – von seiner Geschäftsführerfunktion in der slowakischen Firma bis hin zu einem klinischen Versuch, der fehlgeschlagen und vertuscht worden war.

„Das ist kein Renommee für das Herzspital", warf Oberhollenzer ein und begann mit den Handschellen zu spielen. Ein paarmal ließ er sie wie ein Straßenartist um seinen linken Zeigefinger rotieren.

„Ich bin überzeugt, dass auch die Medien das so sehen werden."

Wortlos starrte Wallner von einem Polizisten zum anderen.

„Und dass Sie gleichzeitig Auftraggeber und Auftragnehmer für klinische Versuche sind? Finden Sie das in Ordnung, Herr Doktor Wallner? Gibt's da nicht einen Kodex, dass das eigentlich gegen alle guten Sitten verstößt?“, setzte Franco nach.

Wallner hatte innerhalb von 40 Sekunden zu schwitzen begonnen. Er hatte keine Chance gehabt, zu Wort zu kommen. Stattdessen vergrößerte sich der Berg der Vorwürfe mit jeder Sekunde, in der er nicht reagierte.

„Das ist alles ganz anders“, stöhnte Wallner.

Der Schweiß lief in dicken Perlen von seiner Stirn in seine Augen. Er griff nach einem Taschentuch, aber zu spät. Ein salziger Tropfen war bereits in sein linkes Auge geronnen. Schnell begann es zu tränen.

„Ich bin Kaufmann, kein Arzt. Ich kann Proteine von Protonen nicht unterscheiden. Daher verstehe ich auch nichts von Details.“

„Und ‚GLOBALHEART INCORPORATED‘, die slowakische Firma? Was soll das?“

„Ich bin dort nur der Geschäftsführer. Auf dem Papier gewissermaßen.“

„Woher kommt das Geld?“

Wallner schüttelte den Kopf.

Oberhollenzer stand auf.

„Wir haben jetzt zwei Möglichkeiten. Entweder Sie nennen uns jene Person, für die Sie den Strohmann spielen. Oder wir geben alles, was wir über den fehlgeschlagenen Versuch wissen, an die Öffentlichkeit. Ich denke, dann wird auch die Politik schnell reagieren und Sie sind bald Ihren Job los. Jetzt haben Sie noch die Chance, sich von diesen Machenschaften zu distanzieren.“

„Aber es geht ja auch um den Fortschritt“, warf Wallner weinerlich ein.

„Durchaus, Herr Direktor. Aber auch der Fortschritt sollte sich an Regeln halten."

„Sehen Sie mich an. Ich bin darauf angewiesen, dass man neue Therapien findet."

Wallner klopfte auf die linke Seite seiner Brust, als könnte er sein Herz damit anspornen, seinen dicken Leib weiter durch die Zeit zu tragen.

„Man könnte es auch anders sehen", bemerkte Franco, „Sie haben eigentlich nichts mehr zu verlieren, oder?"

Auf die Drohung hin, ihn in Handschellen an allen Angestellten vorbei abzuführen, hatte Wallner den Namen seines Geldgebers auf einen Zettel geschrieben und ihn den Beamten über den Tisch geschoben. Danach griff er zittrig in die Jackentasche, um eine seiner Pillenschachteln zu öffnen.

Als die beiden am Gang Oberarzt Schäfer trafen, winkten sie ihn zu sich.

„Wir brauchen einen Herzspezialisten für ein paar Auskünfte", sagte Franco. „Klären Sie uns über ‚Corocrean' auf."

Schäfer wirkte überrascht.

„Warum möchten Sie das wissen?"

„Schwerwiegende Herzprobleme", antwortete Franco, während sie Schäfer in ihre Mitte nahmen und neben ihm hergingen.

„‚Corocrean' – das ist so ein Traum aus unserer Abteilung. Eine israelische Forscherin hat vor Jahren festgestellt, dass es im Gehirn eine Immunabwehr gibt, die sich gegen defekte Gehirnzellen richtet. Sie räumt sozusagen auf. Und gerade diese Attacke auf das eigene Gewebe führt dazu, dass Stammzellen im Gehirn neue Nervenzellen bilden. Das hört sich jetzt vielleicht nicht sehr spektakulär an, aber die wissenschaftliche Gemeinde hatte eine völlig andere Vorstellung von dem, was nach einem Schlaganfall oder bei Alzheimer in unserem Oberstübchen passiert."

Oberhollenzer hob seine Augenbrauen.

„Und was hat das Ganze mit dem Herz zu tun?"

Schäfer wehrte ab.

„Die Idee dahinter sieht so aus: Wenn ich im Gehirn nach einem Schlaganfall eine Immunreaktion durch Medikamente auslöse, dann kann ich auch die Reparatur der abgestorbenen Zellen beschleunigen. Und so eine Impfung ist tatsächlich für einige neurodegenerative Erkrankungen entwickelt worden, also zum Beispiel Parkinson."

Schäfer nickte einer Patientin zu, die ihn strahlend mit „Herr Oberarzt" grüßte.

„Primar Kuczinsky dachte sich, man könne dieses Konzept vielleicht auf das Herz übertragen. Nach einem Infarkt sterben ja haufenweise Herzmuskelzellen ab. Dadurch pumpt ein geschädigtes Herz weniger Blut durch den Körper. Irgendwann kann diese Leistungsschwäche tödlich sein. Es gibt zwar Versuche, Stammzellen in den Herzmuskel zu spritzen. Aber die Ergebnisse sind, ehrlich gesagt, nicht berauschend. Außerdem bin ich Herzchirurg und traue der pharmakologischen Therapie nur bedingt. Aber das ist meine persönliche Meinung. Zurück zu dem, was Sie wissen wollen: Unser Labor hat so einen Reparaturmechanismus wie im Gehirn schließlich nachweisen können.

Das Immunsystem als Reparaturinstanz für geschädigte oder kaputte Herzzellen. Eine sehr langwierige und spektakuläre wissenschaftliche Arbeit. Letztendlich hat sie zum Konzept einer Impfung gegen geschädigtes beziehungsweise kaputtes Herzgewebe geführt."

Schäfer vergewisserte sich mit einem kurzen Blick zu Franco, ob ihm der Kommissar folgen konnte.

„Für so etwas braucht man viel viel Geld. Kuczinsky konnte einige Risikokapitalgeber von seinem Konzept überzeugen. Und nach vielen Vorarbeiten hat er es schließlich bis zu klinischen Versuchen geschafft, quasi die letzte und wichtigste Hürde für eine spektakuläre Therapie."

Schäfer blieb stehen und schien zu überlegen, ob er weiter sprechen sollte. Er setzte erstaunlicherweise in derselben Tonlage fort, als hätte er nur eine Kunstpause eingebaut. „Ich habe ein paarmal mit Kuczinsky darüber diskutiert. Mir wäre der Ansatz zu gefährlich. Ich weiß nicht, ob man mit Autoimmunreaktionen spielen soll. Und ob man sie genau genug dosieren kann, damit die erwünschte positive Wirkung herauskommt. Wenn das Immunsystem den eigenen Körper angreift, wird's vielfach kritisch. Multiple Sklerose ist zum Beispiel eine Autoimmunkrankheit. Da zerstört unser Immunsystem eigene Nervenzellen. Vielleicht funktioniert der Versuch am Herzen ja. Es hat vielversprechende Vorstudien gegeben. Vielleicht ist es auch noch zu früh für so einen Behandlungsansatz. Man weiß nie, ob man nicht etwas ganz Entscheidendes übersehen hat. Manchmal beißen auch den Ersten die Hunde."

Oberhollenzer nickte wiederholt, als könne er dadurch den Verstehensprozess beschleunigen.

„Sie sind an dieser Corocrean-Angelegenheit also überhaupt nicht beteiligt?“

„In keiner Weise.“

„Und Sie fragen uns überhaupt nicht, warum wir das so genau wissen wollen?“

Schäfer lachte wieder das Lachen des Siegers, so, wie es die beiden Beamten schon bei Gesprächen zuvor von ihm gehört hatten.

„Ich hänge gewissermaßen in der Warteschleife. Wer Oberarzt wird, will gern auch Primar werden, meine Herren. Wenn Ihnen die Information nichts nutzt, dann schadet sie zumindest nicht.“

Franco klemmte den Frotteeschreiber in sein Notizbuch. Er wusste schlagartig, dass er den vielleicht wichtigsten Sachbeweis bereits lange Zeit in der Hand hielt.

Die Vorzimmerdame von Primar Kuczinsky hob nicht einmal den Kopf, als die beiden Kommissare das Büro betraten. Sie deutete wortlos auf eine Sesselreihe an der Wand.

Oberhollenzer und Moll sahen sich kurz an.

Franco ging zum Schreibtisch der Sekretärin.

Er sprach ganz ruhig.

„Hören Sie zu, Sie lebender Chromosomenfehler. Sollten wir noch einmal hier auftauchen, möchten wir, dass Sie wortlos den Raum verlassen. Es ist schade um die Luft, die Sie hier veratmen.“

Oberhollenzer hatte währenddessen gleichzeitig an der Tür des Primars geklopft und sie geöffnet, was die Vorzimmerdame mit einem gleichermaßen affektierten wie kaum hörbaren spitzen Schreiversuch quittierte. Aber es war das Quietschen von jemandem, dem eben die Luft weggeblieben war.

Der Primar reagierte mit einem Zornanfall auf das unangemeldete Eindringen der beiden Kommissare. Oberhollenzer machte innerhalb kürzester Zeit klar, dass die Angelegenheit mehr als dringlich und quasi ein Abschiedsbesuch sei.

Wortlos bot Kuczinsky den Polizisten einen Platz auf der Couch beim Besprechungstisch an. Die Beamten zwängten sich zwischen Stapeln von Papier und Magazinen durch. Josef Kuczinsky blieb an seinem Schreibtisch sitzen und hantierte in einer Lade. Dann stellte er eine leere Ampulle und ihre Verpackung auf den Tisch, die er eben in der Lade gefunden zu haben schien. Er schob entspannt seine rechte Hand in die Seitentasche des Arztmantels, erhob sich und nahm den etwas erhöhten Platz am Besprechungstisch ein.

„Ich muss mich bei Ihnen entschuldigen, Herr Primar. Ich habe vergessen, Ihnen etwas zurückzugeben."

Franco holte den blauen Kugelschreiber mit Frotteeüberzug aus seinem Notizbuch und hielt ihn dem Arzt entgegen.

„Sie haben ihn mir vor zweieinhalb Wochen geliehen, als wir die Leiche von Benno Waldegg sichergestellt haben."

Kuczinsky griff gelangweilt nach dem Stift. In diesem Augenblick zog Franco seine Hand blitzartig zurück.

„Leider muss ich den Kugelschreiber behalten. Er ist einer unserer wichtigsten Zeugen. Wir haben blaue Frotteespuren am Rücken von Waldeggs Mantel gefunden. Auf einem Feld, etwa so groß wie die Klammer dieses Stiftes. Der blieb zurück, als sie Waldegg von hinten packten und den Kuschelstift mit der Klemme nach außen in der Brusttasche trugen."

Demonstrativ ließ Franco den Frotteeschreiber in einen kleinen transparenten Nylonsack der Spurensicherung fallen.

Kuczinsky grinste.

„Machen Sie sich nicht lächerlich, meine Herren. Abgesehen von Ihrer Unverschämtheit: Wo gibt's denn das, dass ein Primar einen unerheblichen Jungarzt umbringen muss? Sowas erledigen wir mit feineren Methoden, wenn wir das wollen."

„Was sagt Ihnen das Stichwort ‚COROCREAN'?", schaltete sich Oberhollenzer in das Gespräch ein.

„In Erprobung."

„Wie viel Geld haben Sie in das Projekt gesteckt?"

„Mehr, als Sie in Ihrem Leben verdienen können."

„Und?"

„Der Versuch läuft gut."

„Vor allem, weil niemand weiß, dass Frau Schwab bei diesem Versuch gestorben ist."

Der Primar lächelte weiterhin, als wäre sein Gesicht zu keiner anderen Regung mehr fähig.

„So eine Behauptung müssten Sie zuerst einmal beweisen können."

Franco lehnte sich zurück und verschränkte die Arme hinter dem Kopf.

„Was würden Sie sagen, wenn wir – zufällig – auf ein Herz gestoßen wären, das ganz schlimme Zeichen einer Autoimmunreaktion zeigt? Und das zufällig das Herz von Rosa Schwab ist?"

Der Primar schwieg. Er zündete sich eine Zigarette an und klemmte sie nach zwei tiefen Zügen in den Aschenbecher.

„Warten Sie“, sagte er und ging ohne Hast zu seinem Schreibtisch.

Die beiden Polizisten erhoben sich argwöhnisch.

Kuczinsky beugte sich über die Gegensprechanlage und drückte einen Knopf.

„Marie, kommen Sie mal kurz?“

Zehn Sekunden später stand die Sympathieträgerin aus dem Vorzimmer bei Kuczinsky vor dem Schreibtisch.

„Erklären Sie den Herren mal, wo ich am Donnerstagabend vor zwei Wochen war.“

Marie zögerte. Verunsichert drehte sie sich zu Oberhollenzer und Moll um. Sie tat damit genau das, was der Primar wollte.

Kuczinsky packte die Frau von hinten mit dem linken Arm und drückte sie an sich. Seine Finte hatte gewirkt. In der rechten Hand, die er eben noch lässig in der Tasche seines Arztmantels hatte ruhen lassen, hielt er eine Einwegspritze hoch. Die silberne Injektionsnadel blitzte kurz und bedrohlich auf, als sie durch die Luft sauste. Ebenso schnell wie der Primar die Injektion aus seiner Tasche geholt hatte, stieß er sie Marie ein paar Zentimeter unter dem Schlüsselbein in den Brustkorb und hielt den Zeigefinger bedrohlich am Kolben.

Oberhollenzer hatte noch nach seiner Waffe am Gürtel gegriffen, war aber weitaus zu langsam gewesen. Zwischen Kuczinsky und den beiden Polizisten lagen drei Meter und ein vollgeräumter Tisch, daneben schon allein von ihren Ausmaßen bedrohliche Stapel von Zeitschriften, Ordnern und anderem Papierkram.

Marie hatte nicht einmal beim Einstich einen Laut von sich gegeben, sondern schien in eine Art Scheintod verfallen zu sein. Sie stand da und starrte gerade aus.

„Botox, meine Herren. Es gilt als das giftigste Gift überhaupt. Lange Zeit war es schwierig, die Substanz überhaupt zu bekommen, weil das amerikanische Militär so scharf darauf war. Und jetzt? Jetzt spritzen sich viele dieses Zeug ins Gesicht – gegen Falten. Man stelle sich vor: ein Gift, das die Nerven lähmt. Marie ist es ja wohlbekannt, nicht wahr, mein launisches Täubchen? Aber im Herzen hat sie damit noch keine Erfahrungen gemacht, wenn sie denn eines hat. Das könnten wir mit einer Injektion schnell herausfinden. Sie würde innerhalb von ein paar Minuten mausetot umfallen. Ein gelähmtes Herz schlägt nicht mehr."

Franco fand als erstes die Fassung wieder, nachdem sie der Primar so plump überrumpelt hatte. Er versuchte es mit der Verständnistour beim Primar.

„Benno Waldegg hat Sie erpresst, nicht wahr?"

Kuczinsky nickte kurz.

„Ich war auf Urlaub, als Waldegg die Frau in die Studie reingenommen hat. So etwas hätte nie passieren dürfen. Hätte ich auch nur einen Moment daran gedacht, dass er so dumm sein könnte, das ganze aus Übermut an einer 88-jährigen Patientin auszuprobieren, wäre das alles nicht geschehen. Ich wusste sofort, was passiert war, als er mich zur Rede stellte. Wegen der Dummheit eines überheblichen Selbstüberschätzers wird ein wunderbares Medikament ruiniert. Wenn

Sie da mit Ihrem Übergewicht ...", Kuczinsky deutete mit dem Kopf auf Oberhollenzer, „wenn Sie in zehn Jahren einen Herzinfarkt haben, wird es kein Medikament geben, mit dem man Herzmuskelgewebe regenerieren kann. Und das alles nur wegen diesem Versager Waldegg. Und dann wollte dieses Ekel mich auch noch erpressen und die freie Stelle bekommen, dieser Dummkopf."

Oberhollenzer hatte die Hand unter seinem Trachtensakko noch immer an der Waffe, der Verschluss des Gürtelhalfters war gelöst, aber es wäre unmöglich gewesen, die Glock herauszuziehen, so tief und zusammengekrümmt wie er in der abgetakelten Couch saß.

„Danach wollten Sie die Sache doch dem Haubenkarli in die Schuhe schieben."

„Auf diese Idee haben Sie mich gebracht. Ich hatte gehofft, Sie wären so faul und würden die Ermittlungen nach seinem Tod einstellen. Es wäre naheliegend gewesen. Aber offenbar habe ich die Anzahl der Musterschüler in Ihrem Verein etwas unterschätzt."

Marie gab einen lauten Seufzer von sich.

Franco sah, dass Kuczinskys rechte Hand, die er fest an der gefährlichen Injektion hielt, vor Anspannung schon ganz weiß war. Die Frau mit der schräg nach oben zeigenden Spritze wirkte wie eine surreale Statue mit Herzweh.

„Es würde mir Leid tun um Sie, Marie. Ich habe mich so an Ihre charmante Ekelhaftigkeit gewöhnt. Halten Sie noch kurz ruhig, dann verschwinde ich aus Ihrem Leben. Obwohl ich ihr unattraktives Gemüt sehr genossen habe. Sie sind der beste Beweis, dass Drachen doch nicht ausgestorben sind."

Tränen traten in Maries Augen. Mit aller Kraft kämpfte sie gegen ein Schluchzen. Es hätte die Injektionsnadel noch tiefer in ihren Brustkorb getrieben.

„Meine Herren, Sie stehen jetzt auf und fesseln sich gegenseitig mit ihren Handschellen die Hände auf den Rücken. Dann bekommen Sie von mir eine Beruhigungsspritze. Und wenn Sie aufwachen, ist alles wieder in Ordnung."

Franco stand als erster langsam auf. Er trat dabei seinen Kollegen mit dem linken Fuß. Als sich Oberhollenzer erhob, stieß er einen Magazinstapel um, der einen weiteren zum Umkippen brachte. Mit lautem Klatschen schlugen die Papierpacken nacheinander am Boden auf und rissen einen weiteren Teil der Unordnung mit sich. Donnernd brach ein Turm von Ordnern in sich zusammen und ließ einen Stapel Zeitschriften gegen den Primar fallen. Kurz nahm der Primar die Hand von der Spritze, um sich gegen den Papierberg zu schützen, der gegen Maries Bauch und seine Hüfte stürzen wollte.

Diesen Überraschungsmoment nutzte Franco. Nach einem Schritt stieß er sich vom Boden ab und auf den Primar zu. Kuczinsky fiel nach hinten, riss aber Marie mit. Zu dritt stürzten sie gegen den Schreibtisch. Der Primar ließ Marie erst jetzt los, um seinen Fall zu bremsen. Seine Hüfte schlug schwer und dumpf gegen die Schreibtischkante. Gleichzeitig bremste er den Schwung von Marie und Franco.

Einen Augenblick später hatte Oberhollenzer den Primar zu Boden geworfen und auf den Bauch gedreht. Kurz war nur heftiges Atmen zu hören und ein feines Schluchzen, das sofort wieder aufhörte.

„Du bist wahnsinnig", rief Oberhollenzer entnervt, „was wäre passiert, wenn das daneben gegangen wäre?"

„Nichts", sagte Franco schwer atmend und hielt seinem Kollegen die Ampulle entgegen. „Er hat uns reingelegt. Es ist ein Vitaminpräparat."

Erleichtert, dass er die Aufschrift aus der Ferne richtig gelesen hatte, stellte er den kleinen Glasbehälter auf den Schreibtisch zurück.

„Außerdem hat er eine Rippe getroffen. Schau mal, wie weit die Nadel aus dem Brustkorb steht."

Oberhollenzer ließ die Handschellen einrasten.

„Primarii können meist keine Spritze geben. Das überlassen sie dem Fußvolk."

Marie saß wie in Trance am Boden, den Rücken gegen die Schreibtischfront gelehnt. Ihr Brustkorb hob sich einmal kurz und heftig. Als Kuczinsy sich vor dem einstürzenden Papierberg schützen wollte und sie losließ, hatte sie sofort nach der Injektion gegriffen. Jetzt hielt sie die Spritze mit beiden Händen umklammert und wagte nicht, sich zu rühren. Ihr Gesicht hatte jede Farbe verloren.

Kuczinsky lag mit geschlossenen Augen am Boden, als könnte er so der Situation entgehen. Wie Felix, wenn er von etwas nichts mehr wissen wollte.

Während Oberhollenzer kopfschüttelnd aus dem Zimmer eilte, um einen Arzt für Marie zu suchen, holte Franco sein Mobiltelefon aus der Tasche.

In den ersten beiden Tagen nach Kuczinskys Festnahme war die Informationspolitik aus der kriminalpolizeilichen Abteilung „Leib und Leben" sehr restriktiv.

Eine Zeitung berichtete in Andeutungen von den Vorgängen im Herzspital, hielt sich aber an die Unschuldsvermutung.

Gokl bekam einen Tobsuchtsanfall, als er von der Arrestierung des Primars hörte. Erst als Moll und Oberhollenzer die ganze Faktenlage vor ihm ausbreiteten, beruhigte er sich ein wenig.

Kuczinsky schwieg währenddessen in der Haft. Kuczinsky schwieg tagelang. Vor allem über Haubenkarlis Tod. So wie seine Mitarbeiterin Marie Tage zuvor im Büro, schien er jetzt selbst in einen Dämmerzustand verfallen zu sein. Sein Verhalten glich dem schwerstens geschockter Menschen, die sich oft längere Zeit nicht aus einer Art Trance befreien können. Selbst der Anwalt, den Kuczinskys Frau schickte, konnte in den ersten Tagen keinerlei Kontakt zu ihm aufbauen.

Bei einem Besuch in Kuczinskys Villa im Nobelvorort Anif im Süden von Salzburg stießen Oberhollenzer und Moll auf einen Zweiertrupp Rumänen, die die Einfahrt zum imposanten Gebäude pflasterten. Zwei Terrassen und einige Gehwege glänzten bereits in neuem Granit. Als die Rumänen die beiden Polizisten aus ihrem Wagen steigen sahen, verlor einer der Arbeiter die Nerven und nahm Reiß aus. Der andere blieb stoisch zurück. Franco holte den Flüchtenden rasch ein, ein muskulöser Packen Mensch, der nicht allzu schnell laufen konnte.

Weder Moll noch Oberhollenzer hatten Interesse, sich jetzt auch noch mit Schwarzarbeit zu beschäftigen. Instinktiv nahmen sie die beiden Arbeiter – trotz aller sprachlichen Schwierigkeiten mit den radebrechenden Rumänen – in ein Kreuzverhör, das von zahlreichen Drohungen in Bezug auf ihre illegale Beschäftigung gespickt war.

Der zweite Arbeiter, der sich den Polizisten ohne Flucht gestellt hatte, behauptete schließlich, er wisse etwas, was die Beamten vielleicht interessieren würde. Er gäbe sein Wissen aber nur Preis, wenn sie ihn und seinen Kollegen dafür in Ruhe ließen.

Oberhollenzer neigte sich zu Franco und sprach halblaut.

„Wenn du mich im Gartenschuppen allein mit ihm reden lässt, dann wissen wir in drei Minuten alles, was wir wissen müssen. Ohne Gegenleistung."

Franco hielt ihn zurück.

„Wenn sie uns was Wichtiges erzählen können, haben wir sie nie hier gesehen. Das ist der einfachere Weg."

Mit einem leichten Nicken forderte der Kommissar den Arbeiter zum Reden auf.

„Kollega", so erklärte der wortführende Rumäne namens Mihail, sei nicht wegen „Baustelle" geflüchtet, sondern wegen seines Bruders Catalin, der ihm sehr ähnlich sehe. Der bullige Mann im schwarzen Siebentagebart, der jetzt geduckt neben dem Wortführer stand, war wiederholt wegen seines Bruders Catalin eingesperrt worden. Das schwarze Schaf hatte die Auflösung der „Securitate" nicht verkraftet und brachte sich seither mit Gelegenheitsjobs oder kleinen Überfällen durch. Eine Weile hatten sie Ruhe vor ihm gehabt. Zuletzt gab es in Deutschland ein „Problema". Deshalb habe sich Catalin bei seinem Bruder in Salzburg „in Zimmer hinter Bahnhof" einquartiert und immer wieder mal mit ihnen gearbeitet. Nicht ständig, nur so viel, dass er sich im Supermarkt Essen und ein paar Bier kaufen konnte. Vor ein paar Tagen hatte Catalin den beiden Arbeitern lachend ein Bündel Geldscheine vor das Gesicht gehalten und jedem eine 200-Euro-Note mit Spucke auf die Stirn geklebt. Dann „Hand heben" und „weg", mitten am Tag, „mitten in Baustelle".

Am Abend hatte Catalin seinem Bruder dann gestanden, für den Primar einen Expertenjob erledigt zu haben, und ihm 10.000 Euro gezeigt.

„Wahnsinn, wie billig das jetzt schon geht."

Oberhollenzer schüttelte den Kopf.

„Was haben Kollega Catalin machen?", fragte er Mihail laut und langsam, als sei der taub und geistig behindert.

Mihail sah seine Chance, den ungeliebten Störfaktor Catalin ein für allemal loszuwerden. Er sprach rumänisch mit dem wie ein ertappter Dieb dastehenden Bruder Catalins.

Der antwortete kurz.

„Erschrecken."

„Wen und wie?" wolle Franco wissen.

Die Antworten Mihails kamen trotz Übersetzung schnell.

„Mann, mit Messer."

„Kenn mich aus", sagte Oberhollenzer. Kurz hatte er den Impuls, den demütig dastehenden Rumänen anzurempeln, dann fiel ihm etwas Anderes ein.

„Legt ihr auch Holzböden?"

Mihail nickte heftig.

„Tischlern, Pflastern, ja, machen wir alles", antwortete Mihail.

Oberhollenzer zückte sein Notizbuch.

„Telefonnummer?"

Mihail zog ein visitenkartengroßes Stück Papier aus seiner Brusttasche – offenbar von einem DIN-A4-Blatt, das er in lauter kleine Stücke zerschnitten hatte.

Neben dem Aufdruck „Mihail" fand sich nur eine Telefonnummer und der Aufdruck „Machen Alles".

„Das Handy ist nicht angemeldet, oder?", fragte Franco.

„Wertkarte ist billig und einfach", sagte Mihail und grinste zum ersten Mal.

Fräulein Pelegrini fand rasch eine internationale Fahndung nach Catalin. Er war wiederholt erkennungsdienstlich erfasst worden, allerdings noch nie in Österreich und noch nie in eine DNA-Datenbank eingespeist worden.

Die Kriminaltechniker hatten das Handy Waldeggs, das sie beim toten Haubenkarli gefunden hatten, mühevoll nach Spuren untersucht. Die Fingerabdrücke waren abgewischt worden. Trotzdem blieben zwei einsame Abdrücke an einer Randzone zurück. Sie schienen mit großer Wahrscheinlichkeit zu Catalin zu gehören.

Ein Trumpf steckte bei den Forensikern noch im Ärmel – in den Ritzen der geriffelten Griffleiste des Handys hatten sich winzige Hautschuppen gefangen. Die Gerichtsmedizin extrahierte daraus langwierig einen genetischen Fingerabdruck.

Sobald sie Catalin gefasst hatten, würden sie ihm Hautzellen aus dem Mundraum abnehmen und mit den biologischen Spuren am Mobiltelefon vergleichen.

Als Oberhollenzer und Moll den schweigsamen Primar darauf ansprachen, dass Pflasterer heutzutage Multitalente seien, lachte Kuczinsky nur.

Noch am selben Tag begann er allerdings über Herzprobleme zu klagen. Es dauerte keine Woche, und den Polizisten lag ein Gutachten von Oberarzt Schäfer vor, das dem Primar Vernehmungsunfähigkeit bescheinigte.

Der vorläufige Leiter der Herzklinik wusste offenbar, was sich unter Kollegen gehörte. Selbst wenn untereinander die Messer gewetzt wurden, nach außen hielt man zusammen, egal, wer draufzahlte und was schief ging.

Die internationale Fahndung nach Catalin brachte vorerst keinen Erfolg. Der Rumäne wurde erst acht Monate später in Italien festgenommen, durch Zufall, auf einem Bahnhof. Ein Betrunkener rempelte ihn wegen seines dunklen Teints an. Catalin reagierte mit einem Faustschlag.

Bei der ersten Gelegenheit schnappte Franco seinen Sohn, fuhr auf den Gaisberg und spazierte mit ihm die Gipfelwegrunde. Ohne Weinmeister. Felix sprudelte nur so. Wider Erwarten war der Kleine noch immer von seinen Haustieren begeistert. Und er gab auch zu, jetzt wieder häufiger zu seinen Legasthenieübungen zu greifen. Worauf Franco stillschweigend zur Kenntnis nahm, dass eigentlich er, der Vater, sich öfter mit Felix hinsetzen sollte, um gemeinsam zu üben. Felix war acht. Und keine erwachsene Arbeitsmaschine.

Klein und rege lag Salzburg unten in seinem Becken,

geteilt von der Salzach, die sich wie eine agile, blinkende Ader aus den Bergen im Süden heraus durch die Stadt zog, um sich dann im Norden erschöpft im Flachland zu erholen. Weinmeister schien noch einmal auf die alten Schienen seiner amourösen Berg- und Talbahn zu rutschen. Linda meldete sich zurück. Sie erklärte ihm, sie wisse jetzt, dass sie eigentlich lieber bei ihrem „lieben Heinrich" bleiben wollte.

Der Statistiker saß wieder wie ein kleiner Junge an Francos Esstisch. Seine beiden Hände wogen gegeneinander ab, ohne dass Heinrichs Mund etwas davon zu wissen schien.

„Willst du das wirklich?", fragte Franco nur.

Heinrich schüttelte den Kopf.

„Du würdest immer der ‚liebe Heinrich' bleiben, der Seelentröster. Diese Rolle wirst du mit Linda nicht mehr los. Nichts wie weg, sage ich".

Heinrich ließ noch am selben Tag das Schloss an seiner Wohnungstür auswechseln. Hätte Linda wieder einen Teil ihrer Möbel eingeräumt, er wäre möglicherweise erneut schwach geworden. Dann zog er die große Reisetasche unter dem Bett hervor und begann, seine Sachen feinsäuberlich hineinzustapeln.

Franco war eben dabei, zusammen mit Felix das Familienleben ohne Heinrich Weinmeister zu planen, als das Telefon läutete.

„Und?", fragte ihn die gut bekannte Frauenstimme.

Franco Moll richtete sich unwillkürlich auf.

„Ich bin jetzt etwas entspannter."

Er lachte wie ein Bub, der sich eben entschlossen hatte, einen Faux Pas einzugestehen.

„Das freut mich sehr", sagte Alexandra Waldegg

ohne Unterton, „ich habe schon ein paar Flaschen Bier kaltgestellt."

Unsere Bücher im Internet:
www.pendragon.de

Originalausgabe
Veröffentlicht im Pendragon Verlag
Günther Butkus, Bielefeld 2009

Umschlag: Michael Baltus Mediendesign
Foto: Uta Zeißler (www.muito.de)
Satz: Pendragon Verlag auf Macintosh
Gesetzt aus der Adobe Garamond
Druck: Aalexx Buchproduktion, Großburgwedel
ISBN 978-3-86532-149-7
Printed in Germany

Abwärts
von Frank Göhre

Verfilmt mit Götz George
und Hannes Jaenicke
Originalausgabe
200 Seiten, Paperback, Euro 9,90
ISBN 978-3-86532-117-6

Zuerst ist es nur eine Panne. Eine Fahrstuhlkabine hängt zwischen zwei Stockwerken eines Hochhauses fest. Drei Männer und eine Frau hoffen auf schnelle Hilfe. Doch die kommt nicht. Stattdessen die Angst, und dann die Panik. Die Kabine droht, in die Tiefe zu stürzen ...

„Abwärts" – ein Psychodrama über dem Abgrund und der Roman zu dem Kinohit mit Götz George, Renée Soutendijk, Wolfgang Kieling und Hannes Jaenicke. Ergänzt wird das Buch mit einem Nachwort von Frank Göhre über die Geschichte des Films von der ersten Idee bis zum Kinostart und dann seinem weltweiten Erfolg.

Übersee
von Roland Voggenauer

Chiemgau-Krimi
Originalausgabe
248 Seiten, Paperback, Euro 9,90
ISBN 978-3-86532-090-2

Durch einen Zufall findet die Priener Anwältin Sylvia Staudacher im New Yorker Einwanderungsmuseum auf Ellis Island in alten Passagierlisten einen Hinweis auf eine Therese Bachler, die 1866 aus Hittenkirchen nach Amerika ausgewandert war. Sylvia weiß etwas über diese Frau und sucht nach weiteren Spuren von ihr. Tatsächlich findet sie deren Nachfahren im Hinterland von Philadelphia. Dort stellt sie fest, dass die Bachler Resi auf ihrer Flucht aus der Heimat das Wissen um ein Verbrechen in der Familie begleitet hat. Parallel dazu nimmt Sylvias Mann Matthias den Faden auf und erforscht zuhause im Chiemgau die Geschichte des Bachlerhofs in Hittenkirchen. Er stößt auf dunkle Vorfälle aus der Zeit des zweiten Weltkrieges. Und auch deren Spuren führen nach Übersee.

P E N D R A G O N - Verlag